Robert Lucius Groh

Wir sind Uni

Eine bildungspolitische Provinzposse

Und Humboldt kam nicht über die Elbe

www.tredition.de

Umschlaggestaltung: Kareen Klug
Lektorat, Korrektorat: Robert Lucius Groh

Verlag: tredition GmbH, Hamburg
ISBN: **978-3-8495-6948-8**
Printed in Germany

Bibliografische Information der Deutschen Nationalbibliothek:
Die Deutsche Nationalbibliothek verzeichnet diese Publikation in der Deutschen Nationalbibliografie; detaillierte bibliografische Daten sind im Internet über http://dnb.d-nb.de abrufbar.

Inhaltsverzeichnis

Introitus

„Man beruft eben tüchtige Männer und lässt das Ganze sich allmählich ankandieren."
Wilhelm von Humboldt zur Universitätsgründung in Berlin 1809

„Le mieux est l´ennemi du bien."
(Das Beste ist Feind des Guten.)
Voltaire

„Wieso, warum, weshalb" – wie es so schön einleitend in einer Erzählung von Eckhard Henscheid heißt –, ich tatsächlich dort auflief, ja anheuerte, selbst im Rückblick fällt es mir schwer, gute Gründe anzuführen. Vielleicht muss das Ganze als ein Missverständnis größeren Ausmaßes angesehen werden. Ausgangspunkt, mich an ausgerechnet dieser Universität hochschulpolitisch zu engagieren, war allerdings zweifelsfrei die alte Freundschaft zu dem damaligen Vorsitzenden der Studentenschaft einer ausländischen aufstrebenden Jungsuniversität und dem jetzigen Jungpräsidenten einer eher unbekannten Universität auf dem flachen Lande [Prof.] Dr. Retho Wachs. Eigentlich auch irgendwie Professor, aber bis dato eben nicht anerkannt wirklich. So wie die ganze Institution, der etwas Unwirkliches, Ephemeres, Deplatziertes anhaftete, die einem bundesrepublikanischen Hochschulentwicklungsprozess ausgesetzt wurde, der einem Säurebad glich. Aber den Ereignissen soll nicht zu weit vorgegriffen werden.

Genauer gesagt fing alles mit einem Handy-Telefonat und einer E-Mail an, wie das heutzutage so Usus ist, woraufhin Retho Wachs seinen Emissär Siegfried Seif in Bewegung setzte, in die Hauptstadt schickte mit einem Rekrutierungs- und Gewinnungsauftrag. Allein schon die Anbahnung des Gesprächs hatte allerdings einen gewissen konspirativen Touch und erinnerte entfernt an die Beschreibungen in Hilbigs „Ich" und dem Statement seines Führungsoffiziers: „Die meisten guten Gedanken kommen vom Gegner, es kommt aber darauf an, sie zu verändern."

Das Treffen fand schließlich im Lichte der Kulturöffentlichkeit statt, in den Räumlichkeiten der Akademie der Künste, Dependance Hanseatenweg. Die Tische und Stühle waren noch hinter Glas, denn die wärmende Kraft der Sonne ließ bislang sehr zu wünschen übrig. Der Obstkuchen war noch außer Saison. Siegfried Seif wartete schon vor einem Espresso sitzend, gesammelt und auf den Punkt konzentriert. Buchstäblich mit Händen zu greifen schien die manipulative Kraft meines Gegenübers zu sein. Ein Eindruck der sich später bestätigte. Denn er war ausgestattet mit einer denkwürdigen Doppelbödigkeit sowohl der Persönlichkeit wie des Gesagten: ganz erstaunlich! Steht er mit seinen vielschichtigen Qualitäten gar für die Institution?

Ein recht massiger Körper in Kassenwartanmutung, fein kariertes Lehrerjacket, kurze braune Haare, wache Augen und ein Ego von offenbar größerem Ausmaß, das sich zu diesem Zeitpunkt vor allem rhetorisch manifestierte. Seif setzte mich nach einer kurzen, allgemeinen Einleitung über die Art und Weise der Kommunikationsformen und -arten in Kenntnis, die das Präsidium der Universität gegenüber seinen Mitarbeitern aus dem erweiterten Umfeld, den Studenten, dem Ministerium des Landes, den Einwohnern des Städtchens und selbst dem Pressesprecher(!) zu wahren hätte. Letzterer würde permanent alle Möglichkeiten wahrnehmen, gegen das neue Präsidium zu intrigieren. Diese Gemengelage erfordere Geschicklichkeit und Gespür im Umgang mit dem Wie, dem Wo und dem Wann des zu Sagenden, erfordere eine Adressatenorientierung, bei der die Fähigkeit die „Wasserzeichen" richtig zu lesen, ausschlaggebend wäre.

Mit einer fraglosen Selbstverständlichkeit fuhr er dann fort, so als wäre mein Engagement schon längst abgemachte Sache: „Deshalb habe ich Dir auch gleich Lektüre in Form von Pressemitteilungen und Artikeln der letzten anderthalb Jahre mitgebracht, also gewissermaßen aus den Jahren 01 und 02 nach der Neuausrichtung (n.d.N.), damit Du Dir einen unmittelbaren Eindruck über die Wahrnehmung der Reformbemühungen in der erweiterten Öffentlichkeit verschaffen kannst, vor Ort wie ‚abroad'."

Seif begeisterte sich erkennbar für fremdsprachige Einsprengsel vor allem englischer Provenienz, ein möglicherweise antiprovinzieller Reflex auf seine ostdeutsche Restjugend, die er in Schwerin verlebte, und seine eigentlich höheren Aufgaben, zu denen nun und in erster Linie die „Neuausrichtung" der Universität auf dem flachen Lande gehörte. Eine Operation gewissermaßen am lebenden Patienten, bei der einige Wurmfortsätze und etliches andere entfernt werden müssten. Da könne man nicht so sehr auf Wohlwollen setzen, wenn die „Wahrheit" gegen alle Anfeindungen durchgesetzt werden müsse, das Richtige erfordere eben auch „Schild und Schwert" der Wohlgesinnten, der Eumeniden. Sie seien augenblicklich dabei, natürlich nur im „inner circle", versteht sich, ein Kommunikationskonzept zu entwerfen, eine Strategie im Rahmen des Brand-New-Konzeptes des Universitätsmarketings. „Genau hierfür brauchen wir", so Seif weiter, „ganz helle Köpfe, mit viel Erfahrung, die schreiben können und wirklich flexibel sind".

Spätestens bei der Anforderung „wirklich flexibel" hätte mein Frühwarnsystem anspringen müssen, sich melden müssen, mich gemahnen müssen an die Rede vom „flexiblen Menschen", so wie ihn Richard Sennett schon früh beschrieben hat, aber weit gefehlt. In der Nachbetrachtung muss auch festgestellt werden, dass mir Begriffe beziehungsweise Wortungetüme wie „Alleinstellungsmerkmal" als Beschreibung für die wesentliche „Qualität" der Institution Universität doch hätten negativ auffallen müssen. Ebenso wie der mehrfache Verweis auf das Konzept des sogenannten lebenslangen Lernens. In Seifs Diktion als „Life Long Learning" (LLL) daherkommend, hörte es sich zwar weltläufiger an, klang aber noch immer gefährlich nach dem höheren ökonomischen Auftrag lebenslänglicher selbstbezahlter Umschulung für potentiell abhängig Beschäftigte. Stutzig machen musste insbesondere, dass dieses Konzept ein neues Element, Ausdruck gar der sogenannten Wissensgesellschaft sein solle.

Überhaupt die Wissensgesellschaft! Bei diesem Thema kam Seif nun endgültig ins Fabulieren. Sie hätte die Industriegesellschaft inzwischen ein für allemal abgelöst. Jetzt ginge es um nichts Geringeres, als den richtigen Weg für die Zivilgesellschaft des 21. Jahrhunderts zu bestimmen. Der größte Player in diesem Zusammenhang sei naturgemäß die Universität. Die überfällige Reform der Universitäten, ihre Internationalisierung sowie die Erhöhung der Akademikerquote stünden auf der Zukunftsagenda, nicht nur der Politik, ganz oben. Und wer, wenn nicht Präsident Retho Wachs, sei prädestiniert hier wirklich Großes zu leisten. Vor allem würde er es verstehen, über den Tellerrand rein akademischer Befindlichkeiten hinaus zu schauen. Schließlich könne man ja auch von den Theorien des „New Management“ oder besser „New Publik Management“ gehörig profitieren, nur dürfe das leider noch nicht so laut gesagt werden. Aber worin liege denn der vermeintliche Unterschied zwischen der Führung eines Unternehmens und der Leitung einer Universität? Komme es nicht immer auf das Verhältnis von Input und Output an?

Je verstiegener die Ausführungen Seifs zu einer „modernen“ Hochschulpolitik und einer neu zu entwickelnden „Kommunikationsstrategie“ gerieten, desto neugieriger, ja paradoxerweise, offener wurde ich. Selbst als Seif seinen eigenen Bezugspunkt offenlegte, seine Beziehung zu, ja seine - wie sich herausstellte - unendliche Bewunderung für Magnus First, höchstselbst neuer Kanzler der Institution (und scheinbar extrem begabte Persönlichkeit und dies ebenfalls in schon reichlich jungen Jahren), war ich leicht verwundert, doch vom offensichtlich atypischen her, eher angezogen als abgestoßen. Als Seif schließlich sehr routiniert und lässig das neue Studienmodell der Universität wie einen Neuwagen der Luxusklasse, mit Nachhaltigkeit und den allerneuesten Ideen betrieben, pries, und dabei betont lässig die Stichworte „Startwoche“ und „Bildung im Sinne von Wilhelm von Humboldt“ fallen ließ, hatte ich innerlich schon meine persönliche Konsequenz aus der sehr widersprüchlichen Informationslage gezogen.

Gerade das sich schon vorzeitig abzeichnende Anmaßende, ja Haltlose machte mich unendlich neugierig auf eine womöglich ganz andere öffentliche Verwaltung, respektive Universitätsverwaltung, als sich das nach aller Erfahrung normalerweise verhält: schrittweise, abgewogen, gemessen und recht ideologiefrei.

Wobei allerdings in der bundesrepublikanischen Bildungspolitik ja schon seit dem denkwürdigen Jahr 1999 mit der „Bologna-Erklärung" und den folgenden Reformen ein ganz unglaublicher Aktionismus an den Tag gelegt wurde, der die Verwaltungskader im Bund wie in den Ländern gehörig unter Druck setzte und dessen Auswirkungen gerade auch die kleinen Institutionen in der Provinz betraf.

An diesen Auswirkungen beteiligt, gar unmittelbarer Akteur von formidablen Umsetzungsbeschlüssen oder neuartigen Plänen zu werden, schien auf den ersten Blick einen zunächst einmal kurzfristigen Einsatz in der Kommunikationsabteilung einer Universität auf dem flachen Lande zu rechtfertigen. Was konnte Schlechtes daran sein, das „Gute" zum Besseren, Besten zu befördern, der Bildungszukunft zugewandt? Doch im Halbschatten meiner persönlichen Bildungs-Erinnerung fiel mir Voltaires Ausspruch „le mieux est l´ennemi du bien" wieder ein. Das Beste ist tatsächlich Feind des Guten, aber: Wie wird bestimmt, was das Bessere, Beste ist?

Erster Besuch auf dem flachen Land

„Alle Menschen streben von Natur aus nach Wissen."
Aristoteles, Metaphysik

Die Zugfahrt raus aufs flache Land, zum Bezugsort einer möglichen Tätigkeit, dauerte von der Hauptstadt aus eine halbe Ewigkeit. Es war, als wäre, wie durch eine zähe Masse Zeit, eine Näherung nur in kleiner werdenden konzentrischen Kreisen möglich. Die Zonenrandgebiete lagen auch weit über das Millennium hinaus, westlich wie östlich, noch immer in ihrem gammeligen, abseitigen Schlummer. Wenn da nicht, in weiter Ferne, das Wasser und der Hafen der großen Stadt zu erahnen wäre, das Tor zur großen Welt, würde die kaum greifbare Trostlosigkeit alles in Stillstand versetzen. So sehen Ziel-Eins-Gebiete der EU-Strukturfördertöpfe aus, dachte ich bei mir, und das immerhin mitten in Deutschland. In Brandenburg war das damals zur Wendezeit ganz ähnlich … Allmählich näherte ich mich meinem Ziel.

Die Themen „Bildungsbegriff" und Bildungspolitik hatten mich schon während des Geschichtsstudiums unter anderem in Gestalt der Gründung der Universität Berlin durch Wilhelm von Humboldt in Beschlag genommen. Warum nicht einmal in der Jetztzeit mitgestalten, in und für die Öffentlichkeit wirken?

Was damals unter der Ägide König Friedrich Wilhelms III. in Preußen durch die „Reformbürokraten" geleistet wurde, war nichts weniger als die Reform von Regierung und Verwaltung und die Bildungsreform mit der Universitätsgründung ein Teil dieser Anstrengungen. Aber schon 1810 kam Humboldt bei seinen Bemühungen hervorragende Professoren zu gewinnen zu dem Schluss, dass Gelehrte zu dirigieren nicht viel besser sei, als eine „Kommödiantentruppe" unter sich zu haben, wie er sich ausdrückte. Allerdings konnte der Begriff „Reform" damals noch mit dem

Willen zusammengebracht werden, wesentliche Modernisierungen für den Staat und die Gesellschaft herbeizuführen.

Die zeitgenössische Fassung von „Bildungs-Reform" bedeutet hingegen, wesentliche Einsparungen bei gleichzeitiger Effizienzsteigerung durchzusetzen, wird demnach rein betriebswirtschaftlich, mit dem Rechenschieber, praktiziert. Die Politik und höhere Ministerialbürokratie, so hat man im Zuge der Umsetzung der „Bologna-Reform" den Eindruck, geht in ihrem Wissenschaftsverständnis in allererster Linie von Planbarkeit, Standardisierung, kurz von Output aus und nicht von der Freiheit von Forschung und Lehre. Humboldts Grunderkenntnis, dass Einsamkeit und Freiheit die wesentlichen Prinzipien universitärer Bildung sein müssten, wird, bei gleichzeitiger Berufung auf ihn, mit Füßen getreten. Aber auch schon damals gab es Tendenzen bestehende „Kümmeruniversitäten" aufzulösen und in Fachhochschulen zu verwandeln, oder aus politischen Gründen eine Beschränkung des Zugangs zum Studium, ein Mehr an Reglementierung und eine Straffung der Lehre herbeizuführen.

Das Spannende an der Entwicklung der Universität auf dem flachen Lande war nun, dass hier sowohl die Auswirkungen von Reformbestrebungen im und für das 21. Jahrhundert „studiert" werden konnten, wie auch die Erfahrungen im Rahmen einer recht einmaligen und zwangsweisen Fusion mit einer Fachhochschule.

Die Pressespiegel der letzten eineinhalb Jahre zu diesen Themen hatte ich mit einigem Erstaunen gründlich zur Kenntnis genommen. Gerade die lokale Presse ging mit dem neuen Präsidium, das sich erst nach vielerlei hin und her überhaupt gebildet hatte, sehr hart ins Gericht. Die Blätter berichteten von einem nachgerade irrwitzigen Tempo, in dem eine Reform mit dem Namen „Neuausrichtung" in Angriff genommen werde. Ganz so, als hätte die nicht allzu betagte Institution vor Ort jemals in eine Richtung gewiesen und wäre mehr gewesen als eine jener Abschlüsse produzierenden, eher künstlichen Ausbildungskonglomerate, die böse Spötter noch in den achtziger Jahren als „Arbeitslosenverwahranstalten" bezeichneten.

Baustellen würden an allen Ecken und Enden aufgerissen – ideell und konkret. Die ganze Universität sei zum Spielball auswärtiger Akteure geworden, deren undurchsichtige Machenschaften unter anderem darin gipfelten, die Universität allein mit Marketingmaßnahmen für die Zukunft fit machen zu wollen, genauer: für die „Anforderungen der Zivilgesellschaft des 21. Jahrhunderts". Ohne diese unbescheidenen Anforderungen näher bestimmen zu können, würde die neue Führungsmannschaft alles gleichzeitig, ja geradezu manisch in Angriff nehmen: die Umwandlung der Institution in eine Stiftungsuniversität, Machtkonzentration im Präsidium, neuer Name und ein neues Studienmodell, insbesondere Umbau und Abschaffung einzelner Fächer und zu guter Letzt die Schwächung der Fakultäten.

Überhaupt dieser neue Name! Er klänge, wie die Medizin für eine Krankheit, die erst noch erfunden werden müsse, aber irgendwie im Mentalen angesiedelt wäre. Vielleicht würde es sich auch um eine Medizin gegen den grassierenden Bologna-Virus handeln, der alle Geistesstätten in Deutschland befallen hätte und nun aus der Diaspora, der Provinz heraus endlich Rettung erfahren könne, gewissermaßen mit einem „Schweizer Serum" aus der Produktion, der Forschungsabteilung von Präsident Dr. Retho Wachs. Eine Art St. Gallener Tamiflu gegen verfehlte bildungspolitische Großansätze, die mit brachialem bürokratischem Eifer in ganz Deutschland massenhaft Verbreitung fänden und sonst zu einem endgültigen Exitus der Wertigkeit von universitären Abschlüssen führen würden. Gar nicht schlecht sei es natürlich, die eigene Apotheke im Haus zu haben, unterstützt gerade auch durch die sehr guten persönlichen Retho Wachs-Verbindungen in die Schweiz. Der große Vorteil davon, das geeignete Gegenmittel selbst zu produzieren, hinge zusammen mit der Umsetzung zweier gänzlich unbescheidener Großprojekte: dem Aus- und Aufbau eines zentralen Campus` mit einem neuen Zentralgebäude, zu errichten durch einen „Star-Architekten", und die Akquise von EU-Fördergeldern in ganz erheblichem Ausmaß.

Gänzlich unverständlich waren bei diesen glänzenden Perspektiven die persönlichen Ausfälle emeritierter Professoren gegen insbesondere den neuen Präsidenten und seinen Kanzler, die genüsslich in der lokalen Presse ausgewalzt wurden. Aber nicht nur die Altvorderen gebärdeten sich wild, die ganze Universität, von einzelnen Fakultäten angefangen, über den Mittelbau, bis in große Teile der Studentenschaft hinein war auf Radau gebürstet. Eine höchst undurchsichtige Veranstaltung.

Der Bahnhof der kleinen Stadt machte den Eindruck, als seien die Züge hier sonst eher durchgefahren und müssten heute aus nicht ganz nachvollziehbaren Gründen zumindest anhalten. Er wirkte an diesem Morgen wie an die Peripherie ausgelagert, auswechselbar und eigentümlich gesichtslos. Eine Art betonierte Deutsche Bahn Stehthekenlandschaft, deren stille Absicht wohl darin bestand, den Publikumsverkehr möglichst effektiv durch die allseits herrschende Unwirtlichkeit zu beschleunigen.

Von dem Leiter Universitätsmarketing Siegfried Seif war nicht die Spur zu sehen. Er wollte mich abholen und direkt zum Präsidenten der Universität durchreichen, der ihn ja, wie ich später erfuhr, auf mich, geradezu in der Manier eines Headhunters, angesetzt hatte. Nach einer halben Stunde und drei Handytelefonaten kam Seif schließlich mit seinem älteren, großformatigen Mercedes angerollt und bugsierte mich an der recht beschaulichen Altstadt und an einem Flüsschen vorbei Richtung Universität.

Seif wirkte hier vor Ort, wohin er auch kürzlich mit seiner kleinen Familie gezogen war, etwas dynamischer und chefmäßiger als in der Akademie der Künste bei unserem ersten Gespräch. Ich hatte ihm offenbar, ohne es zu ahnen, mit meiner Ankunft und seinem Versprechen mich abzuholen, ein Filetstück aus seinem Terminplaner geschnitten. Seine dynamische Unruhe übertrug sich auf mich in der Weise, dass ich sowohl einige absonderliche Details seiner Ausführungen im Wagen als auch die Tatsache, mich auf einem ehemaligen Kasernengelände aus der Zeit des Nationalsozialismus wiederzufinden, erst mit wesentlicher zeitlicher Verzögerung registrierte.

Der größte „Standort“ - auch der universitäre Sprachgebrauch blieb dem Militärisch-Martialischen treu - der Universität befand sich auf dem einstigen Gelände eines Panzergrenadierbataillons, dreigeschossige rote Backsteingebäude gleichförmig nach Achsen ausgerichtet, gewissermaßen eine neue Variante von „Schwerter zu Pflugscharen“, einzig mit der nicht unwesentlichen Ungewissheit, ob der sandige Boden auch geistige Früchte zu tragen im Stande wäre. Das ganze Areal, ebenso wie die unmittelbar angrenzende Straße, war sinnigerweise nach dem Begründer der Preußischen Heeresreform benannt. Würde sich dieser erstaunliche „Genius Loci“ auch auf die Bildungs-Reform, die „Neuausrichtung“ der Universität unter der Ägide von Präsident [Prof.] Dr. Retho Wachs und Kanzler Magnus First auswirken?

Ehe ich mich´s versah, befand ich mich schon im innersten Machtzirkel, im Präsidium selbst. Beim Aufstieg in den dritten Stock hatten wir das sechziger Jahre Linolium-Ambiente hurtig hinter uns gelassen. Hier, hinter der doppelflügligen, grauen Stahltür, residierte die „Holzfraktion“, Eiche 3,5 Zentimeter nutenfrei verklebt, deckenhohe Glasschiebetüren für den klaren Durchblick auf bedingungslose, niedere wie höhere Verwaltungskarrieren. Eine Bürolandschaft mit einer eindeutigen, einwandfreien und ambitionierten „capacity to change“, wie mein Begleiter sicher treffend formuliert hätte.

Wie sich herausstellte, hatte der Präsident einen seiner extrem wichtigen Außentermine und war nicht in seiner Räumlichkeit anzutreffen. Auch sein damals einziger und wohl erster Assistent Dipl.-oec. Bernd Gries, wie auch die Präsidialsekretärin Ricarda Milch waren nicht an ihrem Platz. Deshalb schob mich Seif, fast wie abgesprochen, in das gegenüberliegende Zimmer, in eine kleine Gruppe, aus der sich ein kleiner, rundlicher, recht verschwitzter und verschmitzter, leicht Kahlköpfiger löste.

„Willkommen im Bau-Projekt-Team", stieß er aus und rammte mir seine leicht speckige Hand fast in den Unterbauch, „so jemanden wie Dich haben wir genau jetzt gebraucht. Du wirst uns journalistisch beratend zur Seite stehen, und bis auf weiteres Susie Quer, unsere bisherige Projektbeauftragte, halbwegs ersetzen, die uns für etwa zwei Monate abhanden gekommen ist." Er wand sich halb den anderen Anwesenden zu und fügte wie beiläufig an: „Na ja, sie war immer so super engagiert, keinen Termin verpasst und hat jetzt halt einen kleinen Burn-out, das kann immer mal passieren. Der Klaus hier", und dabei zeigte er auf einen jovial dreinblickenden, schlanken, anzugtragenden und leicht graumelierten Endvierziger, „ist nun unser projektleitender Architekt. Er lässt Dir das wichtigste an Material zukommen."

Nach dieser kursorischen Inauguration nahm ich also, wie ich später nicht nur zu meiner eigenen Überraschung erfuhr, an meinem ersten Dringlichkeitsmeeting des Bau-Projekt-Teams teil. Den Modus der Plötzlichkeit, dieses spezifische Hineingezogenwerden, sollte ich im weiteren Verlauf noch als typisches, gewissermaßen proaktives Verfahren erleben, wie es an der Universität auf dem flachen Lande praktiziert wurde.

Das also war Magnus First, der Kanzler und umtriebige Oberspielleiter der hiesigen Veranstaltung, der, und nun fiel mir wieder ein, was Seif im Auto zum Besten gegeben hatte, zusammen mit Retho Wachs an die kleine Universität gekommen war. Es sollte geradezu eine der Bedingungen für Wachsens Engagement hier gewesen sein, dass First Verwaltungschef wurde, trotz nichtvorhandener Erfahrung auf diesem Gebiet, aber mit einer gigantischen Entscheidungsfreude, vielen Beziehungen und einigem mehr ausgestattet. Seif erwähnte Firsts langjährigen, mehr oder weniger erfolgreichen Einsatz für McKinsey, was ihm natürlich große Vorbehalte an der hiesigen Universität einbrachte, wie auch seine innige Freundschaft mit dem international bekannten Star-Architekten David Libkovitz, der prompt eine Gastprofessur erhielt, um nichts weniger als eine komplette Neubeplanung des zentralen Campus zu entwickeln. Seif wirkte dabei schelmisch erheitert und sagte noch, wenn ich mich recht erinnere: „Und da siehst Du, wie man innerhalb eines Jahres selbst in der elenden Provinz etwas bewegen kann. Bevor die hier mitkriegen was wir vorhaben, sind wir schon durch.“ Diese Bemerkung kam so unvermittelt und im ersten Moment so ohne Sinn daher, dass ich augenblicklich nicht auf die Idee kam nachzuhaken.

Ich firmierte hier für First als „Journalist, der schreiben kann“ und war im Handumdrehen von ihm gekapert worden, ganz zum gespielten Leidwesen von Seif, der aus der Bewunderung für First wahrlich keinen Hehl machte. Wachs wurde erst gar nicht gefragt, obwohl ich mit ihm in einem telefonischen Vorgespräch übereingekommen war, mich erst einmal auf die interne Kommunikation zu konzentrieren, um dann den Bereich „Universitätsmarketing“ zu verstärken und damit eigentlich erst in den engeren oder weiteren Zuständigkeitsbereich Seifs zu rücken. Wie sich das mit den Macht- und Kräfteverhältnissen verhielt, war mir noch gänzlich unklar.

Kanzler Magnus First hatte schon im Vorfeld über seine zweite, die persönliche Sekretärin, mit mir Kontakt aufzunehmen versucht. Er arbeitete ja vornehmlich von der Hauptstadt aus für die Universität auf dem flachen Lande. Von daher bestand an und für sich eine gewisse räumliche Nähe zwischen uns. Es stellte sich aber, obwohl er ja eigentlich keinen Schlaf brauchte, als ungeheuer schwierig heraus, in seinem Terminkalender irgendeine Berücksichtigung zu finden. Die persönliche Sekretärin schlug mir ein Treffen an einem Samstag auf dem Flughafen Tegel vor, morgens so zwischen 7 Uhr und 7 Uhr 30 in der Lobby. Das sei, wie sie mir beschied, für die nächsten drei Wochen der einzig mögliche Termin. Oder, so fuhr sie fort, vielleicht hätte ich ja auch die Gelegenheit, ihn mal im Zug Richtung Universität zu treffen. Etwas Glück müsste dann natürlich schon noch dazukommen. Ich erklärte ihr kurz und bündig, ich wolle erst einmal auf dem Boden bleiben und auf mein Glück hoffen, gegebenenfalls auf ein Gespräch zwischen

Tür und Angel. Ich nahm nun an, dass First mich bei dem nicht stattgefundenen Termin über seine Pläne meine Verwendung betreffend, unterrichten wollte. Aber zu diesem Zeitpunkt meines Engagements war ich einfach noch nicht über die Gepflogenheiten und Maßstäbe der Hauptakteure der Universitätsverwaltung im Bilde.

Wie aber konnte First wissen, in meiner Person jemanden zu haben, der vor allem an Bewegung, an neuen Inhalten und Gegenständen interessiert war? Jemanden der einen sportlichen Ehrgeiz dafür entwickeln konnte, sich in recht kurzer Zeit in unterschiedlichste Materien hineinzuarbeiten. Konnte er nicht! Umgekehrt machte er mich allerdings zu einem stutzigen, zeitweisen Komplizen seiner weitverzweigten, umtriebigen Aktivitäten. Aber noch war ich nicht vollständig einbezogen. Der eigentliche, persönliche Test ohne Ansage sollte erst noch folgen.

Architekt Klaus Kessel versah mich nach unserem kurzen Meeting mit seiner Telefonnummer und dem fast schon drohenden Versprechen, mich ganz schnell mit dem Material zu beglücken, und es müssten auch noch schnell ein paar Briefe „raus“, an den Staatssekretär im Wirtschaftsministerium und den Bürgermeister, da solle ich dann auch noch mal eben drauf schauen.

Präsident Dr. Retho Wachs sollte ich bei meinem ersten Kurzaufenthalt an der Ausbildungsstätte für alle Akteure bei den zukünftigen Aufgaben der Zivilgesellschaft nicht mehr antreffen, er war auf einer seiner ausladenden Werbetouren in Sachen innovativstes Studienmodell, Strukturreform und alternativlose Abkehr von der Massenuniversität.

Siegfried Seif hatte sich mittlerweile anderweitig abgesetzt, ließ mir aber noch ausrichten, wie schade er es fände, dass First mich gleich für sich vereinnahmt und in das Bau-Projekt-Team reingeholt hätte, aber das sei doch ein super Start. Per E-Mail kam am späteren Abend von ihm die Nachricht herein, meine Präsenz sei zweiwöchentlich für zumindest zwei Tage vor Ort erwünscht, ansonsten konnte ich ja sehr gut von Zuhause aus arbeiten. So ähnlich hielte das auch seine Mitarbeiterin Britta Muthesius, die ich unbedingt und baldmöglichst treffen sollte, wir könnten ja auch ein gemeinsames Büro in der Hauptstadt aufmachen. Das wäre für ihn persönlich sehr gut vorstellbar. Auf jeden Fall würde er denken, dass das „alles" sehr gut passe, vor allem könne mich seine Britta auch noch weiter in die Feinheiten und „Wasserzeichen" der Denk- und Schreibtechniken des Universitätsmarketings einweisen, auch wenn Magnus First mich erst einmal unter seine Fittiche genommen hätte.

Ja, so oder so ähnlich, drückte er sich aus. Ich für meinen Teil war erst einmal davon verwirrt, dass ein gemeinhin als stahlhartes Gehäuse deklariertes Verwaltungsgefüge einer öffentlichen Institution sich als solchermaßen durchlässig und unsystematisch fluide präsentierte; und ich war erstaunt über die quirlige Unmittelbarkeit, in der Fachfremde zu Teammitgliedern ernannt und in laufende Projekte hineingezogen wurden. Aber noch stand ich ja ganz am Anfang.

Mit Britta Muthesius im Café

„Business Process Reengineering: It is called 'Kundenorientierung', stupid!"
Unknown Author
„A second-by-second joy + gratitude at the gift of being alive, conscious."
David Foster Wallace "The Pale King"

Britta Muthesius saß bereits verabredungsgemäß in dem netten Café in den Sophienhöfen Berlin Mitte, als ich mein Fahrrad am Geländer fixierte. Sie hatte sich als klein und blond beschrieben, doch meine Befürchtung, womöglich wildfremden Frauen peinliche Fragen stellen zu müssen, verflüchtigte sich, als ich durch den Hof fuhr. Die Zeit unserer Verabredung war so dynamisch früh gewählt, dass ich ihr schon von draußen zuwinken konnte. Siegfried Seif, Leiter Universitätsmarketing, die alte Plaudertasche, hatte mich bei unserem letzten Treffen vor Ort wieder mit Hintergrundmaterial versorgt, aber wie immer sehr selektiv. „Studienstiftung" und „super einsetzbar" waren neben „ihr gebt sicher ein gutes und schlagkräftiges Team ab", die wesentlichen Stichworte. Es war allerdings wieder dieser merkwürdige Unterton in seinen Aussagen, eine Mischung aus leichter Abfälligkeit und dem Zurückbehalten von Informationen, die trotz des Lobes eine gewisse Distanz erkennen ließen.

Britta trat mir gegenüber gänzlich unbefangen auf. Tatsächlich klein von Wuchs, von studentenhaft naiver Ausstrahlung, körperlich sportlich schlank mit einem schmalen Gesicht. Abgesehen von einem leichten Silberblick eine gänzlich makellose, erfrischende Erscheinung. Wir kamen sofort in ein angenehmes Gespräch über unsere Lebensgeschichten und Interessen. „Auch einen Espresso?" – „Ja gerne." Wir setzen uns ans Fenster. Amerikanische Literatur hatte es ihr angetan, besonders in Gestalt des leider viel zu früh aus dem Leben geschiedenen David Foster Wallace, dessen Hauptwerk

„Infinit Jest" (Unendlicher Spaß), Gegenstand ihrer Magisterarbeit gewesen sei. „Nichts Geringeres als Weltliteratur, das muss aber ein gewaltig anstrengender Aufstieg gewesen sein. Ich für meinen Teil habe ab Anmerkung 180 schlapp gemacht und - ich muss es offen zugeben - auf die gerade erschienene deutsche Übersetzung gewartet." Sie schmunzelte. Große Herausforderungen würden ihr liegen, sie sei da mitunter sehr hartnäckig. Das beträfe auch und gerade die Arbeit für diese kleine Universität auf dem flachen Lande, zu der sie eigentlich nur aus reinem Zufall, genauer durch Siegfried Seif gekommen sei, der ihr mit Engelszungen zugeredet, sie zu der Arbeit recht eigentlich verführt hätte. Aber ein Jahr könne schon sehr lang sein oder vielmehr werden. Hinzu käme, für die Kommunikation, das Marketing einer solchen Institution mehr oder weniger alleine zuständig zu sein. Alles andere als gute, fruchtbare Voraussetzungen. Aber wenn ich nun dazukäme, könnten wir gemeinsam wirklich etwas bewegen.

Leicht stutzig geworden, fragte ich sie ganz direkt: „Was macht denn die Arbeit so schwierig?" Als hätte Sie nur darauf gewartet, brach es aus ihr heraus: „Na, ja, weißt Du, mir hängen mittlerweile diese ewig gleichen Anpreisungstexte kilometerweit aus dem Hals. Alleinstellungsmerkmal hier, Alleinstellungsmerkmal da! Für eine Automarke oder eine Versicherung mag das ja alles noch angehen, aber für eine Universität? Gleichzeitig finde ich es wichtig, dass auf dem Bildungssektor mal wirklich was bewegt, mal wirklich was Neues ausprobiert wird, echt!" Kurioserweise bot Britta, trotz ihrer unbestrittenen sprachlichen Kompetenzen, noch verbale Einsprengsel von Jugendsprache auf. „Und zu allem tritt das große Problem der Inhalte, der Textfreigabe hinzu, das mittlerweile völlig absurde Züge trägt. Am besten kann ich Dir das am sogenannten „Jahresbericht" illustrieren, an dem ich fast fünf Monate gesessen habe." Und sie machte mit beiden Händen eine Bewegung, als würde sie einen großen Haufen Papier zerknüllen. „Unter wirklich großem Termindruck habe ich fast 150 Seiten Text erstellt, übrigens auch Gegenstand des Werkvertrages, aber das ist noch mal ein

Thema für sich, und dann … und dann“, sie holte tief Luft: „Und dann nimmt ihn keiner ab! Noch schlimmer, der Uni-Präsident Dr. Retho Wachs, den Du ja, wie mir Siegfried sagte, von früher her ganz gut kennen sollst, lief einfach davon, drehte sich einfach um, wenn ich ihn darauf hin ansprach. Oder er murmelt etwas von ‚Qualität, ja die Qualität‘, während er sich entfernte. So eine Frechheit!“ Auf ihrem schmalen, feinen Gesicht machten sich spontan kleine rote Flecken breit, sie schien außer sich zu sein. „Und nicht, dass Du das falsch verstehst, ich kann wirklich gut mit Kritik umgehen … aber einfach gar nichts, nichts Konkretes zu sagen … ich wollte schon einfach alles hinschmeißen und bin nur froh, dass ich da nur alle zwei Wochen hinmuss, in diese Scheißprovinz, an diese Scheißfachhochschule mit dem Außenanstrich einer Universität.“

So jetzt war es heraus, sie schien geradezu erleichtert, und auch ihre Verfärbungen traten sogleich zurück. Ich nahm noch eine kleine Verunsicherung wahr, denn sie hatte sich ja nun doch sehr weit und spontan aus dem Fenster gelehnt und meinte zu ihr: „Ja der gute alte Wachs, weißt Du, wie ich ihn früher immer nannte: ‚Zauderer‘, wahlweise ‚Bedenkenträger‘. Ich kenne ihn ja noch aus seiner Studentenzeit“, sie schaute mich ungläubig an, „da hatte ich schon textlich mit ihm zu tun, auch seine Dissertation ist mir in ihren Höhen und Tiefen ganz gut bekannt.“ Dies war eine Bemerkung, die ich dann jedoch nicht weiter ausführte und ehrlich gesagt auch etwas großsprecherisch fand. „Aber sein Anspruchsdenken hatte schon immer etwas reichlich diffuses, und auch irgendwie haltloses, deshalb war ich ja so verwundert, dass er in so reichlich jungen Jahren zum Universitätspräsidenten bestellt wurde. Er wirkte auf mich schon damals als eher zu weich und zu wenig dezidiert für höhere Aufgaben, wenn ich das so sagen darf. Das hört sich jetzt wirklich hart an, aber ich mag ihn eigentlich trotzdem ganz gerne. Vor allem ist er ein sehr guter Ideenverkäufer.“

Da sei ich jetzt aber doch ein wenig zu negativ, meinte sie, das würde sich ja anhören wie Seelenverkäufer. Präsident Retho Wachs und Kanzler Magnus First seien vor Ort Anfeindungen ausgesetzt, als hätten sie im Bürgermeisteramt das Stadtsilber gestohlen und wollten die Universität zu einer Begegnungsstätte weltweit versprengter Bhagwanschüler umbauen. „Ja genau“, meinte ich weiter abmildernd, „deshalb habe ich mich ja auch so schnell bereitgefunden, das Projekt ‚Neuausrichtung‘, so heißt doch das universitäre Reformprojekt, gegen solche Anfeindungen zu unterstützen.“ Noch dazu hielte auch ich vernünftige Bildungspolitik für das Gebot der Stunde. Und schließlich würde ja auch das Humboldtsche Bildungsideal ganz offen propagiert, von dem ich allerdings nicht recht wüsste, ob und vor allem wie es in das Konzept dieser Reform passen würde. Ich offenbarte ihr allerdings noch nicht, dass es von meiner Seite auch einen recht einfachen und profanen Motivationszusammenhang gab, kurz gesagt, ich eigentlich recht blank war, von den Verlagen keine größeren Aufträge anlandeten und eine Familie zu versorgen hatte. „Kunst geht nach Brot“, hieß es doch in Lessings „Emilia Galotti“, aber auch: „Das muss sie nicht, das soll sie nicht [...] Aber der Künstler muß auch arbeiten wollen.“

Mit der Bemerkung, Siegfried Seif hätte ihr aufgetragen mir noch den aktuellen, überregionalen Pressespiegel und Broschüren aus ihrer Produktion zu übergeben, fuhr sie mit ihrer Hand in ihre überdimensionierte Umhängetasche und drückte mir ein kleines Paket in die Hand. Ihr plötzlicher Anflug von Distanz gipfelte in der unmittelbaren Bemerkung, sie hätte jetzt noch ein zweites Treffen mit jemandem von einem Kleinverlag, aber wir könnten uns ja eventuell nächste Woche treffen oder aber zusammen zur Universität fahren. Das sei doch eine gute Idee, meinte ich verbindlich. „Ich rufe Dich dann einfach an“, sagte sie noch beiläufig auf dem Weg zum Tresen und war kurz darauf mit einem kurzen Gruß durch die große Glastür entwischt.

Sie sollte mir erst annähernd ein halbes Jahr später erzählen, also im Jahre 03 n.d.N. (nach der Neuausrichtung), dass meine Rolle, trotz aller Beteuerungen der maßgebenden Akteure, eigentlich auf ein halbes Jahr begrenzt als Schreib- und Kommunikationshilfe gedacht war. Als zeitweise Verstärkung für sie, aber natürlich ohne einklagbare Versorgungsansprüche im Rahmen des öffentlichen Dienstes, ohne Zeitvertrag oder gar mehr. Hintergrund sei der Versuch gewesen, sie selbst unter Druck zu setzen, da ihr damals ein angeblich fortschreitendes mangelndes Qualitätsbewusstsein hinsichtlich ihrer Druckerzeugnisse für die Universität unterstellt wurde. Eine Technik der Schuldzuweisung die im Präsidium, wie ich feststellen durfte, regelrecht System hatte und immer von innen nach außen führte, immer weg von den realen Verursachern eines diagnostizierten Fehlers.

Nachdem ich mir noch einen Espresso bestellt hatte, nahm ich mir kurz ihre Broschüren vor und war durchaus positiv eingenommen. Eine gute Diktion, keine zu akademische Ansprache, kurze Sätze und Substantivierungen in angemessenem Rahmen. Auch die sehr gute graphische Gestaltung, werblich gesprochen, die „hohe Wertigkeit“ war auffällig und die „Message“ klar: Wir wollen hier was erreichen! Und zwar mit Dir!

Aber auch mit mir altem Zweifler? Denn vieles roch hier nach Markt- und etwas klebriger Kundenorientierung und seinen normativen Anrufungen. Der Student als Kunde der Ware Bildung, die öffentliche Universitätsverwaltung als ökonomisch ausgerichteter Dienstleister, der die „Qualität“ sichert und das Selbstmanagement jedes Einzelnen steuert. Wie konnte das funktionieren? Wer waren die Akteure, und welches Selbstverständnis brachten sie mit? War da wirklich so viel betriebswirtschaftlich-ökonomische Ideologie unterwegs? Meine Neugier auf die treibenden Kräfte und das Gefüge waren kurioserweise endgültig geweckt. Und ich sollte, Dank meiner alten Freundschaft, meiner reaktivierten Verbindung zu Uni-Präsident Dr. Retho Wachs, viel schneller Zugang in das Betriebsgefüge dieser höheren Lehranstalt bekommen, als ich es für möglich gehalten hatte.

Bei Retho Wachs im Haus

„Dabei sollte wohl erwogen werden, daß eine wissenschaftliche Großunternehmung nur dann in geeigneter Weise zur Ausführung kommen kann, wenn sich eine Persönlichkeit findet, die Sachkenntniß, Stellung und Hingebung genug besitzt, um die Leitung zu übernehmen. Hülfskräfte lassen sich bezahlen; den geeigneten Leiter zu finden ist immer ein Glücksfall …"
Theodor Mommsen

„Labor omnia vincit improbus."
(„Unverdrossene Arbeit überwindet alles.")
Vergil

Mittlerweile war es annähernd elf Uhr abends, und ich hatte noch nichts gegessen. Langsam ging es ans nackte Büroüberleben. Ein paar Zimmer weiter lieferten sich Retho Wachs und Dipl.-oec. Bernd Gries einen heißen Kampf, wer von beiden denn nun länger könne: Am Schreibtisch sitzen, im Büro verweilen, ohne Abendessen lesen und machen und schreiben und tun. Wachs hatte sich kampfmäßig schon der Socken und Schuhe entledigt und säuselte vor sich hin: „Nur noch 148 Mails checken … das ist doch toll … die schaffe ich auch noch schnell …". Von Gries hingegen, seinem hauptamtlichen, hauptberuflichen ersten Assistenten, waren nur Ruck- und Rutschlaute zu vernehmen, ab und an ein leichtes, kaum hörbares Schmatzen oder Schlucken. Was aber nicht auf Verdauliches, sondern eher auf unverdauliches Schriftliches zurückzuführen war.

Allmählich musste – dachte ich bei mir – für diese Zwischenlösung, alle zwei Wochen zwei Mal bei Retho Wachs zu nächtigen, Ersatz gefunden werden, nicht nur der ungeregelten Arbeitszeiten wegen. Das Angebot selbst war zwar als höchst freundschaftlich einzustufen, zog aber, ob der plötzlichen Nähe zum Präsidenten, Neid und Hass hauptsächlich von Gries auf mich, dessen Verhältnis zu Retho recht undurchsichtig war oder vielmehr nicht den Eindruck einer reinen Arbeitsbeziehung erweckte. Da wurde allerdings nicht aktiv und modern ausgelebt, sondern verschwiemelt nichts als Bewunderung praktiziert. Zumindest von Seiten Bernd Gries. Es schien, als ob eine Art von Arbeits-Eskapismus, auch gerade in seiner Intensität und Ausdauer, beiderseits dazu diente, dahinterstehende zwischenmenschliche Motivationslagen zu verdecken. Flucht in die Arbeit als Mittel gegen die fleischliche Leidenschaft war bekanntlich ein altes, fast klassisch zu nennendes Motiv.

Wie ich wesentlich später erfuhr, und was das Nächtigungsangebot von Retho dann doch in einem anderen Licht erscheinen ließ, kam auch schon Siegfried Seif in seinen ersten Monaten an der Universität zeitweise bei Retho Wachs unter. Ein Umstand, der die späteren Ereignisse in der Abteilung Universitätsmarkting zumindest zu einem gewissen Teil verständlicher machte.

Für mich war diese kurzfristige Lösung, die Unterbringung bei Wachs, weit besser, als in der Nähe des Campus` in der Jugendherberge eines der seltenen freien Einzelzimmer zu nehmen. Wobei sich, bei meinen ersten Übernachtungen dort, manche höchst interessante Gespräche ergaben, die sich vornehmlich um die ehemalige Fachhochschule beziehungsweise neue Entwicklung an der Universität drehten. Für mich die Möglichkeit, jenseits der Lokalpresse, authentische Stimmen und Meinungen der Leute, der Einheimischen, wie Seif sich so gerne ausdrückte, einzuholen, mich in die Mentalität hier vor Ort hineinzudenken. Gut in Erinnerung war mir noch das abendliche Gespräch mit einem Mann, den seine Frau zeitweise aus der Wohnung geworfen hatte, „einer von hier“, wie er über sich selbst sagte. Und das war auch der Einstieg in unser Gespräch, denn „die da an der Universität“ kämen ja gerade nicht von „hier“. Was wollten die denn überhaupt?

Mit seiner rhetorischen Frage schien er sich erst einmal so richtig zu sammeln. Und fast anklagend platzte es dann aus ihm heraus. Er könne sich sogar gut an die Zeit erinnern, als die Uni noch

Pädagogische Hochschule war und daneben die angesehene Fachhochschule bestand. „Da wurde noch für den regionalen Arbeitsmarkt ausgebildet. Da war die Welt noch in Ordnung. Aber jetzt!" Dieser Präsident und sein Kanzler aus sonst wo wollten nun so eine Art Privatuni für Besserverdienende zimmern, mit einem zentralen Campus, auf dem zu allem Überfluss auch noch ein gigantischer Neubau von so einem internationalen Star-Architekten errichtet werden sollte. „Wer soll das bezahlen?", echauffierte er sich, „ein Leuchtturm der Wissenschaft soll da errichtet werden, bei uns!? Dass ich nicht lache. Ich glaube eher, da wollen sich ein paar extreme Karrieristen ein Denkmal in Stahl und Beton in den Boden setzen. Für alle Zeiten! Deshalb faseln die auch immer von der Zukunft und der Zivilgesellschaft des 21. Jahrhunderts. Aber keine Sorge, die wird auf uns nicht angewiesen sein."

Er hatte sich richtig in Rage geredet, so dass ich mit meinen Einwänden gar nicht zum Zuge kam. Und auf das Stichwort „Bologna-Reform" hin, das ich gerade eben noch platzieren konnte, ging er gänzlich in die Luft, war allerdings nicht ohne gewisse Hintergrundkenntnisse. „Diese beschissene Reform ist typisch für unsere absolut blinde deutsche Bildungspolitik. Angeblich soll der Aufbau eines europäischen Hochschulsystems vorangetrieben werden, aber stattdessen wird dem deutschen Hochschulideal der Garaus gemacht. Meine Tochter steckt da mitten drin. Bachelor! Ich weiß wovon ich rede! Sie studiert auf Lehramt, da gibt es aber gar keinen Bachelor! Und der Zugang zum Master ist sinnvollerweise begrenzt! Und weil die Studenten in drei Jahren alles hineingepresst bekommen, haben sie auch keine Zeit mehr ins Ausland zu gehen. Außerdem wird ihr Abschluss hier in Amerika oder Kanada in dieser dreijährigen Form gar nicht anerkannt! Das ist dem Freund meiner Tochter wirklich passiert! Da hat sich doch wieder der deutsche Hang zur Perfektion gezeigt. Neuregelungen, Reformen müssen natürlich sofort umgesetzt werden, auf Teufel komm raus, ohne Sinn und Verstand. Alle Macht den Bürokraten!"

Die Beispiele an sich waren ganz treffend, nicht aus der Luft gegriffen und brachten mich ein wenig in die Bredouille, kannte ich mich doch zu diesem Zeitpunkt in der bildungspolitischen Materie ja noch nicht so richtig gut aus. Ich wandte nur ein, dass die Reform ja schließlich am Anfang stünde und gerade hier vor Ort ein ganz neues, ganz anderes Studienmodell favorisiert werden würde, das sich mehr an der Praxis ausrichte und dennoch allgemeinbildend sei mit einer sogenannten Startwoche, einem neuen Fächersystem und so weiter … Er schien davon aber gänzlich unbeeindruckt.

„Das ist doch alles Firlefanz, das ist eine reine Veranstaltung der Betriebswirtschaftslehre beziehungsweise Volkswirtschaftslehre, die wollen uns doch bloß verarschen. Es gab hier an der Uni doch von Anfang an gar kein richtiges Fächerspektrum, wie an anderen Volluniversitäten. Denen blieb doch gar nichts anderes übrig als einen auf ‚Wir machen alles neu und besser' zu machen."

Eine recht schneidige Position, die er da zum Besten gab. Aber, über das offensichtliche Ressentiment hinaus, was die allgemeinen Veränderungen betraf, war der eine oder andere Einwand wirklich stichhaltig oder zumindest bedenkenswert.

Als ich nun um halb zwölf Uhr abends das Büro von Retho Wachs betrat, hatte er schon sein Hemd teilweise aufgeknöpft und gab sich entspannt. Offenbar war er heute als Punktsieger vom Platz gegangen: Assistent Bernd Gries hatte vor fünf Minuten die Segel gestrichen und sich mit dem Fahrrad Richtung Innenstadt abgesetzt. Eigentlich unsinnig, denn er wohnte mit Wachs quasi Tür an Tür.

Ich ließ mich in Rethos Büro mit Aplomb in eine der Sitzgelegenheiten fallen. Und nachdem er immer noch wie in Trance mit seinen überarbeiteten roten Hasenaugen auf sein Laptop starrte, rief ich: „‚Karoshi' und dann ein wenig lauter nochmals ‚Karoshi'!" Als er zumindest kurz zu mir herüberblickte, nutzte ich den Moment und sagte: „Auf Deutsch, wie auch auf Schweizerisch bedeutet dieser Ausdruck so viel wie ‚Arbeitstod', er stammt aus

Beschreibung Retho Wachs

dem japanischen Sprachgebrauch und ist durchaus als verbreitetes Phänomen zu bezeichnen. Da die zentralen Bedürfnisse der menschlichen Spezies wie Essen und Schlafen von den befallenen Personen als nebensächlich eingestuft werden, bekommen Arbeitsverhältnisse etwas Absolutes, etwas allein Gültiges … „

„Gut, gut … jetzt trägst Du aber doch ein wenig zu dick auf …, habe verstanden, schicke nur noch diese eine Mail ab und dann können wir los.“ Retho war schon zu Beginn, als ich ihn kennenlernte, als Mensch kaum zu greifen. Seine enorme Karriere- und Machtorientierung hatte ich damals als Zeichen einer übermäßigen intrinsischen Motivation wahrgenommen, wobei die eigentümliche Eitelkeitsversessenheit des intellektuellen Milieus bei ihm auch vor Äußerlichkeiten keinen Halt machte. Nicht eben groß gewachsen, lichteten sich bei ihm schon die widerspenstig, borstig blonden Locken, die hervortretende, leicht fliehende Stirn schien proportional dominant und die Augen wirkten klein und starr. Aber das lag sicher auch an der Brille, wenn er eine trug. Seine fast opake Blässe im Gesicht vermittelte den Eindruck einer Nierenschwäche und führte, zusammen mit seiner schweizerischen Grundfreundlichkeit, regelmäßig dazu, dass ihn Gesprächspartner unterschätzten, vor allem hinsichtlich seiner Zähigkeit, Ziele zu verfolgen. Auch schien er volle Terminkalender, Meetings am laufenden Band, jedem Moment des Rückzugs und der Muße vorzuziehen. Aus dem zeitlichen „gefragt sein“ leitete er offenbar seine eigene, persönliche Bedeutung ab.

Als wir eine halbe Stunde später gemeinsam in der Küche seiner Wohnung in der Altstadt über ein schnelles Müsli gebeugt auf die guten alten Zeiten Bezug nahmen, wirkte er für einen kurzen Augenblick beinahe entspannt. Aufgeräumt fragte er: „Und, einen kleinen Eindruck hast Du doch schon gewonnen. Was hältst Du von unserem Projekt?“ Ohne eine Antwort abzuwarten, fuhr er fort: „Ist doch großartig, nicht wahr!? Wir bewegen hier endlich etwas, unglaublich! Ohne uns hätte der Provinzladen schon längst dichtmachen müssen. Was wir hier auf die Beine stellen ist nicht nur alternativlos, wir bauen etwas ganz Neues auf, eine Art Universität neuen Typs. Wir kommen natürlich nicht umhin die Leute mitzunehmen, die Stadt, das Land und auch den Bund wirklich für uns zu gewinnen. Da sollst Du uns mit Deinen Fähigkeiten ein gutes Stück weiterhelfen, externe und interne Kommunikation, wenn Magnus dich endlich wieder freigegeben hat.“

Beim Aufschauen lächelte er, aber wieder eher in sich hinein. „Magnus, den Du ja schon kurz kennengelernt hast, dreht hier am wirklich großen Rad und treibt unsere zwei zentralen Projekte an, den Neubau mit der Campus-Planung und das EU-Projekt, den Innovations-Inhalator. Stell Dir vor, da stehen, einschließlich der Mittel aus dem Europäischen Sozialfonds, dem legendären ESF, fast hundert Millionen Euro auf dem Spiel!“ Und er sah mich kurz an, als ob diese Zahl mich irgendwie elektrisieren müsste. „Nicht ungefährlich, gar nicht ungefährlich muss ich Dir sagen, weil alles so eng, vor allem auch zeitlich und organisatorisch, miteinander verbunden ist, aber wenn wir was erreichen wollen, müssen wir hier in der Provinz ordentlich Druck entfalten. Sonst haben wir keine Chance, sonst schwemmt es uns einfach ins Meer.“

Manches Mal waren seine Bilder zu stark, so ähnlich wie sein Hang, in Reden und Vorträgen recht hochgegriffene Zitate zu verwenden. Kurz gelang es mir, eine Frage einzuflechten: „Aber weshalb denn nicht kleinere Brötchen backen, weshalb denn Großprojekte, wenn die Strukturreform noch gar nicht durch ist und euch von allen Seiten ein gehöriger Wind ins Gesicht bläst?“ Fast streng und altväterlich antwortete er: „Das hast Du offenbar noch nicht begriffen! Geschwindigkeit ist alles in diesem Reformprozess. Wir sind kurz nach meiner, respektive unserer Übernahme eine Stiftungsuniversität geworden, haben die blockierenden Gremien ausgehebelt, uns einen neuen Namen, ein neues Gesicht gegeben und ein schlagkräftiges Universitätsmarketing installiert. Und das alles zu einer Zeit als noch niemand wusste, wohin es geht und was das eigentlich werden soll.“ Und fügte verschwörerisch hinzu: „Dir kann ich es ja ‚off the record‘ sagen: Wir bauen hier eine richtige

Kaderschmiede auf! So nannte man das doch früher, nicht wahr? Pädagogische- und Fachhochschule genau wie Massenuniversität sind glücklicherweise ‚Tempi passati'. Da führt definitiv kein Weg zurück. Auch wenn viele der Alteingesessenen das nichtwahrhaben wollen. Wir müssen hier so vorgehen, wie es in der Schweiz, oder in jüngster Zeit auch in Dänemark vorgelebt, ja vorstudiert wird. Das ist wie eine Blaupause, aber den aktuellen deutschen Verhältnissen und spezifischen Widerständen angepasst. Und meine Dissertation über Internationalität im Ausbildungswesen kennst Du ja gut, nicht wahr? Es geht um nichts Geringeres als internationale Sichtbarkeit! Da können wir uns nicht mit diesen regionalen, mit diesen arg provinziellen Befindlichkeiten beschäftigen. Damit meine ich vor allem den Hang hier vor Ort gerade nicht wahrgenommen werden zu wollen. Was für eine absurde Einstellung. Auch für die Stadt war die Bildungsinstitution, immerhin einer der größten Arbeitgeber vor Ort, lange überhaupt kein Thema, wurde einfach ausgeblendet. Alte Gemäuer, ein paar Kirchen und ein bisschen Tourismus stehen für Stillstand, da ist keine Entwicklung, keine Dynamik, keine Innovation drin. Die haben hier so eine Art Komplex. Man könnte ihn vielleicht als Kleinheitswahn bezeichnen."

Fast erschrocken nach so viel Offenheit, schien er wie erlöst, als plötzlich, bevor ich antworten konnte, das Handy klingelte, und er murmelte, das könne eigentlich nur Bernd Gries, sein fleißiger Eckermann mit dem neuesten Update sein. Mit einer leicht keck wirkenden Handgelenksbewegung und einem anschließenden vertraulichen Nicken bugsierte er mich aus der Küche. In diesem Augenblick realisierte ich erst, dass es schon weit nach Mitternacht war und ich noch die Matratze vom Speicher holen musste. Im völlig, wie es schien, unbenutzten Arbeitszimmer, in dem ein monströser Gründerzeiteichenholzschreibtisch fast den ganzen Raum für sich in Anspruch nahm, richtete ich mir mal wieder eine rudimentäre Bettstatt auf dem Boden ein.

Als ich um acht Uhr erwachte, war es schon sommerlich taghell und die Altbauwohnung leer „und ausgeloht". Mir fiel wiederholt auf, dass sie zwar an sich recht schön, allerdings etwas ungünstig geschnitten war, aber über ein zweiseitiges Wohnzimmer verfügte, mit einem Blick auf die Altstadtgassen. Trotz ihres räumlich gediegenen Ambientes haftete ihr merkwürdigerweise etwas gänzlich Unpersönliches an. Sie schien auf den zweiten Blick gewissermaßen ‚entkernt' zu sein, merkwürdig seelenlos. Sie gab nichts über ihren Bewohner oder gar seine Interessen preis. Interessen? Ikea Bett, Ikea Sofa, Ikea Lampen, ungelesene Dekorationsbücher, deren Rücken sich in den dunkel eingefassten Regalen breitmachten.

Auch die unvermeidlichen Erbstücke standen nicht wirklich in Verbindung zur Wohnung, vielmehr wirkten sie wie deplatzierte Schaustücke, die denselben Eindruck erweckten wie der Schreibtisch, nämlich eines Tages in die untere Wohnung durchzubrechen. Es bestand zweifellos eine erhebliche Unwucht, die irgendetwas mit gelebten und nicht erfüllten Ansprüchen zu tun haben musste, einem ausgreifenden Ehrgeiz. Nur das Badezimmer wirkte austariert, ja geradezu belebt, wenn die Anzahl von Cremes, Wässerchen und Spiegel dafür als Kriterium hinreichen.

In dem kleinen Flur, der direkt in das Wohnzimmer und die Küche mündete, befand sich die Garderobe, die, zu meinem Erstaunen mit gleich drei Paar Joggingschuhen und zwei Trainingsanzügen ausgestattet war. Auch zum Zwecke der nicht auf die direkte Arbeit bezogenen Transpiration war alles gerüstet, aber gänzlich ungebraucht. Ganz offenbar konnten nicht alle Ansprüche gleichzeitig befriedigt werden. Wobei das pausenlose Arbeiten und die chronische Abwesenheit verfügbarer Zeit sicherlich ihre Entsprechung im Marathon oder besser Iron-Man-Triathlon hätten. Wie es mit den dazu notwendigen Disziplinen bei Retho recht eigentlich bestellt war, entzog sich jedoch meiner Kenntnis.

Als ich nach einer kurzen Dusche die Küche betrat, fand ich eine handgeschriebene, kaum zu entziffernde Nachricht von Retho folgenden Inhalts auf dem Kirschholz-Küchentisch vor: „Guten Morgen, habe wie so häufig gestern noch einen Frühtermin hereinbekommen und musste schon los - heute Mittag steige ich in den Flieger nach Zürich, danach bin ich zwei Tage in Boston zu einer Präsentation und Gesprächen. Wir sehen uns ja dann sicher nächste Woche. Gruß Retho."

Auch ich machte mich bald auf den Weg, denn bei eingehender Inaugenscheinnahme der diversen Behältnisse, die unterschiedlichste Müslisorten enthielten, stoben Lebensmittelmotten auf oder fanden sich schon sattsam fette, sacht versponnene Maden. Mit Grausen musste ich an das nächtliche Müsli in der nicht recht ausgeleuchteten Küche zurückdenken und entschied mich spontan für ein schnelles Frühstück in der Altstadt.

Projekte & Parallelaktionen

„Nicht leicht, hatte er ausgerufen, werde auf diese Weise etwas Großes zustande kommen; nicht eine Demokratie von Ausschüssen, sondern nur einzelne starke Menschen, mit Erfahrung sowohl in der Wirklichkeit wie im Gebiet der Ideen, würden die Aktion lenken können!"
Robert Musil, Der Mann ohne Eigenschaften

Als Freitag um zwanzig Uhr eine E-Mail hereinkam, brachte ich gerade die Kinder ins Bett. Meine Frau widmete sich, ebenfalls schon ganz universitäts-programmatisch getrimmt, einem Aufbaukurs im Rahmen ihres Zweitstudiums, was regelmäßig zu intensiven Kinder-Familienwochenenden führte. Britta Muthesius hatte mich ja schon vorgewarnt. Es könne immer sein, dass gegen Abend, bevorzugt am Wochenende, Magnus First über eine seiner Sekretärinnen, neue Aufgaben und Liegengebliebenes verteile. Vor allem neue „Teammitglieder" würden auf diese Weise auf ihre Eignung beziehungsweise Willigkeit getestet. Denn die Bereitschaft, rund um die Uhr, sieben Tage die Woche, sofort eine beliebige oder auch sinnfreie Aufgabe zu übernehmen, entsprach der McKinsey-Schule, der er ja zeitweilig und wie ich hörte recht begeistert, angehörte.

Im Rahmen einer Universitätsverwaltung waren diese Ansprüche zwar, gelinde gesagt, unüblich, gerade das Verhältnis zwischen Verfügbarkeit und Salär stand hier in keinem wirklich annehmbaren Verhältnis, aber warum nicht rein projektorientiert denken? Die Zusatzkosten konnten dann einem „Reptilienfonds" entnommen werden, sofern nicht gar junge und flexible Mitarbeiter bereit waren, sich innerhalb eines Kanzler-Magnus-First-Netzwerkes quasi unentgeltlich zur Verfügung zu stellen. Ich war also gewappnet und erklärte meine Bereitschaft, sofort alles stehen und liegen zu lassen, um der Sache, um dem Oberspielmeister meine Ergebenheit unter Beweis zu stellen.

In der hereingekommenen neuen E-Mail stand Folgendes zu lesen:

„Magnus und ich haben heute Abend kurz sämtliche To Do´s durchgesprochen, und wir stießen auf einen Artikel, der schon längst geschrieben sein sollte und bei uns immer ‚unten durchgefallen' war. Es handelt sich um ein Interview mit Libkovitz für die Zeitschrift ‚Kunst und Kirche'. Drei persönliche Fragen zur Architektur sind kurz zu beantworten:
In which kind of religious building do you feel at home? Can you describe why? If you were asked to build a protestant church, how would it look like?
Kannst Du das bitte noch heute erledigen?
Danke Dir und besten Gruß S"

Ich war dann doch erstaunt, trotz Brittas Vorwarnung fast sprachlos. Meinem Einwand, dass diese Fragen eben doch sehr persönliche Fragen seien und sinnvollerweise nur von David Libkovitz selbst beantwortet werden könnten, wurde nicht stattgegeben. Also setzte ich mich mit Hochdruck daran, die Antworten im Rahmen eines Kurzinterviews zu entwerfen. Nach einigem gedanklichen hin und her schickte ich nach zwei Stunden einen Vorschlag durch den Äther:

In which kind of religious building do you feel at home?

In der neuen Dresdner Synagoge, die am 9. November 2001, am Jahrestag ihrer Zerstörung, wieder eingeweiht wurde. Damit steht sie an demselben Ort, an dem 1833 Gottfried Semper die erste Synagoge errichtet hatte: am Ende der Brühlschen Terrassen.

Can you describe why?

Dort findet sich eine strenge Architektur, die aber, und das ist kein Widerspruch, zu einer spirituellen Sammlung anregt. Es handelt sich um einen Sakralbau mit in sich nach Osten gedrehtem Kubus - die Gebetsrichtung nach Jerusalem. Die gewählte Würfelform orientiert sich an den ersten Tempeln der Israeliten, integriert so ursprüngliche Rituale und traditionelle Symbole. Auf Fenster wurde verzichtet, da sie die Wirkung der Wandflächen relativieren würden, vielleicht auch, um nicht ein zweites Mal eine Angriffsfläche zu bieten.

If you were asked to build a protestant church, how would it look like?

Ich würde in diesem Falle am ehesten an einen Rundbau denken. Und da ich die Dresdner Synagoge erwähnt habe, bleiben wir vielleicht der Anschauung halber in Dresden. Denken Sie – von der Grundidee her – an die Frauenkirche. Nur eben in moderner Form. Die Basis wäre also ein Zentralbau mit oktogonalem Grundriss. Von der Innenperspektive her gesehen, sollte die relativ zentrale Kanzel und der mittige Altar beibehalten werden. Ja, das wäre eine sehr interessante Aufgabe. Aber für Kirchen wie für profane Bauten gilt: sie müssen mit den Besuchern kommunizieren und sie emotional ansprechen. Nur so kann ein Gebäude im Alltag ihrer Benutzer, der Gläubigen funktionieren. Und wenn ich dann noch einen Wunsch frei hätte, würde ich mir zur Einweihung Johann Sebastian Bach wünschen, auf der Orgel natürlich!“

An diesem Abend kam keine Antwort mehr herein. Erst zwei Tage später wurde ich, wahrscheinlich aufgrund meiner Nachfragen, darüber informiert, dass Libkovitz es doch noch geschafft hätte, ein paar eigene Zeilen zu schreiben. Mit dieser Nachricht wurde die Frage verbunden, ob ich denn mal eben schnell die paar Zeilen aus seiner Feder in gutes Deutsch überführen könnte.

Aber natürlich, mach ich doch gerne! Was steht sonst noch so an? Die andere Seite dieser Vorgehensweise, dieses Approaches ist: sie überrascht und fordert heraus. Die Abläufe sind nicht festgelegt, alles ist im Fluss. Was ich allerdings zu diesem Zeitpunkt meiner Tätigkeit für die Universität auf dem flachen Lande noch nicht wissen konnte, all das hatte System. Und zwar in der Weise, dass für annähernd jede Aufgabe innerhalb verschiedener Projekte parallele Aufträge vergeben wurden. Meist natürlich ohne Kenntnis der unmittelbar oder mittelbar Betroffenen. Der Zeithorizont der Aufgaben war selbstverständlich mit einem motivierenden „gestern" unterlegt und nach der Abgabe beziehungsweise der E-Mail mit der entsprechenden Ausarbeitung gab es keine Rückmeldung, oder wie es hier so schön hieß, kein „feed back".

So verhielt es sich zum Beispiel auch mit einem Spontanauftrag, der mich nur am Rande betraf und aus Britta Muthesius Feder stammte. Der Artikel wurde unter Magnus` Namen veröffentlicht und von ihm in der beschriebenen Manier beauftragt. Auch er war also mit dieser Windeseile versehen, die eigentlich jedem genaueren Denken fremd sein muss und nur für Schüsse aus der Hüfte taugt. Aber was setzt man nicht alles in Bewegung, was nimmt man nicht alles in die Hand für seine eigene gewichtige Veröffentlichungsliste. Das Thema hatte nun allerdings nur entfernt mit Marketingmaßnahmen für die Universität zu tun, streifte allerdings nebenbei die großen Fragen, um die sich die Institution ja nachweisbar, in Gestalt des Führungspersonals, bemühte. Der Artikel hieß „Von der Dienstleistungsgesellschaft zur Wissensgesellschaft!" und entbehrte nicht einer gewissen Grundsätzlichkeit:

„‚Es reicht das Wissen eines Menschen heute nicht mehr aus, um eine ganze Zeitung zu verstehen', bemerkt Musil im Mann ohne Eigenschaften. Er beschrieb damit ein Phänomen, das sich mit dem Übergang ins Informationszeitalter potenziert hat. Und er macht deutlich, welcher Unterschied zwischen Information und Wissen besteht: Fakten kann man sich anlesen, aber um sie einordnen zu können, braucht es Bildung.

Elektronische Netzwerke machen Faktenwissen heute allgegenwärtig, abrufbar bis in die Hörsäle hinein. Gleichzeitig verringert sich dessen Halbwertszeit rapide: Daten, die morgens in der

Vorlesung noch aktuell waren, können am Nachmittag überholt sein. Dass der Brockhaus-Verlag seinen Lexikondruck zugunsten einer ständig aktualisierbaren Internetvariante einstellt, ist Indiz dafür, wie schnell unsere Wissensstände veralten. Zeitgemäße Bildung bedeutet deshalb nicht mehr nur das Aneignen von Sachwissen, sondern in erster Linie die Fähigkeit, mit dem wachsenden Überangebot von Daten umzugehen. Es genügt nicht mehr, sich durch Studium oder Ausbildung für einen bestimmten Beruf zu qualifizieren. Die Schüler und Studierenden von heute müssen sich über die Expertise in Sachthemen hinaus Techniken und Werkzeuge aneignen, um der Komplexität einer sich rasant verändernden Welt zu begegnen, sich fremde Fachgebiete schnell zu erschließen, mit unbekannten Situationen kreativ umzugehen und, in Vorbereitung auf eine erhöhte gesellschaftliche und damit auch arbeitsmarktpolitische Dynamik, ein Leben lang dazuzulernen.

Die EU hat das Jahr 2009 zum Jahr der Kreativität und Innovation erkoren - im Bewusstsein, dass geistige Leistungen die einzigen Ressourcen sind, mit denen wir in Europa unser Wachstum sichern können. Das bedeutet konkret: Wenn wir von einem Umbruch der Dienstleistungsgesellschaft hin zur Wissensgesellschaft sprechen, müssen wir uns darüber im Klaren sein, dass die Dienstleistungsgesellschaft von der Wissensgesellschaft nicht abgelöst, sondern lediglich durch sie definiert wird. Die Bildungsmöglichkeiten, die wir gestalten, bestimmen, in welcher Art von Dienstleistungsgesellschaft wir leben werden. Die Art und Weise, auf die wir unseren Nachwuchs heute ausbilden, entscheidet darüber, ob es uns in den kommenden Jahrzehnten gelingen wird, durch Innovationen und wissensbasierte Dienstleistungen wettbewerbsfähig zu sein.

Selbst in Kenntnis dieser Tatsache tun wir immer noch alarmierend wenig, um eine zukunftsfähige Bildung zu fördern. Selbst wenn wir die Ausgaben drastisch erhöhen und, wie angekündigt, drei Prozent des BIP in Bildung und Forschung stecken, bleiben wir im internationalen Vergleich weit abgeschlagen. Allen Lippenbekenntnissen zum Trotz steht die Förderung von Bildung auf der

Prioritätenliste also weit unten, was daran liegen mag, dass die volkswirtschaftliche Rendite nachhaltiger Investitionen sich nicht sofort, sondern oft erst Jahre später bemerkbar macht. Das haben Bildungs- und Infrastrukturinvestitionen gemein. Beide deshalb nicht ganz oben auf die Agenda zu setzen, ist nicht nur nachlässig, sondern fahrlässig.

Doch dies ist nur die eine Seite. Es geht um viel mehr als volkswirtschaftlichen Nutzen. Bildung ist, unabhängig von ihrer ökonomischen Verwertbarkeit, ein Wert an sich. Bildung bedeutet stets eine Erweiterung der individuellen Handlungsoptionen und damit sowohl eine Steigerung der Lebensqualität als auch die persönliche Eintrittskarte zur bürgerlichen Teilhabe an demokratischen Prozessen. Der Staat muss den Bürgern die Möglichkeit geben, sich die Welt zu erschließen, mündig zu handeln, und damit gesellschaftliche Verantwortung zu übernehmen – und zwar unter Einbeziehung vielfältiger Perspektiven, die auch an der persönlichen Erfahrung komplizierter Zusammenhänge geschult sind. Der Übergang in die Wissensgesellschaft ist insofern nicht nur eine unausweichliche Entwicklung, sondern auch ein Desiderat: Wir müssen ihn aktiv gestalten."

Britta gelang es zwar, die direkte Thematisierung etwa von „Humankapital" oder „Wissensökonomie" zu vermeiden, litt aber, nach eigener Aussage, doch gehörig unter der Pflicht der Abarbeitung einer von Kanzler Magnus First über Siegried Seif an sie übermittelten Stichwortliste, was dem üblichen Schreibauftragsverfahren entsprach. Hier auf engstem Raum zu einem Thema Stellung zu nehmen, das schon längst „durch" war, wie sie sich ausdrückte, hieß vorgegebene Begriffe miteinander rhetorisch so verweben zu müssen, dass ihre Unvereinbarkeit nicht weiter auffiel. Einmal mehr wurde ihr nur allzu deutlich, wie groß die Kluft geworden war, zwischen ihrer Anschauung, dass Bildungsstätten keine Dienstleistungsunternehmen sind, Wissen nicht konsumiert werden kann und schlicht keine Ware ist, und den offiziellen kommunikativen Aufträgen, die ihr von der Führungsmannschaft in Gestalt von Retho Wachs, First und Seif aufgedrückt wurden.

Recht eigentlich fühlte sie sich selbst als Dienstleisterin für besondere Aufgaben, wie Seif das wohl einmal bezeichnet haben soll, einer permanenten Messung und Bewertung im Sinne eines Kontrollverfahrens über das betriebliche Humankapital unterworfen, das offenbar über die Beliebigkeit, ja Abseitigkeit oder Zufälligkeit der erteilten Aufgaben gesteuert wurde. Noch dazu gehörte sie ja offiziell gar nicht zum Betriebspersonal der Universität. Sie aber in die allenthalben stattfindende Bilanzierung der in den Mitarbeitern schlummernden Potentiale einzubeziehen, lag offenbar im engeren Interesse der höheren Verwaltung. Auf diesem Wege sollte sie womöglich, unter dem notwendigen gesunden Druck für kreatives Arbeiten, dazu gebracht werden, sich weiter zu entwickeln, beständig an ihrer „Selbstoptimierung" zu arbeiten.

Auf ganz ähnlich großzügige Weise in der Auftragsvergabe verfuhr der hauptamtliche Kanzler Magnus First etwa, wenn bei Großveranstaltungen mehr oder weniger bekannte Redner auftraten, ehemalige Minister zum Beispiel, die billig auf dem Markt erhältlich waren. Fehlte ein geeigneter Vortrag oder der persönliche Referent war indisponiert, vielleicht auch schlicht nicht mehr vorhanden, sprang First mit seinem Team gerne in die Bresche. Sofort wurde ein Manuskript in Aussicht gestellt, sicher auch als Ergänzung oder Stichwortpapier brauchbar. Selbst äußerst kurzfristig sei eine Lieferung völlig unproblematisch, Qualität verbürgt, denn das Team würde hochmotiviert und fast permanent „im Flow" arbeiten. Eine solche Vorgehensweise hatte klarerweise den großen Vorzug, dass die Marketingabteilung der Universität selbst ihre Vorzüge preisen konnte. Auf diese Weise konnte mit einer gewissen Sicherheit davon ausgegangen werden, dass man im Voraus schon wusste, was, bei genau welcher Gelegenheit, von wem, wie gesagt wurde. Eine besondere Form der durchaus typischen Art der Qualitätskontrolle an der Universität auf dem flachen Lande.

Parallelaktionen jedweder Art hatten natürlich die Eigenschaft, dass Zuständigkeiten der einzelnen Ressorts in der weitverzweigten Verwaltung ausgehebelt wurden. Das war eine ganz wesentliche und sicherlich nicht unbeabsichtigte Folge dieses von Magnus First aber auch von dem Leiter des Universitätsmarketings Siegfried Seif und Präsidialassistenten Bernd Gries so bezeichneten „task-orientierten-Arbeitens". Diese Vorgehensweise gipfelte mitunter in vollends verblüffenden Belobigungen einzelner Teammitglieder aus dem engeren Kreis, für Dinge, die mit ihnen oder vielmehr ihrer Arbeit in keinster Weise in Einklang zu bringen waren.

Mehr oder weniger gezielt sollten die eigentlich Zuständigen offenbar so unter Druck gesetzt werden, schneller, mehr, ja eigentlich pausenlos zu arbeiten. Informationen wurden dabei unterschiedlich gestreut beziehungsweise lanciert. Wie dann später klar wurde, ging es dabei im Wesentlichen darum festzulegen, wer für wert befunden wurde, die karge Münze Vertrauen ausgezahlt zu bekommen, um überhaupt mit Informationen versorgt zu werden. Ohne diese Informationen etwa über den berüchtigten letzten Stand eines Entwurfs oder dergleichen konnte von sinnvollem Arbeiten überhaupt keine Rede sein. Und so kam es fast zwangsläufig zu dem was kommen musste: Viele der permanenten, fast hektischen Aktivitäten liefen darauf hinaus, kurz vor ihrem Abschluss entweder gänzlich umdefiniert oder gestoppt zu werden. Die Folge des ersten Falles war ein gänzlich neuer Auftrag, die Folge des zweiten die ganz große Abfall-Tonne.

Magnus First hatte eine salbungsvolle Sentenz parat, wenn er auf solche Zusammenhänge hin einmal direkt angesprochen wurde, die selbstredend die eigene Verantwortung unterschlug: „Was für eine Verschwendung von Ressourcen!" Dieser Satz war immer dann zu vernehmen, wenn nach der fünften oder sechsten Version für ein Projekt der Außenkommunikation die Differenzen zwischen Präsident Retho Wachs und ihm so groß waren, dass einvernehmlich beschlossen wurde, ganz schnell etwas ganz anderes zu machen. Schwamm drüber! Die Problembereiche oder Problemzonen schienen allerdings mit der Zeit durchaus definierbar zu sein. Betraf es bei First eher das Optische, klassisch „Marketingmäßige“, schien es bei Wachs vom Schwerpunkt her eher das Textliche, Inhaltliche zu sein. Manches Mal konnte man sich jedoch auch nicht des Eindrucks erwehren, als würde schon das „Ja“ des einen das „Nein“ des anderen provozieren und umgekehrt. Auf dem Stand einer solchen Erkenntnis angekommen, nahmen etliche Mitarbeiter nach relativ kurzer Zeit Reißaus, aber wie durch ein Wunder fanden sich immer wieder neue und völlig unverbrauchte Teammitglieder ein. Britta Muthesius sollte nach ihren letzten demotivierenden Erfahrungen als nächste das Fluchtstadium erreichen und den Praxistest des lebenslangen Lernens (LLL) unter den gegebenen Bedingungen, den Vorgaben dieser Universitätsverwaltung abbrechen.

Die Universität spricht – Gries weiß Bescheid!

> „Dann allerdings könnte für die ‚letzten Menschen' dieser Kulturentwicklung das Wort zur Wahrheit werden: 'Fachmenschen ohne Geist, Genußmenschen ohne Herz: dies Nichts bildet sich ein, eine nie vorher erreichte Stufe des Menschentums erstiegen zu haben.'"
> *Max Weber, Die protestantische Ethik und der Geist des Kapitalismus*

Welche Intention Präsident Retho Wachs wohl getrieben haben mochte, morgens um 7 Uhr 30 im Auto Richtung Universität gut gelaunt, gegenüber dem fahrenden Präsidialassistent Dipl.-oec. Bernd Gries, dessen Rolle mit dem herablassenden Gestus des „Harry, fahr doch schon mal den Wagen vor" eigentlich schon hinreichend unterminiert war, den folgenreichen Satz zum Besten zu geben: „Bernd, wie weit bist Du denn schon mit dem Universitätsentwicklungsplan? Gestern wolltest Du mir doch Bescheid sagen, wie es so steht. Ich denke, Du solltest unserem Freund hier mal deinen Entwurf vorlegen. Er kann ja dann als Spezialist für das Schriftliche noch mal über den Text gehen. Es wird sicher nicht schaden."

Gries Gesichtsausdruck verfinsterte sich augenblicklich, seine Jungenwangen färbten sich in einem sachten Rot, und er antwortete, eher in sich hinein: „Ja, ja … da müssen wir einen Termin finden … vielleicht heute Abend …" Mir wurde schlagartig klar, dass Gries mir diesen Vorstoß, mit dem ich gar nichts zu tun hatte, auf ewig nachtragen würde, und ich nickte nur leicht mit dem Kopf.

Es gehörte offenbar zu Wachs' Strategie, auf diese Weise hohen Druck auf seine unmittelbaren Mitarbeiter, in diesem Fall auf seinen Assistenten, aufzubauen, der, wie mir schon zu Ohren kam, ohnehin schon quasi rund um die Uhr arbeitete. Der aber ganz offenbar in diesem Helotentum seine eigentliche Bestimmung gefunden zu haben schien. Gries verfolgte keinerlei andere Interessen, kein anderes Ziel, als die Universität, die Neuerschaffung des Verwaltungsapparates nach den Vorgaben von Wachs zu exekutieren. Als jugendlicher Betriebswirt beziehungsweise Volkswirtschaftler schien er geradezu prädestiniert für höhere Aufgaben, die am ehesten wohl dem neuen Berufsbild eines Bildungsmanagers vergleichbar waren. Dennoch fragte sich der eine oder andere Beobachter, weshalb jemand, der zweifellos extrem ehrgeizig und ambitioniert zu Werke ging, nicht eine übliche Karriere, etwa in der Wissenschaft oder Wirtschaft anstrebte und sich stattdessen, über Jahre hinweg, in einer subalternen Position offenbar ganz wohl fühlte. Das Abhängigkeitsverhältnis Wachs gegenüber machte, bei genauerer Betrachtung, auch einen irgendwie klebrigen Eindruck. Etwas Uneingestandenes war hier offenbar Gegenstand größerer Verdrängungsleistungen.

Als ich am späteren Nachmittag recht unmittelbar in Gries' Kabuff in der Holzfraktion vorbeikam, echtes Parkett gegen Linoleum, schräg gegenüber von Rethos Büro, reagierte er zunächst überhaupt nicht auf meine Anwesenheit. Sein Haar war dunkelblond und kurz geschnitten, aber lang genug, um in der Manier der aktuellen Jugend schräg ins Gesicht gekämmt werden zu können. Das schmale Gesicht betastete er in einer Art nervösem Tick oft mit den Fingern, als würde er darin etwas suchen. Zusätzlich fuhr er sich hin und wieder mit seinem linken Handrücken über die Stirn, wie um einen gedanklichen Neustart herbeizuführen. Lachen sah oder hörte man ihn nie. Seine Augenpartie erinnerte, mit ihren schläfrigen, halb geöffneten Lidern entfernt an die Erscheinungsform von Leguanen, quasi steinzeitlicher Echsen. Auch deren Eigenart in ihrem Bewegungsrepertoire, sowohl Starre als auch plötzliche, explosionsartige Bewegung zu beherrschen, konnte gut als Beschreibung persönlicher Eigenschaften durchgehen. Das Fixieren des Laptops nahm sich aus als Vorspiel einer von langer Hand geplanten Orgie der Inkorporation von sogenanntem Content. Ein plötzliches Ausbrechen von etwas Animalischem, Triebgesteuertem schien jederzeit möglich.

Schließlich wandte er mir mit einer langsamen, seitlichen Drehung den Kopf zu und meinte: „Hatte ich nicht gesagt: heute Abend!“, und wie um die Schroffheit etwas zu glätten, fügte er hinzu: „Ich habe jetzt eh einen Moment Zeit und nachher muss ich die Senatssitzung vorbereiten. Also passt es eigentlich gar nicht so schlecht.“ Mit einer Handbewegung deutete er auf den Stuhl vor seinem Schreibtisch. „Geschrieben habe ich allerdings noch nichts, aber“ und er deutete auf seinen Hinterkopf „da ist schon vieles, wenn nicht gar alles drin, Zeile für Zeile, Wort für Wort“.

Die Bemerkungen von Retho heute Morgen sollte ich bloß nicht überinterpretieren, er bräuchte mich nicht, vor allem nicht zum Schreiben. Er sei schließlich Jahrgangsbester gewesen, an seiner Uni; auch er hätte „Worterfahrung“. Nachhilfe in gutem Stil sei schon gar nicht erforderlich, und er sah mich herausfordernd aus seinen halb geöffneten Augen an. Von der Sache her könnte ich ja ohnehin schon überhaupt keine Ahnung haben, bei meinem kurzen Aufenthalt hier im Hause. Er könne mir gerne eine Kostprobe liefern. Und dann quoll es förmlich in einer überbordenden Konkretheit aus ihm heraus:

„Der Senat der Universität hat im Einvernehmen mit dem Präsidium den folgenden Universitätsentwicklungsplan beschlossen. Dieser Entwicklungsplan bestimmt gem. § 1 Abs. 3 Satz 2 NHG die ‚Grundzüge der Entwicklungs- und Leistungsziele‘ der Universität für die folgenden Jahre. Der Entwicklungsplan dient als Arbeitsgrundlage für die weitere inhaltliche und organisatorische Entwicklung der Universität. Er skizziert die geplante mittelfristige Schwerpunktbildung in Forschung, Lehre und Dienstleistungen/Transfer sowie die Verortung der Aufgaben und Aktivitätsfelder in den Fakultäten und Gefäßen. Der Entwicklungsplan ist darüber hinaus gem. § 1 Abs. 3 Satz 1 NHG eine Grundlage für Zielvereinbarungen, welche die Universität mit dem Ministerium für Wissenschaft und Kultur abschließen wird …“

Triumphierend fügte er hinzu: „Dann kommen nähere Ausführungen zu den strategischen Kernzielen der Universität und unser Leitmotiv, das selbst Dir mittlerweile auch bekannt sein dürfte."

Nun war Gries gar nicht mehr zu bremsen. Er hatte sich regelrecht in Fahrt geredet und wähnte sich offenbar einem großen Auditorium aus verzückt dreinblickenden Verwaltungsbeamten gegenüber, denen er im Handumdrehen die Sinnhaftigkeit, das Luzide ihres einsamen Handelns für die soziale Gemeinschaft, vor Augen führte:

„Im Sinne dieses Zielbildes soll die Entwicklung der Universität in den kommenden Jahren geprägt sein durch folgende Ziele und Leitlinien", beide Begriffe wurden von ihm mit einer gewissen Inbrunst, beinahe einer tiefen Gläubigkeit intoniert. Er fuhr fort:

„Die Universität versteht sich als Gemeinschaft und als Einheit. Gegenstand gemeinschaftlicher Identifikation und Entwicklung ist die Universität als Ganze in ihrer Vielfalt, nicht nur in einzelnen ihrer Teile. Reformprojekte und Entwicklungsvorhaben sollen daher nicht nur in Teilbereichen oder Pilotprojekten stattfinden, sondern die Universität als Ganzes und als Gemeinschaft weiter entwickeln ..."

Zugegebenermaßen versagte schon nach dem ersten Punkt meine Konzentrationsfähigkeit. Der Vortrag war in seiner papiernen Aufgeblasenheit und Unfassbarkeit schwer erträglich und nur als schriftliche Vorlage zu verarbeiten gewesen. Locker verhedderten sich in meinem Gedächtnis einzelne Brocken und Sentenzen wie Profilbildung, Transdisziplinarität (war die nicht schon aus der Mode gekommen?), Humanismus, wertorientierte Verortung, Nachhaltigkeit, kulturelle Diversität (oder doch Diversivität?), Qualitätsmanagementsystem, Personal- und Organisationsentwicklungsprozesse, neue Anforderungsprofile, Handlungsorientierung, Gender Mainstreaming und anderes mehr.

Gries wirkte trotz allem recht zufrieden mit seinen Ausführungen, und ich war mir nicht ganz sicher, ob er diesen erstaunlich überbordenden Text nicht einfach abgelesen hatte, befand sich das

Laptop doch genau vor ihm, gewissermaßen zwischen uns. Auf jeden Fall war das von ihm ausgesandte Signal eindeutig, ein Wink mit dem Zaunpfahl, und ich wollte mich auf gar keinen Fall weiter aufdrängen. War es nicht überhaupt die glorreiche, recht schikanöse Eingebung von Retho gewesen, uns aufeinander anzusetzen? Ergab ich mich dieser Dramaturgie, hatte ich unter Garantie keinerlei Spielräume mehr und würde von dieser stupenden Kleingeistigkeit regelrecht ans Türkreuz des Büroalltags genagelt. Nun ging es darum, möglichst schnell den Ausgang zu finden:

„Ich sehe, Du hast ja alles wunderbar im Griff. Allerdings sollte der ganze Text, was ich jetzt gehört habe, ist ja sicherlich nur ein Bruchteil, noch einmal ordentlich durchgesehen werden. Du kannst Dich jederzeit an mich wenden. Allerdings", diese Bemerkung konnte ich mir dann doch nicht verkneifen, „möchte ich zu bedenken geben, dass sehr wenig von den Studenten dagegen aber sehr viel von der Institution selbst, von abstrakten Strukturen, die Rede ist."

Er wand sich nach meinen Bemerkungen ein wenig wie um die eigene Achse. Anschließend gingen seine Bewegungen in ein leichtes Kopfnicken über, und ich nutzte den Moment um hinzuzufügen:

„Weder Institutionen noch Organisationen an sich können für sich ‚Elite' sein. Sie sind immer nur so gut oder schlecht wie die Personen, die sich in ihren Dienst stellen. Kreativität, kritisches Bewusstsein, ethische Einstellungen sind unzweifelhaft Kriterien, die jeder Einzelne zu erfüllen hat."

Sein Blick nahm mit einem Mal offen feindliche Züge an. Ich schien einen wunden Punkt getroffen zu haben. Und er setzte schroff dagegen: „Wenn wir hier eine Reform umsetzen wollen, müssen wir zuerst an die Institution denken und erst in zweiter Linie an die Kunden, äh die Studenten." Wie ertappt setzte er hinzu: „Deshalb ist es auch so wichtig, das Alleinstellungsmerkmal herauszustellen, das, was uns von den anderen Anbietern am Markt unterscheidet. Das betrifft die externe wie die interne Kommunikation, und ich bin sehr im Zweifel, ob wir da personell richtig aufgestellt sind. Da muss ich sicherlich mit Retho noch mal sprechen."

Ganz offenbar zielte er mit dieser drohenden Bemerkung nicht nur auf den Leiter des Universitätsmarketings Siegfried Seif, mit dem er sich des Öfteren verbal theatralische Schaukämpfe vor versammelter Mannschaft lieferte, sondern direkt und schnörkellos auf mich. Die ganze Marketingabteilung der Universität schien ihm nicht richtig auf Zack zu sein, aber noch hielt er sich zurück, hielt er still. Ihm fehlten der unmittelbare Drive, der finale Output, die neuesten Broschüren und treffenden Slogans, mit denen das Alleinstellungsmerkmal der Universität so richtig in kommunikative Stellung gebracht werden konnte. Für ihn lag ein Versagen auf der sogenannten Arbeitsebene vor, allein auf Seiten der Ausführenden.

Allerdings gab es bis dato im Präsidium doch sehr unterschiedliche Auffassungen zu dem Wie und Was der Darstellung nach außen und innen. Vor allem was die Form, aber auch den Inhalt, eigentlich also alles, betraf. Da standen sich nämlich Präsident Wachs und Kanzler First respektive Seif fast diametral gegenüber. Und was Gries so verdrießlich stimmte, war ganz offenbar, dass seine eigene, doch so gewichtige Meinung so wenig bis gar nichts zählte. Seine Rolle war insgesamt etwas unglücklich austariert und schmeichelte nicht gerade seinem bedürftigen Ego. Ihm war lediglich übertragen worden, einige Auffassungen von Wachs zu interpretieren und anschließend zu exekutieren. Erst einmal nicht mehr und nicht weniger.

Selbst das Orakel von Delphi in seiner klassischen geschichtlichen Ausprägung ließ genauere Interpretationen zu als die Sentenzen, die Wachs fast täglich unterschiedlichen Adressaten zum Besten gab. Da sich die daraus resultierenden Auffassungen mithin ständig multiplizierten und noch dazu wöchentlich änderten, waren alle engeren Mitarbeiter von Wachs, an erster Stelle natürlich Gries, aber auch die meisten der später folgenden persönlichen Referenten respektive Assistenten, in einer eher problematischen

Situation. Sie alle mussten Informationen einsammeln, „updaten“ wie das Neudeutsch so schön heißt und zur Deckung bringen, die, bei näherer unvoreingenommener Betrachtung, im Grunde unvereinbar waren. Wenn es nun aber einen Bereich oder eine Sache gab, in der Gries eine Meinung wirklich vertreten zu können meinte, kannte er kein Pardon. Da wurde er innerlich starr und nachgerade giftig, was sich dann körperlich in dieser spezifisch echsenhaften Verlangsamung seiner Bewegungen, und vor allem seiner Mimik, ablesen ließ.

Eine solche Stimmung lag bei unserem kurzen Gespräch in der Luft. Dennoch musste ich ihm gegenüber von der Sache her einen Aspekt herausstreichen, der mir selbst wichtig war, und auch mit meiner eigenen Motivation in Beziehung stand, überhaupt für die Universität auf dem flachen Lande tätig zu sein.

Seine Spitze ignorierend, entgegnete ich kühl: „‘Sapere Aude‘ – Wage zu wissen! – bezieht sich traditionell auf den Einzelnen, auf die Erziehung zur Mündigkeit des Individuums, nicht der Institution. Das System mag umgebaut werden, aber es erfindet sich nicht neu, es werden auch keine neuen, besseren Menschen produziert. Die Universität stellt lediglich die Bedingungen zur Verfügung und die sollten an den Bedürfnissen der Studenten ausgerichtet sein. Nicht mehr und nicht weniger!“

Plötzlich sah er mich ganz direkt an, wischte sich wieder mit dem Handrücken über die Stirn und sagte im Brustton eher gespielter Überzeugung: „Genau das ist auch unsere Auffassung. Das könnte Retho mit ein paar kleinen Änderungen jederzeit unterschreiben. Du bist also doch einer von uns!“

Sommer-Sportfest-Volleyball

„Das aber, was gerade dem modernen Menschen so schwer wird, und der jungen Generation am schwersten, ist: einem solchen Alltag gewachsen zu sein. Alles Jagen nach dem Erlebnis stammt aus dieser Schwäche."
Max Weber, Wissenschaft als Beruf

„Mens sana, in corpore sano."
(Ein gesunder Geist in einem gesunden Körper.)
Lateinische Redewendung

Alle Jahre wieder kam es an der Universität auf dem flachen Lande zu einer großen Lockerungsübung in Gestalt eines Sommer-Sportfestes mit diversen heiteren Veranstaltungen und kompetitiven Vergleichen. Der Wettkampf ist der Vater der Meritokratie und kann nicht früh genug eingeübt, ja eigentlich einstudiert werden. Die Aneignungsformen sind allerdings sehr unterschiedlich, wie auch die Charaktere, die sich an einer Universität einfinden. Trotz aller großartigen Bemühungen des Präsidiums in Gestalt von [Prof.] Dr. Retho Wachs und Magnus First, einen neuen, universitäts-markenorientierten Studenten regelrecht zu erfinden, muss doch festgestellt werden, dass die Basis noch nicht mitgezogen hatte oder vielleicht auch nicht wirklich wollte.

Auch dieses Mal, im Jahre 04 n.d.N. (nach der Neuausrichtung), waren auf den ersten Blick keine wesentlichen Veränderungen innerhalb der Studentenpopulation feststellbar. Die Bachelor- respektive Mastergebeutelten feierten feuchtfröhlich vor sich hin und ergingen sich in einer Art Spiel ohne Grenzen, in dem die Teilnehmer durch Seifenlauge schaumgesättigte Plastikplanen, bestückt mit etlichen Hindernissen, in schnellstmöglicher Zeit durchrutschten mussten. Der kindliche Übermut, der sich hier Bahn brach, entbehrte nicht einer unfreiwilligen Komik. Stand der von den Studenten selbst entworfene Parcours doch geradezu sinnbildlich für die Hochschul- und Bildungspolitik der letzen Jahre und ihre eigene Rolle in diesem Ausbildungssystem mit seinem ihm eigenen Hang zur Überregulation, der auch Gutwillige bisweilen an Behördenwillkür denken ließ.

Geschwindigkeit ist alles! Sie schlitterten durch Versuchsanordnungen von haarsträubender Belanglosigkeit, Geschicklichkeit in der Überwindung jedweder Hindernisse wurde das Gebot der Stunde, aber bitte mit möglichst wenig Bildungsgepäck à la Humboldt. Wikipedia wurde zur universellen Bibliothek und Google zur logarithmischen Antwortmaschine jedweder wissenschaftlich biographischen Begehren. Copy and Paste wurde die Antwort auf curriculare Überfrachtung und Gängelung bei der Abfassung von der Seminararbeit bis hin zur Doktorarbeit.

Der „Lügenbaron" Guttenberg oder auch der bildungsministeriell beständig umtriebige und vorbildhafte Dr. Althusmann – er darf seinen Doktor behalten –, oder selbst die vormalige Bundesbildungsministerin Annette Schavan waren somit nur die innovativen Vorläufer einer allgemein und mit Vehemenz um sich greifenden Entwicklung. Das moderne Wissensmanagement ist vielgestaltig und zieht offenbar die unmittelbare Nutzenanwendung der Anstrengung des eigenen Denkens vor, frei nach dem Motto: Lerne nur ja nicht, dich deines eigenen Verstandes zu bedienen! Vor jedem Start denkt der Student viel eher an den unmittelbaren, schnellen und kurzen Weg und fragt sich: „Wie kann ich mein Ziel mit möglichst wenig Aufwand, in möglichst kurzer Zeit erreichen?" Alle schreiten zielstrebig und ultimativ zu Höherem! Ob Seifenlauge oder Lektüre, bloß keine zu großen Schritte, der Schwerpunkt sollte möglichst tief liegen, eher im Hüft- als im Kopfbereich.

Zu den kleineren Nebenveranstaltungen der sportlichen Festivitäten gehörte auch eine Variante des Bosselns, biergeschwängertes Studenten-Kicker lebensecht, Eisbeinweitwurf oder – ganz profan – Beach-Volleyball. Trotz ständiger Totalüberarbeitung war sogar das erweiterte Präsidium mit einer kleinen Mannschaft vertreten, die den sinnigen Namen „Haudrauf“ trug. Nachträglich war leider nicht mehr zu ermitteln, wer diese glorreiche Namensgebung zu vertreten hatte; irgendjemand vermutete, die Präsidialsekretärin Ricarda Milch sei hier kreativ geworden.

Wahrscheinlicher war allerdings, dass unsere umtriebige, ewig telefonierende, zeitweise Veranstaltungsorganisatorin und irgendwie auch Politikerin Gesine Grün dahintersteckte. Sie animierte letztlich auch die spontane Teambildung, was sich zu einem recht eigentümlichen Setting entwickelte. Auf dem Weg durch das Präsidium zum Sportplatz sammelte Gesine den einen und anderen ein. Das Erstaunlichste war allerdings, dass sich auch Bernd Gries zu einem zeitweisen Engagement breitschlagen ließ. Zwei wissenschaftliche Hilfskräfte wurden unter Androhung von erheblicher Mehrarbeit quasi zwangsverpflichtet und eine Assistentin aus dem College nahm allen ihr zu Gebote stehenden Mut zusammen, sich ebenfalls sehen zu lassen.

Zum Leidwesen Gesines blieben ihre Rekrutierungsbemühungen von sportlicher Qualität allerdings veritabel und regelrecht im Sande stecken. Denn die Arbeitsweise des Präsidiums schien sich auch auf die - bis auf Gries - weniger bedeutenden Mitglieder negativ auszuwirken. Nicht allein die Unkenntnis der Regeln, mangelnde Übung oder Unterstützung konnte für die desolate Vorstellung verantwortlich gemacht werden. Kamen doch selbst Präsidialsekretärin Ricarda Milch wie auch der Leiter des Universitätsmarketings Siegfried Seif kurz vorbeigeschlappt. Auch lag es nicht etwa an der eifrigen Verbissenheit der Gegner, dort herrschte eher ein feuchtfröhliches Mitleid vor. Nein, ein Zuspiel war so gut wie inexistent, jedem schien es schon fast zu genügen, den Ball auch nur berührt zu haben. Dabei war jeder sich selbst genug.

Ins Bild passte auch Präsidialassistent Bernd Gries‘ zeitweiser Gastauftritt. Auch in dieser für ihn atypischen Freiluftumgebung schien er paradoxerweise zwar einerseits voll aufzugehen, andererseits aber zugleich unberührbar weit entfernt zu sein. Er agierte als Einzelkämpfer und war unfähig, auch nur einen Ball vernünftig anzunehmen oder weiterzuspielen. Er drosch bei der Aufgabe die Bälle so in die gegnerische Hälfte, dass sie entweder im Aus landeten oder nicht zu retournieren waren. Auf diese Weise machte er dem Namen der Mannschaft dann doch noch alle Ehre. Dies war offenbar seine ganz spezielle Interpretation dieses doch eigentlich recht geselligen Spiels. Nach einer zweimaligen Wiederholung seines Haudrauf-Vorgangs, zog er voll und ganz zufrieden wirkend wieder von dannen. Die bis zum Abend durchspielende Mannschaft trug die folgenden Niederlagen mit präsidialer Fassung.

Auf jeden Fall lag es sich angenehm auf der Wiese vor dem Mensagebäude, das gläsern und stahlbewehrt die guten, alten achtziger Jahre aufleben ließ und so gar nichts mit dem Kasernenambiente zu tun haben wollte, dem es eigentlich qua Historie irgendwie „verpflichtet" war. Gegensätze jedweder Couleur standen jetzt und heute auf der Tagesordnung. Anspruch und Wirklichkeit schienen in einem dauerhaften, nicht nur sportlichen Wettkampf gefangen zu sein, der auf dem ganzen Campus wahrnehmbar, mit Händen zu greifen war.

Einige wenige der älteren Studenten stammten noch aus der Generation „Ante Bologna", als es noch Magister und Diplome zu vergeben gab. Sie galten ganz offen als nur mehr auf Zeit geduldet. Die Altstudiengänge erstreckten sich vor allem auch in jene Studienbereiche, die schon längst als Ballast über Bord geworfen worden waren. In dem zahlreich mittrinkenden Publikum konnten vor allem auch jene altstudierenden Elemente vom ASTA erspäht werden, die dem Präsidium, vor allem natürlich Dr. Retho Wachs und Magnus First, einen recht hinhaltenden, aus ihrer Sicht heroischen, Kampf lieferten. Einige der alten Kämpen wussten natürlich genau, dass ihre Zeit spätestens mit der (Zwangs-)Exmatrikulation abgelaufen wäre und verschafften ihrem Widerstand mitunter doch etwas sehr wahllos Luft.

Aber, wie so häufig, wenn viele Menschen pflicht- und zeitweise aufeinander hockten und vielleicht gerade auch auf dem flachen Lande, gab es doch ein gewisses Gespür für Verhältnismäßigkeiten und angemessene Verhaltensweisen innerhalb einer Institution wie eben ihrer Universität. Diese Ventilfunktion der Altstudenten brachte, neben recht schrillen Tönen, durchaus bedenkenswertes hervor. Der hinhaltende Widerstand gegen Veränderungen, die zweifellos anstanden, war erzkonservativ und auf den ersten Blick absurd. Aber völlig richtig war, dass zwar in den Gremien alle Entwicklungen und Schritte angesprochen wurden, aber es keine Möglichkeit der wirklichen Einflussnahme oder Mitgestaltung gab, trotz aller gegenteiligen Beteuerungen.

Hier wurde zweifellos eins zu eins die Blaupause „Universität neuen Typs“ vom Reißbrett umgesetzt. Dieses Verhältnis von scheinbarer Gesprächsbereitschaft und Offenheit, dem Aushebeln der bisherigen Machtbalance durch die Einrichtung einer Stiftung, dem Aufsetzen eines neuen Studienmodells verbunden mit der eindeutigen Bevorzugung der wirtschaftswissenschaftlichen, ökonomisch relevanten Studiengänge wurde als ein Hintergehen interpretiert, mithin moralisch beurteilt. Verbunden mit der fast monatlichen Ankündigung neuer großer und immer größerer Projekte, die es dann zeitweise wieder nie gegeben haben sollte. Klar war nur, hier stand ein Masterplan zur Realisierung an, natürlich „up to date“, bei dem die „Eingeborenen“ Nutznießer sein durften, aber bitte ohne Ansprüche zu stellen. Sie hatten gefälligst abzuwarten, bis die ganze Chose nach guten acht bis zwölf Jahren ins Werk gesetzt worden sei, je nachdem.

Das Präsidium setzte dabei natürlich nicht auf das Bestehende, alle Hoffnungen lagen auf der zukünftigen Entwicklung der Universität. Und ein ganz wesentlicher Faktor stellte der „Neue Student“ dar, der in einem Prozess der allerfrühesten und sehr sorgfältigen Auslese aus allen Landesteilen der Bundesrepublik wie auch dem nahen Ausland gewonnen werden sollte. Deshalb waren auch sofort nach der Inthronisation des neuen Präsidiums, Aufnahmeprüfungen eingeführt worden, obwohl es natürlich keine Knappheit an Studienplätzen bei dem ohnehin kargen Angebot an Fächern gab und die Gelder des Staates wie immer über die Kopfpauschale abgerechnet beziehungsweise zugeteilt wurden.

Aber dieser Schritt, neben der offensiven Verteidigung von Studiengebühren, war Bestandteil von stufenweise beginnenden universitären Marketingmaßnahmen, die zum erklärten Ziel hatten, die Marke „Universität auf dem flachen Lande“ an Frau und Mann zu bringen. Doch die bundesweite Werbung an selbstverständlich den besten Schulen zeitigte keinen zählbaren Erfolg. Und so musste aufs erste mit der Propagierung eines neuen Menschenbildes vorliebgenommen werden, nicht direkt natürlich, sondern in der Maske von Internet-Fragebögen über besondere Motivationslagen. Bei genauerem Hinsehen schälte sich das zugrunde liegende Bild dann aber doch recht deutlich heraus. Gehuldigt wurde dem sich ehrgeizig und zielstrebig an vorgegebenen Leistungs- und Wissensstandards orientierenden Nutzenanwender.

Das Wort „Bildung“ wurde von den Verantwortlichen dennoch bei fast jeder Gelegenheit beredt im Munde geführt, gemeint war dabei aber eben gerade nicht die Befähigung, ein zweckfreies, inhaltlich von den großen Traditionen der Geistes- und Kulturgeschichte gespeistes Wissen zu vermitteln. Hier stand vielmehr die Fratze des „Homo oeconomicus“ in seiner modernsten Variante und seinen dienenden Funktionen Pate, dessen Eigenschaften mit mobil, pflegeleicht, anpassungsfähig und ergebnisorientiert nur andeutungsweise adäquat zu beschreiben sind. Eine hohe Konzentration dieser speziellen Spezies hatte sich an der Universität auf dem flachen Lande als ganzer allerdings noch nicht eingefunden, soweit es zumindest an diesem Nachmittag auf dem alljährlichen Sommer-Sportfest den Anschein erweckte.

Doch die von den Studenten gezeigte hinhaltend umtriebige Fröhlichkeit wirkte eigentümlich seelenlos, irgendwie aufgesetzt. Es war so, als ob die neue und über alle Empfangskanäle vermittelte Identifikationsverpflichtung mit der Institution Universität die Mehrheit der Studenten nicht wirklich etwas anginge. So, als ob der turmhohe Anspruch einer bis dato rein regionalen Universität mit ihren spezifischen Verhältnissen und ihrer eigenen Geschichte, zumindest mehrheitlich unbewusst, als anmaßend und inadäquat wahrgenommen würde. Die ungeliebten Kinder begehrten nicht wirklich auf, aber sie fühlten sich vermutlich wie gewogen und für zu leicht befunden. Und in der Tat, fast alle waren sie angezählt.

Relativ zahlreich vertreten war der „Neue Student" hingegen auf der Etage des Präsidiums. Vor allem im Umfeld von Kanzler Magnus First wurde projektbezogen die Anpassungsfähigkeit der Probanden getestet. In einem dreimonatigen oder, wenn es hoch kam, sechsmonatigen Umschlagverfahren wurden sie jedoch meist als nicht wirklich belastbar wieder ins Freie befördert. Wenn es nach den etwas undurchsichtigen Kriterien Firsts ging, zu denen, zum allgemeinen Erstaunen, offenbar auch Hochhackigkeit und Haarfarbe gehörten, schließlich doch zu einem längeren Engagement kam, konnten einige Eigenschaften eigentlich fast immer ausgeschlossen werden: Argumentationsfähigkeit, sprachliches Differenzierungsvermögen, politisches Bewusstsein oder auch nur die Fähigkeit genau hinzuhören; aber auch persönliche Integrität oder etwa die Bereitschaft, für seine Überzeugung öffentlich einzutreten und sie vor allem auch denen plausibel zu machen, die möglicherweise intellektuell unterlegen waren.

Was damit ausgeschlossen wurde, waren genau die Eigenschaften, die eine Bildungsinstitution sich auf die Fahnen zu schreiben hätte bemühen müssen. Stattdessen standen offenbar Kriterien wie Dauerbelastbarkeit, Unterordnung, ständige Erreichbarkeit und Willfährigkeit im Mittelpunkt, die eher etwas über die persönliche Leidensfähigkeit der Betroffenen aussagten und ihre Bereitschaft, sich dem altdeutschen Prinzip „Befehl und Gehorsam" zu unterwerfen. Damit waren die hilfsweisen Mitarbeiterinnen und Mitarbeiter, meist ohne es auch nur zu ahnen, dem eigentlichen „Genius loci" der Universität sehr nahe getreten, beigetreten. Dem Sportfeld auf dem Campus sah man schließlich auch das Exerzierfeld, das „Sportfeld" der Panzer-Grenadiere kaum noch an. Der raumgreifende Gleichschritt der damalig zukünftigen Kombattanten der

Garnison, ausgebildet unter dem Schutz der Kastanienbäume für den Endsieg im zweiten Weltkrieg, war Selbstzweck und fatale Übung zugleich. Was soll General Schukow auf die Frage geantwortet haben, wie man ein Minenfeld räumt? Mit tausend Soldatenstiefeln!

Da konnte zweifellos dann doch kein Student oder Mitarbeiter wirklich mithalten wollen, selbst nicht im Geiste und auch nicht für die ganz großen Ziele der neuen Herren auf dem Campus. Auch wenn angeblich nichts Geringeres als die Zukunft der Zivilgesellschaft des 21. Jahrhunderts auf dem Spiel stand.

Der Zentralbau – Wie Projekte angefasst werden

„Derjenige der führt, hat als einziger die Übersicht und die richtigen Lösungen."
Top-Down-Prinzip

„Ich weiß schon / Was dahinter steckt
Und was denn weiter? / Ein Projekt."
Goethe, Faust II

Wenn Kanzler Magnus First etwas in die Hand nahm, kamen zumindest drei Projekte dabei heraus. Allerdings waren bei der immensen Anzahl von Projekten die Übersicht und der Durchblick nicht immer gewährleistet. Deshalb mussten auch in schöner Regelmäßigkeit Köpfe rollen, Schuldige gefunden werden, sollte es das eine oder andere mal nicht so „flutschen", wie First sich gerne salopp ausdrückte. So wäre es beinahe auch Susi Quer ergangen, die sich nach ihrem „Burn-out" nach zwei Monaten wieder zurückmeldete. Noch immer Projektbeauftragte seiner Gnaden, was den sogenannten Zentralbau betraf, stand sie unter einem ungeheuren Rechtfertigungsdruck, denn der projektbeteiligte Architekt Klaus Kessel und First versuchten, ihr gewisse Versäumnisse und Fehler anzudichten und mussten schließlich feststellen, dass sie ohne ihre Macherqualitäten doch nicht weiterkamen.

Nur deshalb sah Magnus auch darüber hinweg, dass sie doch tatsächlich über Monate hin für ihn nicht zur Verfügung gestanden hatte, nicht einsetzbar, nicht greifbar war. Denn erst seine persönliche Verfügungsgewalt, so schien es, verwandelte Projektbeteiligte in Menschen aus Fleisch und Blut, dies allerdings natürlich nur im Rahmen ihrer zu bewältigenden Aufgaben. Und da kannte Magnus sich aus! Die Strategie folgte einem typischen Muster. Die Aufträge und Zuständigkeiten lagen meist außerhalb der eigentlichen Kernkompetenz der Betreffenden, schmeichelten ihnen aber irgendwie und – dies war ganz wichtig – sie waren nur IHM verpflichtet. Solche Einzelbeauftragungen hatten für ihn viele Vorteile, für die Arbeitszusammenhänge aller anderen Verfahrensbeteiligten jedoch nur Nachteile.

Neben der normalen Verwaltung, mit normalen Zuständigkeiten wurde auf diese Weise ein Paralleluniversum Magnus First geschaffen, das durchaus als absolutistisch, ja als totalitär bezeichnet werden konnte. Die Verwaltung kam nicht als stahlhartes Gehäuse daher, sondern eher wie eine Gummizelle, ein systemisches Fluidum von mehr oder weniger verhülltem Gehorsam und Befehl, ein elaboriertes Spiel mit Grenzen. Und die Grenzen entsprachen der Leistungsfähigkeit derjenigen, die die konkrete Arbeit zu verrichten hatten. Dahinter stand die krude Idee des sogenannten „Top-Down-Prinzips" – ein Begriff aus der Unternehmungsplanung –, welches in einem Ad-hoc-Modus umgesetzt wurde. Der verwaltungsatypische Ausnahmezustand wurde dadurch zum Regelfall erhoben.

Um ein solches Verfahren zu installieren und aufzubauen, ist ein Selbstverständnis notwendig, das im 19. Jahrhundert als „Herrenreitermentalität" bezeichnet wurde. Im 21. Jahrhundert ist daraus das Gebaren einer Kaste von Wissenschaftsmanagern oder auch Wissenschaftspolitikern geworden, die meist durch den Hintereingang inthronisiert, in erster Linie politisch und betriebswirtschaftlich agieren. Politisch, um Gremienentscheidungen herbeizuführen, die angeblich dem Wohle des Ganzen dienen, betriebswirtschaftlich im Sinne von flexiblen Arbeitsplätzen, Zielvereinbarungen und Zeitverträgen.

Übertragen auf die Zustände vor Ort bedeutete dies, dass Magnus First höchstpersönlich die jeweiligen Projektteams zusammenstellte, sie erweiterte, sie verkleinerte, ganz nach seinem Belieben. Niemand wurde ernsthaft gefragt, einzelne auch gegeneinander angesetzt, immer unter einem enormen Zeitdruck, der, wenn nicht real vorhanden, einfach künstlich vorgegeben wurde. Wer sich bewährte, wer dem absurden, teils fiktiven Druck standhielt, wurde befördert. Und die Beförderung bestand darin, noch kurzfristiger noch mehr Arbeit, noch mehr formale Verantwortung, aber auf keinen Fall Vertrauen übertragen zu bekommen.

Genau so war es im sogenannten Bau-Team Susie Quer ergangen, die zu ihrem Bedauern kein universitäres Studium abgeschlossen hatte, sondern „nur“ die Fachhochschule besucht hatte. Ihr recht offensichtliches Leiden daran kaschierte sie durch Ehrgeiz und Ambition, was auf den ersten Blick schroff wirkte, doch dahinter war eine redliche Seele erkennbar. Magnus betrachtete diese Ausgangssituation als günstig, ihr, im Gespann mit einem studierten Architekten, das wichtige Projekt für den Neubau eines Zentralgebäudes auf dem Campus der Universität auf dem flachen Lande zu übertragen. Für ihn war das organisatorisch geradezu eine Idealkonstruktion. Die Konflikte schienen vorprogrammiert, gegenseitiges Misstrauen von vorn herein eingebaut. Alles wie geschaffen für die Installation eines „Overruling-System“ nach seinem Geschmack.

Zu jeder Zeit konnte er eingreifen, das Projekt plötzlich in die eine oder andere Richtung lenken, ganz wie es ihm opportun schien oder die politische Großwetterlage es nahe legte. Überhaupt die Politik! Oberbürgermeister und Lokalpolitiker waren ihm ja schon längst mindestens eine Nummer zu klein. Da mussten schon Staatssekretäre, Minister und Ministerien her, die Landesebene eben, die bundespolitische, die europäische Bühne wartete nur darauf, von ihm persönlich bespielt zu werden.

Als Susie Quer nach ihrer Genesung wieder im Team Platz fand, lehnte sie mich anfangs ebenfalls als komplett überflüssig ab. Ich sei ihr von Magnus als Aufpasser ins Netz gesetzt worden, meinte sie konfrontativ zu Siegfried Seif, der mich ihr vorstellte. „Das ist ja mal wieder typisch, statt mir hier wirklich die Arbeit zu erleichtern, kommt so einer“, sie deutete auf mich, „und soll auf alles schauen, was ich schreibe“. Sie schüttelte den Kopf: „Und dabei ist der ja noch nicht mal Architekt, geschweige denn weiß er, wie ein Bauantrag auszusehen hat. Was soll die Scheiße?“ Susi pflegte sich manches Mal recht drastisch auszudrücken, aber solche Ausdrücke waren eher als Verbalschmuck gedacht, den sie sich wie ein: „Ich kann auch anders, wenn ich herausgefordert werde“ um den Hals hängte.

Dennoch war ich einigermaßen sprachlos und auf eine solche Reaktion nicht vorbereitet gewesen. Eine Sache war das Schreiben und Überarbeiten des Bauantrags, da hatte ich mich schon hinein gefummelt. Eine andere war der tatsächliche Auftrag von First, mir vor allem die offiziellen Anschreiben an Politiker, Rechnungshof und die höhere Administration anzusehen, um „Schnitzer auszubügeln“. Und dann sagte er noch: „Da hatten wir in letzter Zeit größere Probleme. Und nun befinden wir uns in einer Phase von elementarer Bedeutung für das ganze Projekt. Wir können uns keine Fehler mehr erlauben, da verlasse ich mich ganz auf Dich.“ Dieses verbale Schulterklopfen wusste ich später dann richtig einzuordnen, hatte er doch den Architekten ebenfalls darauf angesetzt, wiederum mich zu kontrollieren, bevor alles zu ihm kam. Die weiteren salbungsvollen Ausführungen von Siegfried Seif, der diese Vorgänge kaschieren wollte, tat Susie schließlich mit einer Handbewegung ab und meinte zu mir: „Ich denke, wir sollten uns, am besten Morgen, wenn Du Zeit hast, ein wenig unterhalten.“

Dr. Wermuth – Bildungsdämmerung

„Der Eintritt in das akademische Leben ist in Ansehung des studirenden Jünglings zugleich die erste Befreiung vom blinden Glauben, er soll hier zuerst lernen und sich üben selbst zu urtheilen."
Schelling, Vorlesungen über die Methode des akademischen Studiums

„History has come to a stage when the moral man, the complete man, is more giving way, almost without knowing it, to make room for the … commercial man, the man of limited purpose. This process, aided by the wonderful progress in science, is assuming gigantic proportion and power, causing the upset of man´s moral balance, obscuring his human side under the shadow of soul-less organization."
Rabindranath Tagore, Nationalism (zit. nach Martha C. Nussbaum, Not For Profit)

In jeder oder fast jeder Arbeitswoche an der Universität gab es mindestens einen Pflichttermin: das Mittagessen mit Dr. Wermuth. Er gehörte zur aussterbenden Spezies der Privatdozenten und war Altlinker aus Berufung. Wir hatten uns eher beiläufig in der Mensa kennengelernt. Er wirkte auf den ersten Blick wie ein Fossil, ein Zausel aus vermeintlich besseren, alten Zeiten. Alles passte einfach zu gut zusammen. Sein in alle Richtungen vom Kopf abstehendes Haar, sein leicht verkniffener Gesichtsausdruck, der sich im Gespräch allerdings als sehr wandlungsfähig erwies und der obligate, abgewetzte dunkelbraune Cordanzug. Letzteren musste es in mehreren Versionen geben, da ich ihn bis dato nie in einem anderen Outfit gesehen hatte. Er selbst schien hingegen fast einmalig.

Dr. Wermuth repräsentierte hier gewissermaßen die Kulturwissenschaft, als Fach eine Zangengeburt der achtziger Jahre. Vor Ort füllte es zwangsläufig jenes große und schwarze Loch auf, das die Abwesenheit der klassischen geisteswissenschaftlichen Fächer für die Institution bedeutete. Diese Entkernung der Idee von Universität und die damit verbundenen Phantomschmerzen hatten ihre eigene kleine Geschichte, die Dr. Wermuth einleitend zum Besten gab. Aber diese Ausgangstatsache wurde von den Machern aus dem Präsidium als geradezu ideale Voraussetzung eingestuft und war gleichzeitig der wesentliche Grund, aus dem der Verweis auf Wilhelm von Humboldt hier gänzlich fehl am Platz war. Aber eines nach dem anderen.

Ursprünglich als Pädagogische Hochschule im Sinne der „Reeducation“ einer gutmeinenden britischen Besatzungsmacht gegründet, war die Universität nicht nur auf unterschiedliche Standorte verteilt, sondern auch noch mit der örtlichen Fachhochschule zwangsverheiratet worden. Eine wirkliche, langjährige universitäre Tradition, ein Ruf oder ein ausgeprägtes Selbstverständnis, das über die Produktion von Abschlüssen hinausging, gab es also weniger, vielmehr eine Rumpfuniversität ohne wirkliche Forschung, mit einer Lehre im Fachhochschuldesign, fast ausschließlich für den regionalen Arbeitsmarkt, mit Sozialarbeit, Ingenieurwissenschaften und einer auf Haupt- und Realschulen begrenzten sogenannten „Lehrerbildung“.

Nachzulesen und nachzuspüren war dem neuen, fusionierten Konstrukt die Handschrift einer Ministerialbürokratie, die den aus der Politik entlehnten Begriff „alternativlos“, gnadenlos umzusetzen bereit war. Jetzt musste nur noch jemand gefunden werden, der den ganzen Laden optimal verkaufen würde, nachdem sich die einzelnen Fraktionen des Konglomerates bei den folgenden Präsidentenwahlen bereits dreimal gegenseitig die Kandidaten regelrecht „abgeschossen“ hatten, wie Dr. Wermuth süffisant bemerkte. Nur vor diesem desaströsen Hintergrund sei die anbrandende Euphorie, das Heilsbringerhafte zu verstehen, das sich anfangs als Aura um Dr. Retho Wachs ausbreitete. Er sei allerdings auch ein hervorragender Verkäufer fremder Ideen und Konzepte, und viele hier in den unendlichen Weiten der Provinz, hätten nicht bemerkt, welche Blaupause anzulegen beabsichtigt war.

Es sollen allerdings auch höhere Kontakte im Spiel gewesen sein. Man munkelt, der damalige Präsident der Rektorenkonferenz, ein gewisser Klaus Landfried, habe ihn ganz wesentlich protegiert und das Spielfeld für diesen einmaligen Feldversuch bereitet. Der bis dato jüngste in Deutschland bestallte Hochschulpräsident. Ohne jegliche Führungs- und Leitungserfahrung, wenn man vom Tragen der Aktenkoffer seines vormaligen Chefs absah, sei Wachs die Verantwortung für hunderte Arbeitsplätze und über zehntausend Studenten recht plötzlich vor die Füße gefallen. Aufgrund seiner leider sehr mäßigen aber immerhin thematisch einschlägigen Dissertation hätte man ihn als geradezu prädestiniert eingestuft, das gigantische Provinzschlamassel zu beseitigen, ohne Punkt und Komma wegzuarbeiten. Denn, soviel soll den entscheidenden Akteuren in dieser Angelegenheit angeblich bekannt gewesen sein, seine Leidensfähigkeit schien von fast biblischen Ausmaßen, und die zähe Gremienarbeit hatte er von der Pike auf gelernt. Allgemein würde seine Qualität als erster Mann zwar angezweifelt, aber wenn er nun schon mal bereit war, in den Ring zu steigen. Warum auch nicht?

Leider hätte sich niemand die Mühe gemacht – und jetzt bekam Dr. Wermuth auf einmal so einen harten Ausdruck ins Gesicht – einen ernsthaften Blick in die Wachssche Dissertation zu werfen. Dabei wäre das wirklich sehr lohnend gewesen, denn es würde sich um eine regelrechte Programmschrift handeln, gewissermaßen „Sein Kampf (für eine Universitäts-Karriere)“ auf einem menschlicheren Niveau, aber mit überbordender BWL/VWL-Ideologie. Abgesehen von einem ganz sonderbaren und einseitigen Menschenbild, das die Haltung des Marktmenschen in einer rein kompetitiven Gesellschaft referiere, die sich allein am Ideal der Gewinnmaximierung orientiere. Auch stünde die Verwertung von jungen Menschen durch Unternehmen dort im Mittelpunkt, die Wachs als „Internationalisierung“ bezeichnen würde. Er sei somit schon von vornherein als smarter Exekutor einer immer aggressiver agierenden Ministerialbürokratie erkennbar gewesen, die der Auffassung sei, Exzellenz entstünde primär durch Wettbewerbsdruck, durch Evaluation und Rankings, durch die Einführung eines ubiquitär diffusen Qualitätsmanagements und durch die neue Spezies alerter Hochschulmanager.

Die alte Ordinarienuniversität und professorale Verbeamtung sei der elende Kern einer eben überholten Institution und die Quelle leistungsunfähiger Geruhsamkeit, wenn nicht grenzenloser Faulheit. An seine Stelle solle die permanente Notwendigkeit zur Selbstbehauptung treten, die Bereitschaft und Fähigkeit sogenannte Drittmittel einzuwerben, die Geschwindigkeit, in der Förderanträge für Projekte geschrieben und eingereicht würden. Das sei nichts anderes als ein kruder akademischer Kapitalismus, der Universitäten in Unternehmen verwandle, in eine autistische Leistungsmaschine, die nach dem „höher, schneller, weiter - Prinzip" organisiert sei und nur mehr quantifizierbare Kennziffern zuließe.

Dr. Wermuth redete leidenschaftlich ohne Punkt und Komma, was sicherlich auch daran lag, dass er selbst, zu Beginn der sogenannten „Neuausrichtung", zur Fraktion der Unterstützer des neuen Präsidiums zählte, wie er mir erst eine Woche zuvor offenbart hatte.

Er hätte sich ja eingehend mit dem Thema Nationalsozialismus beschäftigt und natürlich sei der Vergleich immer so eine Art Totschlagargument. Aber in den letzten Monaten, er habe unlängst mal wieder in den anregenden „Philosophischen Lehrjahren" von Hans-Georg Gadamer geblättert, seien ihm dann doch so gewisse Parallelen zur hiesigen Entwicklung an der Universität aufgefallen.

Einerseits diese schleichende und merkwürdige Ideologisierung von Arbeit, in Verbund mit einem Leistungsfanatismus reinsten Wassers, der sich vor allem in einem absurden Anforderungsprofil, die Lehrenden betreffend, ausdrücken würde, die nicht jung, vielsprachig, gut und einfach schnittig genug sein könnten. Andererseits die zusätzliche und einseitige Betonung der Lehrqualität und didaktischen Begabung, auf die hin jeder akademische Lehrer abzuklopfen sei. Damit würde sich im Ausbildungsweg eine unheilvolle Rethoisierung, nein, ich glaube, er meinte, Rhetorisierung Bahn brechen, die Selbstvermarktung via Powerpoint einseitig gefördert, wobei sowohl die Inhalte als auch die Persönlichkeit der Unterrichtenden nicht selten völlig auf der Strecke blieben. Das alte Kriterium, auf nichts als die Leistung als Forscher zu sehen, sei weiterhin nicht das schlechteste, denn wer wisse, was er nicht wisse, könne etwas lernen, und wer etwas gelernt hätte, würde damit auch gelernt haben, weiterzugeben, was und wie er zuvor selbst gelernt hätte.

Und wie um den großen Bogen fertig zu spannen, ging Dr. Wermuth auch gleich noch kurz auf die bildungspolitischen Reformbestrebungen der letzten Jahre ein, die sich fast parallel zu den konkreten Ereignissen an der Universität ereignet hätten und recht eigentlich in einem direkten Zusammenhang zu sehen seien. Jetzt solle ich mich anschnallen. Es würde nämlich alles einfach viel zu gut zusammenpassen.

Er hätte seit Beginn der sogenannten Bildungsreform so ein eigentümliches Gefühl in der Magengegend. Ihm käme diese Entwicklung zunehmend wie eine totalitäre Matrix vor. Ich könne mir das Gemeinte ungefähr so vorstellen: Rechnungsprüfer würden von heute auf morgen als Reformer der Universität eingesetzt und schickten sich an, etwa den geistigen Gehalt von Platons Politeia zu prüfen. Sie kämen nach eingehender Beratung zu dem Schluss, dass, weil keine Zahlen Verwendung fänden, der Autor, Altgriechisch und eigentlich auch Philosophie völlig zu vernachlässigen seien.

Jetzt müsste er doch kurz etwas grundsätzlicher werden, auch wenn natürlich die Gefahr bestünde, zu abgehoben und abstrakt über so ein langweiliges Thema wie Bildungspolitik zu referieren. Aber ich sei ja schließlich vom Fach und auch sonst doch sehr interessiert. Fast unbemerkt von der Öffentlichkeit hätten sich im Bildungswesen Dinge entwickelt, die herausgestellt, die eindeutig benannt werden müssten.

Die Ministerialbürokratie der Länder ebenso wie des Bundes und selbstredend die Universitätsverwaltungen modernen Zuschnitts, im neuen Stiftungskleid, träumten davon, die Qualität von

Universitäten fast ausschließlich an quantifizierbaren Größen zu messen. Zum alleinigen Maßstab des Erfolgs würden dann banale Fakten wie die Anzahl gut verdienender Absolventen, die Anzahl von Doktoranden und Habilitanden, die Anzahl der verwertbaren Patente, die Höhe der Drittmittel aus Industrie, Wirtschaft und anderen Quellen, die Häufigkeit von Veröffentlichungen und Zitationen.

Das Problem sei nun keineswegs, solche Daten überhaupt zu erheben oder zu berücksichtigen, sondern sie völlig losgelöst aus den Fachzusammenhängen und Fakultäten als ausschließliche Art der Bewertung einzusetzen, um daraus immer fragwürdigere Steuerungsmechanismen zu entwickeln. Die Folge sei eine neuartige allgemeine Bildungs- beziehungsweise Universitätskrankheit mit dem Namen „Evaluitis" und ein daraus abgeleitetes System, das angeblich Linderung verschaffen solle, genannt „leistungsorientierte Mittelvergabe".

Durch diese Vorgehensweise würden allein die unmittelbar umsetzbaren Wissenschaften gefördert und in der Ausbildung gleichzeitig sehr eng ausgelegte Bachelor-Master Studiengänge bevorzugt, die für eine Spezialisierung allein zugunsten von industriellen und wirtschaftlichen Bedürfnissen stünden. Mit den langfristigen Interessen der Studierenden und der Gesamtgesellschaft hätte diese Entwicklung nun aber gar nichts zu tun. Und vor allem nichts mit der „Verantwortung für die Zivilgesellschaft des 21. Jahrhunderts", die eine Universität neuen Typs wie hier vor Ort zu übernehmen hätte.

Diese Vorgänge könnten nun, zugespitzt wie er zugeben müsse, auf folgenden Punkt gebracht werden. Die gegenwärtige Abwertung von Geistes- und Gesellschaftswissenschaften sei die Folge einer kurzschlüssigen Instrumentalisierung der Universitäten zum Zwecke der einseitigen Förderung des wirtschaftlichen Wettbewerbs. Deshalb auch die keineswegs nur rein plakativ verwendete Behauptung eines sich Bahn brechenden „akademischen Kapitalismus'". Wie er ja schon eingangs angedeutet hätte, menschliche

Existenz – und das könne nicht häufig genug betont werden – erschöpfe sich nicht in Marktfähigkeit.

Die Entwicklung menschlicher Gesellschaft und Zivilisation sei nicht nur geprägt von vermarktungsfähiger naturwissenschaftlicher Erkenntnis, sondern wesentlich von den großen geistesgeschichtlichen Strömungen der einzelnen Zeitalter. Diese zu vermitteln, diese weiterhin präsent zu haben, sei ein wesentlicher Aspekt einer humanistischen Bildung, die dann auch gerechtfertigter Weise mit dem Namen Humboldt noch in Verbindung gebracht werden könne. Bildungspolitik, die diesen Namen also überhaupt noch verdiene, müsse diesem Faktum Rechnung tragen und der Forschung wie der Lehre an den Universitäten wieder wesentlich mehr markfreien Raum garantieren. „Letztlich natürlich zum Wohle der Studierenden, oder, weniger altbacken gesprochen, für diejenigen, die sich überhaupt noch an die Universität bequemen, um am akademischen Leben teilzuhaben."

Libkovitz & First – das Dreamteam

„Similis simili gaudet."
(Der Ähnliche freut sich über den Ähnlichen.)
Lateinisches Sprichwort

In unregelmäßigen Abständen flog David Libkovitz aus New York ein, um die hiesige Universität durch seine wohlwollende und inspirierende Anwesenheit zu beehren. Ihm haftete der Ruf des genialisch Kreativen an, dem es gelungen war, sich seine kindliche Vorstellungskraft zu bewahren. Im Gegenzug jedoch schien es notwendig, ihn fast rund um die Uhr durch einen Stab von Mitarbeitern betreuen zu lassen und durch den Lebensalltag zu lotsen. Das Fliegen respektive Schweben war für ihn die eindeutig beste Art der Fortbewegung.

Für Kanzler Magnus First hingegen kam nur Rollen und Kegeln in Betracht. Trotz seiner geringen Körpergröße schien kein Raum des vierten Stocks, in dem das Präsidium untergebracht war, ihn wirklich fassen zu können. Vielmehr nahm jedes Büro, das er betrat, atmosphärisch derart an Volumen ab, dass es regelrecht zu platzen drohte. Die Anwesenden wurden glücklicherweise meist durch ein Kichern oder ein in sich hinein Grunzen vorgewarnt. Er erweckte häufig den Eindruck, in einer Art Selbsterheiterungskonferenz den Vorsitz zu führen und dortselbst dem zahlreich anwesenden Publikum Kalauer zum Besten zu geben. Dieser Zustand der Entrücktheit ließ von mancher Seite Zweifel an dessen natürlichem Ursprung aufkommen. Böse Zungen behaupteten, sein häufiges Aufsuchen der Toilette stünde damit in ursächlichem Zusammenhang. Für die Wohlwollenden und Bewunderer wies diese Eigenart, neben weiteren Besonderheiten, mit Macht auf sein ingeniöses Potential hin, viele Dinge, Menschen und Projekte gleichzeitig vorantreiben zu können. In jedem Fall breitete sich hier eine Aura aus, die einer Welle gleich oftmals die Flure zu fluten schien und die sensibleren Gemüter unter den Mitarbeitern der Chefetage unwillkürlich an Rettungswesten denken ließ.

Demgegenüber war Libkovitz kaum zu vernehmen, eher zu erahnen, denn seine Entourage machte den Wind. Ihre Einflugschneise hinterließ jedoch keine Flurschäden, retrograd könnte gegebenenfalls von der ideellen Wahrnehmung von Weihrauch gesprochen werden. Jenseits ihrer unmittelbaren Außenwirkung konnte man beiden eine gewisse Ähnlichkeit unterstellen, wenn auch First noch weniger Haare sein Eigen nennen konnte, einen wesentlich ballförmigeren Kopf hatte und sein Gesicht auch sonst irgendwie speckiger anmutete. Sie waren angeblich schon jahrelang geradezu befreundet und verkehrten auch geschäftlich miteinander. Genau dieser Umstand rief an der Universität auf dem flachen Lande einen gewissen Unmut hervor. Doch alles der Reihe nach!

Kanzler Magnus First hatte sein ganzes Netzwerk mit an die Universität gebracht, zu dessen Aushängeschild David Libkovitz gehörte, der von Anfang an eine ganz auserkorene Rolle bei der Neuerschaffung der Universität spielen sollte. Oberspielleiter First organisierte für seinen Star-Architekten, wie ihn die örtliche Presse sogleich titulierte, eine Konstruktion, die Libkovitz einerseits schmeichelte und ihn gleichzeitig dem Gesamtprojekt gegenüber verpflichtete. Diese Konstruktion ging weit über das Architektonische hinaus. Er wurde kurzerhand für fünf Jahre in den Professorenstand erhoben, nebenberuflich, versteht sich, für ein Fach, das es an der Universität eigentlich gar nicht gab. Wer kann da nein sagen! Aber das Ganze war natürlich eine Inszenierung für einen höheren Zweck und zugleich elegante Mittelbeschaffung. Um diesen zu bemänteln, damit sich nicht gleich allzu viel Widerstand regte, wurde sofort ein Seminar mit einigen handverlesenen Studenten und anschließender New-York-Exkursion aus der Taufe gehoben.

Das Thema des Seminars wie des Projektes klang nicht zufällig ganz programmatisch. Nichts Geringeres als ein „Campus der Zukunft" sollte gemeinsam entworfen, entwickelt und geplant werden. Das Thema einer studentischen Teilhabe wurde jedoch alsbald fallengelassen, ging es doch vor allem darum, die Planung und den Entwurf durch David Libkovitz sicherzustellen. Diese organisatorische Konstruktion war ganz im Stile und von langer Hand von Magnus First eingefädelt worden. Sie wies alle Ingredienzen des höheren politischen Verwaltungshandelns auf.

Das zuständige Ministerium übernahm die Kosten der nebenberuflichen Professur, die selbstverständlich ohne reguläre, öffentliche Ausschreibung eingerichtet wurde. Und wie der bestellte Zufall es so wollte, bewarb sich doch tatsächlich niemand anderes auf diese zwar befristete, aber doch höchst lukrative Stelle. Das Ministerium betonte, es habe keine Anhaltspunkte gegeben, dass bei der Besetzung andere Kriterien als die der fachlichen Eignung des Bewerbers ausschlaggebend waren. Die höhere ministerielle Verwaltung war jetzt also mit im Boot, eingebunden oder vielmehr in die Sache verstrickt. Ganz nach dem Geschmack von First konnte die Universität nun behaupten und so richtig marketingmäßig verbreiten, der Star-Architekt entwickle seine Planung beziehungsweise den Entwurf „pro bono", natürlich wie auch anders, umsonst. Bevor allerdings alles richtig eingetütet war, zündete Magnus noch eifrig ein paar Nebelkerzen im Stile Ulbrichts und behauptete, das Audimax beziehungsweise das Bau-Projekt sei ein Komplettgerücht: „Niemand will ein neues Zentralgebäude auf dem Campus errichten." Es gäbe natürlich auch keine Überlegungen oder gar Pläne einer Neugestaltung des Campusgeländes oder Bestrebungen, einzelne Standorte der Universität zu veräußern, um einen zentralen Campus zu schaffen.

Nachdem auch Stadt und Landkreis in das Projekt mit eingestiegen waren, wurde aus dem Gerücht und „Vorspiel" das „Planspiel Vorplanung". Wobei viele der Beteiligten, die immer zahlreicher wurden, nicht im Entferntesten wussten, wie verstrickt und verästelt das ganze Spiel tatsächlich angelegt war. Denn alles hing zusammen und wie immer am Geld. Die Neuausrichtung, Campusentwicklung respektive das Bau-Projekt kannte von vornherein nur eine Richtung und musste mit dem richtigen Dreh in kürzester Zeit in die Maximalposition gebracht werden. Die zu vermittelnde Direktive war so klar wie eindimensional: Das Ganze ist auf dem Gleis und nicht mehr zu stoppen!

Dieser Umstand wurde durch ein weiteres Firstsches Projekt sinnfällig vor das Auge des kritischen Betrachters gebracht. Die Universität auf dem flachen Lande sollte über eine stillgelegte, aber fast bis an das Gelände heranreichende Strecke eine eigene Zuganbindung erhalten. Woraufhin sofort ein Zugmodell in Universitätsfarben, mit Logo und allem was marketingmäßig so eben dazugehörte, seine Fahrt durch die Projektseite des Webauftritts aufnahm. Die bald darauf eingestellte, sehr nette und natürlich sehr belastbare Projektbeauftragte stellte dann schließlich nach einem guten Dreivierteljahr ihre Aktivitäten wieder ein. Die Investoren zögen nicht mit, ließen sich nicht aufs Gleis führen, so wurde gemunkelt.

Das große Bau-Projekt entwickelte sich hingegen in konzentrischen Kreisen weiter. Unaufhaltsam? So machte es den Anschein. Oberspielleiter Magnus First stellte die Bezüge her und sicher, trat auf die Bremse und gab Gas, so dass vielen Verfahrensbeteiligten zuweilen ganz mulmig wurde. In regelmäßigen Abständen erweckte er – trotz aller Eindeutigkeiten – den Eindruck, als seien die Würfel noch nicht gefallen. Magnus sprach das eine oder andere Mal gar von der Beerdigung des Vorhabens. Natürlich nur in einem relationalen Konjunktiv: „Wenn die erheblichen Finanzmittel nicht aufzubringen wären, sei unter Umständen nicht sichergestellt, dass ...". Dies konnte und sollte dann als Weckruf für alle Verfahrensbeteiligten gelten. Die Bootsinsassen sollten sich seiner Meinung nach nicht zu viel Zeit lassen und endlich das Schiff in den sicheren Hafen bringen. Die höhere Landespolitik ließ sich nicht lumpen und begann prompt mit Bildern aus dem Fordismus des 19. Jahrhunderts die Wichtigkeit eines Projektes in dieser Größenordnung zu unterstreichen.

Sie sah schon in Bälde einen Wachstumsmotor ungeheuren Ausmaßes anspringen, der Stadt, Landkreis und die gesamte Region an einer Entwicklung teilhaben lassen würde, die bisher gänzlich ungerührt an der Gegend vorbeigelaufen war. So wie der schmale Strom, der kleine Nebenarm von etwas Größerem, der an der kleinen Stadt vorbeifloss, in der die Universität beheimatet war. Genau deshalb müsse ein Leuchtturm, ein Magnet her und der Provinz den Weg in die Zukunft weisen. Der Weg in die Provinz sollte gut sichtbar ausgebaut, ausgerichtet oder vielmehr markiert werden. Die Zeit der Massenuniversitäten der siebziger und achtziger Jahre mit ihrer mediokren und gesichtslosen Retortenarchitektur sollte endgültig der Vergangenheit angehören, auch wenn es in diesem Falle eben doch nur Kasernenbauten waren.

Nun wurde die Losung ausgegeben „Signature Architecture" zu verwirklichen, um ein Neu-Cambridge auf dem flachen Lande aufzubauen. Nichts Geringeres als ein neues Silicon Valley sollte der Planungsstube des Präsidiums entspringen. Dies war natürlich alles Wasser auf die Mühlen von Kanzler Magnus Firsts hochschulpolitischen Bestrebungen, galt es doch gleichzeitig, und die Gleichzeitigkeit war ja sein eigentliches Metier, die unglückselige historische Vergangenheit gewissermaßen gleich mit zu entsorgen. Denn genau dort, wo der ideale Ort entstehen sollte, der mehr wäre als bloß ein Ort zum Studieren und Forschen, dominierten auf dem zentralen Campus Kasernenbauten aus der Zeit des Nationalsozialismus das Bild. Und während damals der alte Baumbestand der Tarnung und Abschirmung der Kasernenanlage gedient hatte, so sollte nun ein Leuchtturm der Wissenschaft umgekehrt eine identitätsstiftende Sichtbarkeit dadurch herstellen, dass er die alten Baumkronen durchbrach, „durchfirstete" und überragte.

Wie also das „Gesehen-werden" der Universität auf dem flachen Lande bewerkstelligt werden könnte, schien einigermaßen klar zu sein. Doch wie in aller Welt sollte das Bild vom Wachstumsmotor für die ganze Region einen mehr als rhetorischen Sinn ergeben? Wie sollte eine kleine ehemalige pädagogische Hochschule, die erst sehr spät die Weihen einer Universität empfing und mit einer Fachhochschule zwangsverheiratet wurde, tatsächlich zu einem ernsthaft wesentlichen ökonomischen Faktor in einer ländlichen Region werden? In diesem Zusammenhang kam ein weiterer Entwicklungsschritt, ein weiteres Großprojekt zum Tragen: der sagenumwobene Innovations-Inhalator!

Der Coup - Besuch von höchster Stelle

„There Is No Alternative."
TINA-Prinzip

Schon seit gut drei Wochen befand sich die Abteilung Universitätsmarketing in einem besonderen Erregungszustand, der sich auch habituell bei den Hauptverantwortlichen im Präsidium manifestierte. Kanzler Magnus First wirkte noch geschäftiger, noch praller, noch bedeutungsvoller, als es ohnehin der Fall war. Der kreiselnde Charakter seiner Bewegungen verstärkte sich bei jedem seiner weiteren hauptberuflichen Zwischenaufenthalte an der Universität auf dem flachen Lande und sein Lachen und Glucksen geriet auf der gesamten Etage zu einer Art Hintergrundgeräusch. Präsident [Prof.] Dr. Retho Wachs hingegen nahm eine wesentlich jovialere Grundhaltung ein als sonst üblich, grüßte auch mal den einen oder anderen entfernteren Mitarbeiter, und sein blondes Haupthaar schien sich noch vehementer vom Schädeldach abspreizen zu wollen. Nur sein Teint blieb einfach zu blutleer, seine emotionalen Ausdrucksmöglichkeiten zu eingeschränkt, um wirklich zugänglich und einnehmend zu erscheinen. Selbst Präsidialassistent Bernd Gries und die eigentlich immer schlechtgelaunte Präsidialsekretärin Ricarda Milch, auch „die Qualle" genannt, befanden sich wieder in einem leicht aufgesetzten Turtelmodus, obwohl der Sommer doch schon längst vorbei war.

Eindeutig handelte es sich um einen Ausnahmezustand, allerdings nicht in der bisher üblichen negativen Spielart, wo Winkelzüge im internen Machtkampf wegerklärt oder der Wegfall besonders populärer Studiengänge kommuniziert werden mussten. Vielmehr bahnte sich ein veritables externes Großereignis an, eine Sternstunde bundesweiter medialer Aufmerksamkeit, so dachten sie zumindest, deren Herbeiführung sich Wachs und First gegenseitig zuschrieben. Sehen und gesehen werden! Neben der ganz besonderen Reform der Institution galt das Hauptaugenmerk in erster Linie dem Bauprojekt, dem neu projektierten Campus, dem neu zu errichtenden Zentralgebäude als Leuchtturm der Wissenschaft. Von hier aus sollte der Weg durch die Wüste der bildungsreformerischen Unwissenheit gewiesen werden.

Der Leiter Universitätsmarketing Siegfried Seif gab mir schließlich den entscheidenden Hinweis, nicht ohne voller Bewunderung auf die höchst „elegante“ Einfädelung durch First hinzuweisen. Der hätte es mit seinen Kontakten bis in die höchste Landespolitik doch tatsächlich geschafft, den dicksten Fisch möglicher Aufmerksamkeit an Land zu ziehen. Britta Muthesius äußerte hingegen die Vermutung, hier sei in erster Linie bundespolitische Parteitaktik am Werk gewesen und die Wahl des Ortes eher dem Umstand geschuldet, dass an der Universität auf dem flachen Lande erfolgreich der Eindruck geweckt worden wäre, man könne der sogenannten „Bologna-Reform“ doch noch irgendeine gute Seite abgewinnen. Aber der Besuch der Kanzlerin auf ihrer „Bildungsreise“, die in vorherigen Jahrhunderten ja eher nach Süden in alte Kulturlandschaften geführt hätten, war sicherlich der politischen Großwetterlage geschuldet.

In der höheren Politik wurde seit geraumer Zeit „Bildung“ wieder irgendwie ernster genommen. Die Rede von der „Wissensgesellschaft“ war in aller Munde. Die sogenannte „Pisa-Studie“ hatte mit ihren sehr negativen Ergebnissen, was die Schulausbildung in Deutschland betraf, für erhebliche Aufregung in Presse, Universitäten und Administration gesorgt und das Wort „Ranking“ bundesweit bekannt gemacht. Zeitlich fiel der gehörige Bildungsaufruhr dann auch noch mit den Debatten über die sogenannte „Bachelor-Reform“ zusammen und mit dem Bemühen, gemäß der EU-Programmatik eine Internationalisierung der „Bildung“ im europäischen Rahmen herbei zu führen.

Die große Resonanz auf diese doch eigentlich recht trockene Thematik hatte ihre Ursache wohl in erster Linie in der Ökonomie, der damit verbundenen Frage nach dem Standort Deutschland.

Und das rief SIE natürlich auf den Plan, da standen auf einmal die „blühenden Landschaften“ mit zur Debatte, die ihr trotz aller Unentschlossenheit sehr am Herzen lagen. Vor allem aber gab es eben eine eher verborgene Analogie zu den Aktivitäten der hiesigen Führungsriege. Der Ablauf der Reformen vor Ort, die einseitige Entwicklung der Bildungsinstitution in der Provinz im Vergleich zum Politikstil der Kanzlerin kann mit einem Adjektiv, mit dem Unwort des Jahres 2010 recht treffend bezeichnet werden: alternativlos!

„Deutschland fit zu machen für die Aufgaben des 21. Jahrhunderts“ war die plakative Sprechblase, auf die sich sowohl die Politik als auch die höhere Verwaltung der Universität auf dem flachen Lande sofort verständigen konnte. Die diversen Varianten von Powerpoint-Präsentationen, die sich im Umlauf befanden, leiteten alle mit dem Aufhänger ein: „Eine öffentliche Universität für die Zivilgesellschaft des 21. Jahrhunderts“. Die Akteure trafen sich auch bei den faktischen Inhalten beziehungsweise Qualitäten, um die es in erster Linie und in allerschönster Allgemeinheit dabei gehen sollte. Umschrieben mit den Worten Flexibilität, Mobilität und Beschäftigungsfähigkeit standen auf Seiten der Universität natürlich die Studenten im Mittelpunkt der pädagogischen und curricularen Bemühungen. Die wichtigste Ressource des Standorts stellte ja schließlich „Wissen und Bildung“ dar, in die heute, morgen und übermorgen investiert werden müsse. Aber Investitionen sollten sich rechnen, weshalb mit der alternativlosen Reform, mit dem neuen Studienmodell ein ehrgeizigeres Ziel für das Studium zu definieren sei: praxisnäher, effizienter und schneller, bei gleichzeitiger Erhöhung der internationalen Mobilität durch einen einheitlichen europäischen Hochschulraum.

Präsident Wachs und Kanzler First sahen sich mit der pflichtschuldigen, schnellen Umsetzung der landespolitischen und administrativen Vorgaben, ihrem neuen Studienmodell nach Blaupause und den Parallelprojekten, zu denen vor allem der neue Campus zählte, auf der bildungspolitischen Überholspur: Wir sind Uni!

Ganz in diesem Hochgefühl soll First den Besuch der „alten Dame" als göttliche Fügung bezeichnet haben und zugleich als absolut überfällig. So sprunghaft wie seine Auftragsvergabe nahm sich auch die Darstellung des Ablaufs dieses „Megaevents" aus. Erst war von einem ganzen Tag die Rede, dann reduzierte sich das Ganze auf eine maximal zweistündige Stippvisite.

Waren dies dennoch nicht schon die Vorboten für die höheren Weihen, die Wachs und First für ihren rastlosen und umsichtigen Einsatz natürlicherweise zustanden? Lag nicht schon fast eine Nobilitierung ihres sattsam selbstlosen Reformeifers vor, der sich mühsam gewissermaßen aus der Provinz herausarbeitete, trotz widriger, fast widerständiger Ausgangsbedingungen? War hier nicht gar in aller Bescheidenheit ein altes Bild aus der Kulturgeschichte zu bemühen, die Auferstehung des Phönix aus der Asche?

Im Präsidium wurde eine regelrechte Maschinerie zur Steigerung des Bekanntheitsgrades der Universität auf dem flachen Lande in Gang gesetzt. Gadgets vom Bierdeckel über Regenschirm bis zur Pudelmütze mussten besorgt, Handzettel, Thesenpapiere und Reden mussten abgefasst, Logos und Transparente gedruckt und dort platziert werden, wo man annahm, dass SIE ihr Weg vorbeiführen würde. Vor allem die Transparente mit dem von einer Agentur kreierten Namen der Universität wurden so positioniert, dass sie auch von den zahlreichen Kameras eingefangen werden konnten, zu deren Einsatz es aber schließlich, zum Leidwesen der Verantwortlichen, gar nicht kam. Studenten, um die es ja irgendwie auch gehen musste, wurden auf die Schnelle ausgesucht, ausstaffiert und „gebrieft".

Ein weiterer, Aufmerksamkeit erheischender Effekt sollte schließlich noch durch das Einfliegen von Star-Architekt David Libkovitz erzielt werden. Angedacht war die plakative Ablichtung mit ihm und IHR – und natürlich Präsident [Prof.] Dr. Retho Wachs und Kanzler Magnus First – vor seinem, in einer Vitrine ausgestellten, ja irgendwie auch aufgebahrten Campusmodell, an dem ja doch tatsächlich ein paar handverlesene Studenten einmal mitarbeiten durften. Dieser „studentische“ Aspekt sollte, aus kommunikativ-strategischen Gründen, im späteren Gespräch eigens noch extra betont werden.

Selbst Britta Muthesius, die dem expliziten Marketing gegenüber durchaus aufgeschlossen war, unterstellte den Aktivitäten eine hysterische, fehlgeleitete Note, denn Bildungspolitik bleibe schließlich Ländersache und es handele sich ja doch eher um einen Höflichkeitsbesuch, der der Tatsache geschuldet wäre, dass die Bachelor-Reform eben gerade nicht erfolgreich verlaufen würde. Deshalb sei ja auch schließlich nur eine kleine Uni an der Peripherie zum Besuch ausgewählt worden. Eine Institution, die mangels Masse und gewachsener Geschichte und mit dem Rücken zur Wand der Finanzierbarkeit stehend, einen neuen Dreh gefunden hätte, von sich Reden zu machen.

Wie genau dieser neue Dreh aussah, wusste allerdings auch die von der Vereinnahmung durch ein überbordendes Universitätsmarketing sichtbar genervte Kanzlerin nicht, da sie nach ihrem absolvierten Kurzaufenthalt nur allgemein von einer sicherlich wertvollen Bereicherung der Universitätslandschaft sprach. Mit dem schiefen Bild nahm sie offenbar auf die Reformbemühungen der Universitätsleitung Bezug, auf den angestrebten wirtschaftlichen Nutzen, der sich durch ein verkürztes Studium und die Auflösung der klassischen Universitätsfächer zu verschulten Haupt- und Nebenfächern (Major/Minor) ergeben würde. Sie erwähnte auch kurz das Stichwort Campusuniversität und sprach von einem sehr mutigen Neubau, der sicher Besucher aus aller Welt anlocken würde.

Aus diesen eher flachen und für das Marketing nicht wirklich verwertbaren Bemerkungen ging nicht nur hervor, dass sie sich in der Materie nicht auskannte, sondern offenbar auch nicht die Stoßrichtung bemerkt hatte, die den ganzen Aktivitäten mit guten Gründen unterstellt werden konnte. So etwa von meinem regelmäßigen Gesprächspartner Dr. Wermuth, der nichts Geringeres behauptete, als dass das nie offen genannte Hauptziel der Hochschulleitung darin bestünde, durch „Neuausrichtung“ und ständige Reformen eine rein ökonomisch orientierte Institution für Wenige zu schaffen. Dazu gehöre auch die Bestrebung, im größeren Stil Stiftungsprofessuren durch Unternehmen einzurichten, und diesen zu gestatten, separate Studiengänge zur spezifischen Aus- und Weiterbildung ihrer Manager einzurichten. Drei Kooperationen seien ja schon „erfolgreich“ eingerichtet worden.

Aus der vor allem von Kanzler Magnus First erhofften bundesweiten Publicity, die aus dem Besuch der Bundeskanzlerin Merkel erwachsen sollte, wurde demnach nichts. Keine Kameras, keine halbwegs verwertbaren Bilder, keine markanten Statements. Bildungspolitik stand ihr eben ersichtlich fern, aber zumindest bildungstheoretisch, ideologisch schien sie durchaus mit der Landespolitik und der Universitätsleitung auf einer Linie zu liegen: „Bildung“ ist im Kern und trotz aller anderslautenden Beteuerungen als reine Ausbildung anzusehen und hat den Anforderungen und Bedürfnissen der deutschen Wirtschaft zu dienen. Dennoch erwies sich der Versuch, die Kanzlerin vor den Wagen einer großangelegten Werbekampagne zu spannen, als reichlich töricht und vermessen.

Im Zug – Ausblick und Einblick

„Du hast keine Chance, aber nutze sie."
Das Prinzip Zumutung

Die Zugfahrt mit Britta Muthesius in Richtung Universität auf dem flachen Lande war von mir mit langer Hand geplant worden. Die Deutsche Bahn hatte mich nämlich bei meinen letzten Versuchen den Arbeitsplatz zu erreichen, regelrecht versauern beziehungsweise halb verhungern lassen. Für eine üblicherweise wenige Stunden dauernde Fahrt hatte ich das letzte Mal nicht weniger als einen ganzen Tag benötigt. Noch dazu saß ich auf Regionalbahnhöfen im ehemaligen Zonenrandgebiet fest. Gebiete, die, zumindest im Rahmen meiner Lebenszeit, höchstwahrscheinlich nicht mehr in blühende Landschaften verwandelt werden. Deshalb hatte ich mir ein Überlebenspaket geschnürt, einen Ersatzakku für den obligaten Laptop eingepackt und mein altersschwaches Handy frisch aufgeladen. Auch an Britta waren die Wochen der nicht rechtzeitig ankommenden Züge nicht ohne Vorsichtsmaßnahmen vorübergegangen, doch die fielen eher praktisch aus. Sie hatte nämlich vorgeschlagen, von vornherein eine eher sichere Route zu wählen, die allerdings länger und daher etwas kostenintensiver war. Gemeinsam lieferten wir uns also zum wiederholten Mal der Deutschen Bahn aus, die Wetterbedingungen ließen uns hoffen.

Wir trafen uns im Abteil. Sie kam, wie ich schon vermutet hatte, auf den letzten Drücker. Soweit hatte ich sie inzwischen schon kennengelernt. Aber letztlich hielt sie jeden Termin ein, konnte mit Aufträgen auch kurzfristiger Art sehr gut umgehen und brachte sie regelmäßig zu einem zumindest formalen Ende. Fast jeden! Und hier lag etwas ganz Spezielles ihrer Motivationslage verborgen, bei Lichte besehen vielleicht auch etwas allzu Natürliches. Ihr war dieser spezifische, anspruchsgetriebene Drive der Studienstiftler eigen, der sich aus einer hohen intrinsischen Motivation speist, deren

Quelle aber weitgehend im Dunkeln bleibt. Je ungenauer und verstiegener der Schreibauftrag für sie lautete, desto mehr hängte sie sich rein, ließ nicht ab und versuchte selbst den abenteuerlichsten Zeitrahmen einzuhalten. Deshalb hatte sie sich auch auf ein Projekt eingelassen, das eigentlich ganz harmlos erschien, ihr via Marketingleiter Siegfried Seif von Präsident Retho Wachs angetragen wurde und von dem schon die Rede war: Den ersten Jahresbericht für die Universität auf dem flachen Lande zu erstellen.

Nicht eine Agentur, sie selbst sollte ursprünglich binnen dreier Monate sämtliche relevanten Daten zusammentragen, eine Gliederung entwerfen und ein Volumen von anvisierten 250 Seiten produzieren. Die Form der Darstellung, der Schreibstil wurde nicht festgelegt, es sollte einfach nur sehr gut sein, in der Diktion von Seif hieß das: „outstanding" beziehungsweise „simply the best". Neben dem extraordinären Studienmodell musste allerdings auch die eher schwierige und dröge Geschichte der Institution abgehandelt werden. Der neue Weg der Universität sollte, wenn nicht als Epiphanie, so doch zumindest als Phönix-aus-der-Asche-Story daherkommen. Ganz wichtig war natürlich auch die Gemeinschaft aller Mitglieder und Statusgruppen der Universität herauszustellen, und last but not least lag es auf der Hand, das Alleinstellungsmerkmal hier und da einzuflechten beziehungsweise, wie es so schön hieß, zu positionieren.

„Alleinstellungsmerkmal, Alleinstellungsmerkmal, wenn ich das Wort nur höre", meinte Britta bissig, „dann läuft bei mir ein Negativfilm ab. Sowas habe ich bisher noch nicht erlebt. Allein haben die mich gelassen, sage ich Dir, völlig grotesk, regelrecht absurd! Jeder wollte etwas anderes haben, monatlich, wöchentlich, ja fast täglich!"

Wir hatten es uns mittlerweile an einem Tisch im Großraumwagen soweit es ging gemütlich gemacht, die Laptops in Stellung gebracht und wollten eigentlich gemeinsam die letzten Pressemitteilungen durchgehen. Ich weiß gar nicht mehr genau, wie wir auf das Thema Jahresbericht zu sprechen kamen. Auf jeden Fall reagierte die arbeitsmäßig gekleidete, adrette Britta sehr spontan und heftig. Diese Seite an ihr war mir bisher gänzlich verborgen geblieben.

Auf diesem Wege erfuhr ich dann allerdings auch zwei Dinge, die für mich und meine damaligen Aussichten und Perspektiven an der Universität auf dem flachen Lande von nicht zu unterschätzender Wichtigkeit waren. Erst diese Überlastung von Britta durch das Projekt „Jahresbericht" und die damit verbundene Tatsache, dass sie nicht mal eben das eine oder andere auf Zuruf schreiben konnte, hatte Wachs und Konsorten dazu veranlasst, jemanden wie mich beizuziehen, ins Boot zu holen, mitstricken zu lassen an der großen Reform der Universität neuen Typs. Allerdings sei nur ein kurzes Intermezzo von vielleicht einem halben Jahr vorgesehen gewesen. Ein „Festsetzen", so hatte sich Seif und wohl auch mit Verve Präsidialassistent Bernd Gries und Ricarda Milch, die Präsidialsekretärin, ausgelassen, sollte tunlichst vermieden werden. Die Idee sei gewesen, plauderte Britta weiter aus dem Nähkästchen, ihre Vertretung so richtig ranzunehmen und zugleich mit einem Vertrag im öffentlichen Dienst zu winken. Der Arbeitsmarkt sei doch schließlich voll mit Schreiberlingen, von denen die eine oder der andere doch wohl was drauf hätten, sollte der ebenfalls beteiligte First zum Besten gegeben haben. Und so sei die Wahl auf mich gefallen, aus ihrer Sicht glücklicherweise, das könne sie inzwischen sehr eindeutig sagen, wobei die anderen Beteiligten, wie immer allen voran Gries, aber auch Seif und First den Neuen, also mich, für zu alt, unflexibel und irgendwie zu abgehoben beziehungsweise zu intellektuell halten würden.

Seif hätte ihr unter dem Siegel der Verschwiegenheit erzählt, dass ich gleichzeitig als Alternative zu dem Pressesprecher Heinrich Zuseldorff in Stellung gebracht werden sollte. Aber nur um ihn, den unkündbaren Opponenten aus der alten Garde und der angeblich besseren Zeit, noch weiter unter Druck zu setzen, unter Feuer zu nehmen und recht eigentlich zur Strecke zu bringen. Denn gleichzeitig hätten sie Zuseldorff von fast allen Informationen abgeschnitten, und er würde von unterschiedlichen Verfahrensbeteiligten jede Woche gefragt werden, was er denn überhaupt so den ganzen Tag mache, für das viele Geld, das seine hochdotierte Stelle verschlingen würde. Zuseldorff war seinerzeit nämlich Busenfreund des vormaligen Präsidenten gewesen, der ihm erst einen unteren akademischen Grad organisiert und kurz darauf auf die Stelle des Pressesprechers geschoben hatte.

Zuseldorff, auf seine eher trockene Art, hätte die ganze neue Ausrichtung der Universität für überkandidelt und überdimensioniert gehalten. Außerdem verfügte er noch über sehr gute Kontakte zur alten Universitätsgarde, die den Laden aus Sicht der neuen Maßgebenden, ja fast satt gegen die Wand gefahren hätte. Er würde auch mit einer Initiative in Verbindung gebracht, die von einigen ehemaligen Senatsmitgliedern ausgegangen wäre und einen nicht unbeträchtlichen Wirbel in der kleinen Stadt hervorgerufen habe. Er selbst wäre der Auffassung, dass im Präsidium plötzlich sehr viel Wind gemacht werde, von Akteuren einer neuen Wissenschafts-Manager Generation, die aus irgendeiner McKinsey-Klonfabrik in die Welt gesetzt worden seien, oder die vielleicht auch nur ein Praktikum bei Roland Berger absolviert hätten.

Diese Informationen kämen, so versicherte mir Britta, wirklich von Pressesprecher Zuseldorff selbst. Denn der hätte sich bei einem abendlichen Treffen, nach einigen Bierchen, ihr gegenüber erst etwas Luft verschafft und dann so richtig vom Leder gezogen, in der Annahme in ihr eine Verbündete vor sich zu haben. Britta sagte, sie sei wirklich ganz erstaunt von den Nehmerqualitäten des Pressesprechers gewesen und ziemlich davon überzeugt, dass er einige aus dem Präsidium, wie sie sich etwas pathetisch ausdrücken dürfe, „überleben“ werde, wenn nicht gar Präsident Retho Wachs selbst. Doch dazu sollte es dann doch nicht kommen.

Auf jeden Fall war Britta Muthesius richtig gut in die Entzifferung der Wasserzeichen eingeweiht, von denen Seif in seiner ersten Unterredung mit mir damals in Berlin gesprochen hatte und sie gab mir im weiteren Verlauf unseres sehr offenen Gespräches noch einige wichtige Hinweise. Ihre ganze Haltung ließ allerdings den Schluss zu, dass sie mir eine Art Erbe andiente, indem sie mich über wichtige Grundströmungen und Akteure der Universität auf dem flachen Lande informieren wollte, gewissermaßen für die Zeit nach ihr. Ich glaube mich zu erinnern, dass sie von der abgelaufenen Zeit sprach, von dem Anrennen gegen Windmühlen, ehe sie noch konkreter wurde und ganz direkt von dem Problem wenig eindeutiger vertraglicher Verhältnisse berichtete.

Die unklaren und nebulösen Aufträge seien die eine Sache, aber permanent in Vorleistung gehen zu müssen, auf Geld oder einen weiteren mehr oder weniger fiktiven Werkvertrag warten zu müssen, das sei absolut grenzwertig. So drückte sie sich aus. Deshalb habe sie Seif, der in dieser Angelegenheit noch der Zuverlässigste von allen sei, auch die letzten Wochen gehörig unter Druck gesetzt. Aber ihre eigentlichen Planungen gingen inzwischen weiter. Sie wolle nicht mehr in die Provinz gondeln, möglichst in der Hauptstadt bleiben, sich vor Ort was suchen. Da gäbe es einen Kontakt zu einer richtigen, großen, normalen Universität, die auch Leute für das Schreiben bräuchten, ebenfalls für das Universitätsmarketing. Das klänge für sie zwar immer noch, oder auch schon wieder, etwas hohl, aber das sei ja schließlich unser definierter Arbeitsbereich. Dabei sah sie mich fast fragend an, erwartete aber nicht wirklich eine Bestätigung. In der Tat war die Auffassung, Studenten seien Kunden und die Institution Universität aktiv zu bewerben, etwas absolut Neues. Bei Lichte besehen geradezu ein Politikum, mitsamt den zum Teil noch bestehenden Regelungen von Studiengebühren und Zugangsberechtigungen.

Britta trauerte ganz offen der Zeit der freien Verlagsarbeit nach, die auch mir nur allzu gut bekannt war. Wie so üblich im freien Verlagswesen gab es aber häufig Schwierigkeiten mit den Folgeaufträgen, und die Höhe der Bezahlung war im Laufe der Jahre sehr hart an der Grenze zur Selbstausbeutung angelangt. Oft fehlte nur ein kleiner Schritt direkt ins so moderne, aber nicht wirklich erstrebenswerte Prekariat. Aus dieser Perspektive schien für viele aus der, im weitesten Sinne, schreibenden Branche der Öffentliche Dienst, die höhere Verwaltung an einer Universität schon wie eine andere, bessere Welt, eine Welt der Regeln und Vereinbarungen, der Verlässlichkeit. So hatte es zumindest den äußeren Anschein.

Auch meine bisherigen Erfahrungen bestätigten den Eindruck, es hier mit einer Insel der Seligen zu tun zu haben. Die Festangestellten spielten die Eingeborenen, diejenigen, die irgendwie immer schon da waren, mit selbstverständlichen Vorrechten ausgestattet, die mindestens noch bis zum Jüngsten Tag ihre Gültigkeit besitzen würden. Die anderen, gewissermaßen die Heloten des Systems, verteilt auf alle Ebenen der Universität, wurden mit befristeten Anstellungen, Zeitarbeitsverträgen, Werkverträgen oder als wissenschaftliche Hilfskräfte mehr oder weniger abgespeist. Die Vorläufigkeit dieses sekundären Vergütungssystems hatte allerdings nicht die Auswirkung, die aus der freien Wirtschaft bekannt ist. Die Saläre sind äußerst niedrig angesetzt und orientieren sich offenbar stillschweigend an studentischen Maßstäben.

Als ein durchaus neuer Aspekt im Portfolio der Entgeltungsstrategien kann allerdings das gewertet werden, was Britta und mir, zeitversetzt, widerfuhr. Am Beginn unseres Arbeitens für die Universität, wurden wir über Monate hin gänzlich ohne Vertrag und ohne Bezahlung beschäftigt. Noch besser: Wir durften unsere Auslagen, Fahrt- und Übernachtungskosten aus eigener Tasche begleichen. Für uns beide stand jeweils das Wort von Siegfried Seif beziehungsweise von Retho Wachs dafür ein, dass eine angemessene Regelung schon noch gefunden werden würde, natürlich unter Berücksichtigung der schon geleisteten Arbeit.

Nachträglich betrachtet, kam das Erdulden dieses Zustands einem Initiationsritus gleich, der bei den maßgeblich Beteiligten wohl erst die Gewissheit festigte, es hier mit sehr motivierten Mitarbeitern zu tun zu haben, die, wie es wie es so schön heißt, über „Nehmerqualitäten“ verfügten. Wenn ich mich recht erinnerte, sprach Wachs in diesem Zusammenhang auch, mit einem leicht sarkastischen Unterton, von einer guten Portion intrinsischer Motivation. Eine sehr weite und eigenwillige, möglicherweise eidgenössische Interpretation.

Britta hingegen brachte diese Vorgänge auf einen anderen Nenner. Sie sprach nicht ohne hintergründige Erheiterung von einem andauernden „Prinzip Zumutung“ dem wir ausgesetzt wären, im Gegensatz zum eher bekannten „Prinzip Hoffnung“. Wir würden an die Leine der Konformität gelegt, wie frisch geschossenes Wildbret abgehängt, bis jeder Tropfen echter Überzeugung und Kreativität aus unseren Körpern entwichen wäre, um uns nach der Prozedur dann Blutleere vorzuwerfen. Danach sei jeden Moment die Ablösung durch einen neuen, frischeren, schnelleren und willigeren Mitarbeiter zu erwarten, der dann zwar doch nicht käme, aber angeblich vor der Tür stünde. Damit sei die Zurichtung zur Zumutung zwar nur angedeutet, aber in ihrem Anfangsstadium skizziert.

Gut, meinte sie abmildernd, das Bild sei sicherlich ein wenig zu drastisch. Wurde dann aber recht nachdenklich und plötzlich sehr ernst:

„Mit mir läuft das aber nicht mehr. Ich bin es jetzt definitiv leid. Die sind mir einfach allesamt zu überheblich. Das ist eine Horde von Profilneurotikern, deren zweite Natur danach lechzt, abhängig Beschäftigte zu manipulieren. Es ist ja nicht nur Retho Wachs. Vor allem auch Bernd Gries und Ricarda Milch kennen ihre Grenzen einfach nicht, von Magnus First schon ganz zu schweigen. Unter denen geht es zu wie auf einem Basar, einem Jahrmarkt für persönliche Vorlieben und Eitelkeiten. Sie führen das allgemeine Wohl im Munde, meinen aber nur ihr jeweiliges Partikularinteresse und sei es der Ausbau ihres persönlichen Macht- und Zuständigkeitsbereichs. Das Organisieren einer Universitätsverwaltung, gerade auch in einem Reformprozess, sollte eigentlich anders ablaufen. Meinst du nicht auch?“

Eine offensichtlich rhetorische Frage. „Aber“, entgegnete ich ihr trotzdem, „irgendwie, ich kann Dir auch nicht sagen warum, steckt das auch an, dieses Vorläufige, Improvisierte oder wie Seif das wirklich sehr treffend intellektualistisch formulierte: ‚wenig Persistente‘. Und häufig steht man doch einfach nur staunend vor diesen Verhaltensweisen und Vorkommnissen und fragt sich einerseits: wer wird dem wohl Einhalt gebieten? Andererseits beschleicht einen auch die Vermutung, dass ohne diesen teils blinden Aktionismus und die Nebelkerzenwerferei an der Universität auf dem flachen Lande nichts wirklich auszurichten sei. Noch ist nicht ausgemacht, wohin die Reise geht. Etwas salopper formuliert: Da ist noch Luft drin, da gibt es noch Reibung.“

Britta sah mich erstaunt an und erklärte kurz und bündig, sie sei aus dem Spiel. Allerdings hätte sie ja schließlich nicht weniger als zwei Jahre für das Präsidium geschuftet, wäre immer ansprechbar gewesen und hätte eine Broschüre nach der anderen herausgehauen. Es sei nicht nur der Jahresbericht, der ihr regelrecht das emotionale Genick gebrochen hätte, oder die Tatsache, dass neunzig Prozent der Aufträge nie realisiert würden – und sie betonte, dass sei keine Frage der Qualität –; nein, inzwischen würden Siegfried Seif wie auch Bernd Gries in ihren Arbeiten herumfuhrwerken. Ja, ich glaube, so plastisch drückte sie sich aus. Seif würde ihre Sachen erst gar nicht richtig lesen, bevor er sie umschriebe. Tragischer sei allerdings die Übergriffigkeit Griesscher Provenienz, der einfach nicht schreiben könne und in einem verwaltungstechnischen Nominalstil jeden Textentwurf zur Unkenntlichkeit zerhacken, schlicht zur Strecke bringen würde.

Überhaupt könne sie vor dem unstillbaren Machthunger von Gries nur warnen, der sich schon längst zu einem zweiten Kanzler aufgeschwungen hätte. Der käme immer so wachsweich, fast devot daher, sei aber der unerbittlichste Apparatschick, den man sich nur vorstellen könne. Er würde sein zweifellos vorhandenes Organisationstalent knallhart dazu einsetzen, vor allem die kreativen und eher unabhängigen Leute aus dem Team um das engere Präsidium herum hinaus zu kegeln. Gemeinsam mit der Präsidialsekretärin Ricarda Milch kenne er auch keinerlei Skrupel, dies mit allen Mitteln in die Tat umzusetzen. Seine Nähe zu Wachs – sie sollen, wie ihr zu Ohren gekommen sei, mitunter auch des Nachts konferieren – , würde es ihm zunehmend ermöglichen, seine Sicht der Dinge als allgemein gültig darzustellen. Summa summarum seien von ihm im Laufe der Zeit schon mindestens achtzig Mitarbeiter zur Strecke gebracht worden. Irgendeine sehr böse Zunge habe, im Sinne der Harmlosigkeit, der Bubenhaftigkeit seines Auftretens und seiner Vorliebe für das anfertigen von Listen, von der „Banalität des Bösen" gesprochen.

Dieser Vergleich führe vor allem vor Auge, mit welchen erstaunlich harten Bandagen an der Universität auf dem flachen Lande zu Werke gegangen werde. Auf jeden Fall wolle sie so schnell wie möglich einen Schlussstrich ziehen und sich wieder in Richtung Hauptstadt orientieren. Und sie wiederholte, dass es da die eine oder andere Option gäbe. Aber das solle am besten erst einmal unter uns bleiben.

Wir waren so sehr in unsere Universitätsbefindlichkeiten vertieft gewesen, dass wir völlig überrascht waren, als wir schon in unseren großen Umsteigebahnhof einfuhren. Die Zeit war in einem Gespräch von eigentümlicher Intensität über ein eigentlich doch eher trockenes Thema wie Arbeit und Arbeitsprobleme verflogen. Und mir fiel ein, dass ich ja stattdessen vorhatte, mich mit Britta dem Thema amerikanische Literatur zu widmen, ihrem Steckenpferd, ihrer wirklichen und wohl auch seit langem gehegter Leidenschaft. Aber nun mussten wir schauen, dass wir unseren Anschlusszug bekamen, irgendwo Richtung Gleis acht, oder war es doch zehn?

Als wir uns nun gemeinsam unserem Gleis in Richtung Universität auf dem flachen Lande näherten, glaubten wir unseren Augen nicht trauen zu können. Noch in gewisser Entfernung vor uns war eine durchaus bekannte Silhouette auszumachen, klein, rund und ein wenig aufgeblasen. Nach etlichen Monaten sollte mir das Glück wiederfahren, IHN tatsächlich einmal, wie die persönliche Sekretärin mir das schon als Möglichkeit avisiert hatte, im Zug Richtung Universität anzutreffen. Für Britta war es ebenfalls eine seltene

Begegnung, denn auch ihr Kontakt zu ihm lief fast ausschließlich über Seif. Irritierend war jedoch die Tatsache, Magnus First so gänzlich allein, ohne zumindest eine seiner Sekretärinnen oder ein sonstiges Mitglied der Entourage anzutreffen. Nur mit einem Head-Set bewaffnet und natürlich unaufhörlich redend, lässig umgehängter Laptop-Tasche über der Schulter und ausgebeultem schwarzen Kulturschaffenden-Jackett wirkte er wie der Oberspielleiter der Oberhausener Kammerspiele auf Dienstreise, dem gerade seine erste Geigerin abhanden gekommen war. Was es ihm unmöglich machte, seinem Redeschwall Einhalt zu gebieten, oder durch kurze Pausen zu strukturieren. Trotz eines lauen Lüftchens, stand ihm vermutlich deshalb auch der kalte Schweiß in kleinen Kügelchen auf der Stirn.

Obwohl er anscheinend ziemlich, wenn nicht total in allerwichtigste Probleme vertieft war, die sofort gelöst werden mussten, hatte sein Radarsystem uns offenbar schon von Ferne geortet, denn urplötzlich wandte er sich Britta und mir mit einer kurzen Drehung zu, um uns mit einem kurzen aber lässigen Kopfnicken und leicht verschwiemelten Lächeln zu begrüßen. Während er weitersprach, machte er in unsere Richtung eine dieser aus dem Fernsehen bekannten Gesten, dieser Fingerzeig als Hüftschwung des Schon-immer-gekannt-Habens der amerikanischen Präsidenten, wenn sie zu einer Rede im Senat oder Kongress auflaufen, dieses: „Du auch hier, wer hätte das gedacht, wie toll, dass wir uns endlich auch mal wieder sehen."

Als kurze Zeit später der Zug einrollte, wir standen höflicherweise so weit von ihm entfernt, dass wir das Gespräch nicht mithören konnten, zeigte er, in unsere Richtung blickend, auf den Speisewagen. Wir sollten demnach in den Genuss einer seltenen Gelegenheit kommen: Eine Zug-Audienz beim hauptberuflichen Kanzler höchstpersönlich!

Magnus First – Vertrauensvolle Zusammenarbeit

„Quod mecum nescit, solus vult scire videri."
(Was er mit mir nicht weiß, will er allein zu wissen scheinen.)
Immanuel Kant, Kritik der reinen Vernunft, Vorrede zweite Auflage

Britta Muthesius wurde im Speisewagen plötzlich wieder putzmunter, was nicht nur dem doppelten Espresso geschuldet war, zu dem Kanzler Magnus First uns ganz spontan eingeladen hatte. Nein, er verstand es, Britta mit einer anstachelnden Anerkennung zu ködern, zu der Präsident Dr. Retho Wachs mit seinen Umgehungstatbeständen gänzlich unfähig war. Hierzu gehörte nicht nur, auf Brittas Nebentätigkeit als freie Lektorin einzugehen, was in unregelmäßigen Abständen zu Projektauszeiten ihrerseits führte, die eigentlich nicht so gerne gesehen wurden, machte sie sich doch dadurch unabhängig oder signalisierte zumindest Selbständigkeit. Magnus First thematisierte darüber hinaus von sich aus, sogar leicht erheitert, das Thema „Jahresbericht".

Während Wachs sich also meistens einer Diskussion über problematische Fragen durch Flucht entzog, pflegte First solche Art Gespräche mit ein paar ungezwungenen Bemerkungen zu eröffnen. In diesem Falle offenbar um auszuloten, wie es mit der Bereitschaft für Großaufträge auf Seiten Brittas bestellt war, oder ob sie eventuell willens sei, sich nochmals mit dem Thema „Jahresbericht" zu beschäftigen. Denn aus dem war mittlerweile fast ein Dreijahresbericht geworden. Doch obwohl er, ebenfalls nonchalant, auch ihre unklaren Vertragsverhältnisse mit ins Spiel brachte, hier auf einmal wieder ganz auf der Klaviatur eines Verwaltungschefs spielend, blieb ihre Reaktion unverkrampft eindeutig. Sie könne sich vieles an Projekten im Bereich Marketing vorstellen, formulierte sie eher nebulös, aber sie würde definitiv keine Schleifen mehr mit dem Jahresbericht drehen. Zu ihrem und meinem Erstaunen nahm First ihre Reaktion gelassen hin. So, als hätte er von vornherein nichts anderes erwartet, lobte er ihre Arbeitsergebnisse und hob hervor, wie sehr sie von ihm geschätzt würden. Dann wechselte First geschmeidig das Thema und wandte sich mir zu.

Wir hätten ja mal für denselben Weltkonzern gearbeitet. „Bertelsmann, nicht wahr?" – gab er jovial zum Besten. Fast schien es, als habe er sich gerade, in der Rolle des Personalchefs eine Einstellung abwägend, meinen Lebenslauf vorgenommen. Aber natürlich auf einer etwas anderen Ebene, fügte er lässig hinzu, um nicht zu viel Nähe aufkommen zu lassen. Er sei zeitweise fast so etwas wie der Asienchef von Bertelsmann gewesen, aber der Konzern sei ja nun mal etwas schwerfällig, wie auch ich sicherlich wisse, und hätte die Zeichen der Zeit, die Veränderungen auf dem Buch- und Medienmarkt nicht wirklich kommen sehen, nicht wirklich verstanden. Deshalb sei man dann auch getrennte Wege gegangen.

Ich hingegen hätte es immerhin so richtig mit Büchern zu tun gehabt, deren Zeit ja nun auch endgültig ablaufe. Aber gerade deshalb dürfe angenommen werden, dass mir das Schreiben liegen würde. Auch das richtig schnelle Schreiben, nicht wahr? ... Eine Fähigkeit, die an der Universität extrem gefragt sei und die ich nun endlich unter Beweis stellen könne.

Aus der nicht unbeträchtlichen Anzahl von Projekten, die er zu betreuen die Freude hätte, würden zwei dann doch besonders herausstechen. Das Innovations-Inhalator-Projekt, das sei aber noch nicht wirklich spruchreif, und das Bau-Projekt auf dem Campus von seinem Freund und Architekten David Libkovitz. Letzteres würde ich ja bereits ganz gut kennen und hätte mich ja sogar mit der etwas eckigen Susie Quer arrangiert. Nun würden wir aber langsam in den Zieleinlauf kommen in der Gestalt des Bauantrags. Das wäre eine ganz große Sache und in sich durchaus heikel. Er schaute dabei ganz verschmitzt drein.

Die Anforderung sei nun, dass binnen dreier Monate ein kleines, gut lesbares Werk von etwa 280 Seiten entstehen solle, für alle Adressaten in dem Gesamtprozess verständlich abgefasst. Wir müssten mit dem Ding ja auch durch den Landtag und zum Rechnungshof und durch welche Gremien auch immer. Die politische Schreibe hätte ich ja auch drauf, von daher würde hier doch alles wunderbar zusammenpassen, nicht wahr?

Auch hätte er erfahren, dass ich die letzten Monate praktisch kein Geld bekommen hätte, was ja bedauerlich genug sei. Da sollten wir aber jetzt endlich einen Werkvertrag aufsetzen, er hätte da so eine Art „Reptilienfonds“, wobei er sich aufs Knie schlug und ganz köstlich amüsierte, aus dem könnten wir das ohne Probleme abwickeln. Die Personalabteilung würde sich ja immer so blöd anstellen, die seien völlig unflexibel und würden ihnen nur Steine in den Weg legen. Ich solle dann mal eben heute Abend vorne im Büro vorbeikommen, dann könnten wir das klarmachen.

Mittlerweile fuhren wir auch schon in unserem Zielbahnhof ein, selbst die Ansage schien von der Geschwindigkeit der Ankunft irgendwie überrascht worden zu sein. Nur Magnus First nicht, der, schon wieder an seinem Head-Set nestelnd, sich noch kurz mit der Bemerkung „es war ja ganz toll, mit euch zu plaudern, Kinder“ und „Termine, Termine, Termine“ verabschiedete, die Abteiltür öffnete und den schnellsten Weg ins Freie suchte.

Britta zuckte mit den Achseln und sagte recht trocken: „Ein schönes Beispiel für die total einseitige Kommunikation mit dem Hause First! Aber immerhin hat er uns überhaupt zugehört, also zumindest mir.“ Wobei sie unweigerlich lächeln musste. Sie fügte mit einem gewissen Sarkasmus hinzu: „Ist es nicht wunderbar, dass ER uns mit seiner Anwesenheit beehrt und uns darüber aufgeklärt hat, welchen Wert er in uns sieht … Aber jetzt mal im Ernst. Du solltest unbedingt und noch heute mit unserem Leiter Marketing Siegfried Seif sprechen, wegen des Vertrages. Du wirst da heute mit Garantie keinen Termin mehr kriegen. Also häng dich an Seif, so habe ich das auch gemacht.“

Ich war immer noch ganz konsterniert und wusste augenblicklich noch gar nicht, was ich sagen oder machen sollte. Für Britta schien der ganze Ablauf inzwischen eher normal kurios, sie hatte sich eindeutig zu einem gesunden Pragmatismus durchgerungen, vielleicht auch tatsächlich bereits innerlich mit dem Thema Universität auf dem flachen Lande abgeschlossen. Sie bestätigte damit eindrücklich und mit fast beneidenswerter Klarheit, was sie vorher nur rein verbal, gewissermaßen „unter uns", angesprochen und angedeutet hatte.

Für mich hingegen war es die zweite oder dritte Begegnung mit First, der Überraschungseffekt, trotz allen Flurfunks, noch gegeben. Allerdings tauchte bereits die nicht ganz unbegründete Frage auf, ob, jenseits aller Merkwürdigkeiten und Verhältnisse, hier sinnvolles Arbeiten überhaupt möglich wäre. Neben den schnell wechselnden Themen und deren Bandbreite zog mich ja schließlich auch die Zusammenarbeit mit anderen Menschen in den einzelnen Projekten an. Das nicht Alltägliche im Arbeitsablauf, das Durchbrechen von Routinen, versetzte mich bislang in einen kreativen Erregungszustand, der mich die Angst vor einer „ewigen Wiederkehr des Gleichen" regelrecht vergessen ließ.

Trotz besseren Wissens zog ich noch nicht wirklich in Betracht, dass der geregelte Ablauf von Verfahrensweisen nichts anderes als das Wesen einer funktionierenden Verwaltung bedeutet. Die Arbeitsorganisation der Universitätsverwaltung, repräsentiert durch die jungen und extrem dynamischen Präsidenten und Kanzler, durch Retho Wachs und Magnus First, war deshalb in fast jeder Hinsicht ein Widerspruch in sich. Nicht nur der gegensätzliche Approach der beiden Protagonisten, den ich ja schon besser kennengerlernt hatte, spielte hier hinein, sondern es ging um das zu großen Teilen unreflektierte Selbstverständnis der Institution selbst, oder standen am Ende im wesentlichen die Eitelkeiten des Führungspersonals dahinter?

Retho Wachs schwebte eine ideale Reformuniversität modernen Zuschnitts ohne Mitbestimmung vor. Seinem geistigen Auge bot sich offenbar eine Art planerisches Polytechnikum-Eldorado dar, eine Kaderschmiede, die von innen her durch Bildungs- beziehungsweise Ausbildungsansprüche der kompetitiven Gesellschaft glänzte und als Masterpiece der Effektivität im Ausstoß von unmittelbar wirtschaftlich verwendbaren Absolventinnen und Absolventen in Erscheinung treten sollte. Magnus First hingegen beschwor ganz unverblümt das Bild eines neuen Silicon Valley auf dem flachen Lande herauf, eigentlich eines Gesamtkunstwerkes von wagnerianischer Provenienz, das jeden, der mit ihm in Berührung käme, beglücken würde: kulturell, finanziell, technisch und ästhetisch.

Nicht nur diese Ansprüche selbst entbehrten in ihrer Maßlosigkeit nicht einer gewissen Kuriosität, auch die Perspektive der Verantwortlichen schien nachgerade seitenverkehrt gerichtet zu sein. Retho Wachs, als eigentlicher Repräsentant für die Außenwelt, blickte im Wesentlichen auf den inneren Reformprozess; Magnus First als Verwaltungschef, zuständig für die Binnenstruktur, beschäftigte sich annähernd ausnahmslos mit dem Gesehen-Werden und den damit verbundenen neuen Projekten, die meist außerhalb der bestehenden Strukturen etabliert werden sollten. Diese Gemengelage aus vertauschten Rollen, Ansprüchen, Eigenheiten und Eigenschaften, die ich noch in ihren Weiterungen kennenlernen sollte, führte in vielen Fällen zu wesentlichen Irritationen oder Blockaden. Es sah zeitweise sogar nach einem tragischen, aber natürlich großartigen Scheitern von „Wir sind Uni“ aus.

Innovations-Inhalator

„Quod erat demonstrandum."
(Was zu beweisen war.)
Lateinisches Sprichwort

In das Antragsverfahren des EU-Großprojektes schlitterte ich so universitätstypisch hinein wie in die anderen Parallelprojekte auch. Ich nahm seit über einem Jahr meinen ersten Urlaub mit der Familie an der nahgelegenen Ostsee, als eines Abends, ich glaube es war der dritte Urlaubstag, das Handy klingelte. Magnus First höchstselbst meldete sich am anderen Ende der Leitung und sprach von einem Projekt hoher Dringlichkeit, großer Verantwortung und herausragender Bedeutung für die ganze Universität auf dem flachen Lande. Im Antragsverfahren des sogenannten Innovations-Inhalator-Projektes müsse der ganze, eigentlich schon komplett eingereichte Entwurf völlig neu überarbeitet und anschließend nochmals auf logische Konsistenz überprüft werden. Der bisher zuständige Projektleiter hätte im ganz großen Stil offenkundig versagt. Die Gefahr des Scheiterns stünde durchaus real im Raum, denn es gäbe Termine einzuhalten, die EU-Kommission könne da beinhart sein.

Nach dieser dramatischen Problembeschreibung, wurde er schmeichlerisch salbungsvoll. Mit meinen einschlägigen Erfahrungen, auch im Ministerium, sei ich da zweifellos genau der Richtige, recht eigentlich der Mann der Stunde. Doch mein Urlaub käme in diesem Zusammenhang natürlich zur absoluten Unzeit. Wer den eigentlich genehmigt hätte, ich sei doch noch gar nicht richtig angestellt. Nein, das meine er jetzt nicht wirklich ernst, den Urlaub müsse ich jedenfalls nicht sofort abbrechen, kein Problem. Aber nächste Woche sollte ich dann doch in Berlin und im neuen Team sein. Denn die Vorarbeiten würden erst einmal von der Hauptstadt aus erledigt, was mir ja sicherlich vom Standort her entgegenkäme.

Er würde mir gleich einmal per SMS die wichtigsten Kontaktdaten durchgeben. Mit den anderen Jungs würde ich mich sicherlich supergut verstehen, dass sähe er jetzt schon glasklar voraus. Und überhaupt würde er sich bereits im Voraus ganz herzlich bei mir für mein Verständnis und meine zweifellos ernstgemeinte, fast enthusiastische Bereitschaft zur Mitarbeit bedanken, auch wenn ich das jetzt augenblicklich noch nicht so richtig zum Ausdruck brächte. Anschließend rief er noch kurz: „Auf eine gute Zusammenarbeit!" Dann, ohne meine Reaktion abzuwarten, legte er auf! Unmittelbar nach unserem Gespräch war ich mir nicht sicher, ob ich wach war, oder diese Begebenheit nur geträumt hatte.

Mit dem Innovations-Inhalator-Projekt kam ich, zumindest was die Hintergrundgeschichte und vor allem den absurd sperrigen Namen anging, schon sehr früh in Berührung. Genauer bei meinen Übernachtungen in der mit Möbeln von Ikea ausgestatteten Altbauwohnung von Universitätspräsident Dr. Retho Wachs, der mir eines späten Abends ganz stolz von diesem „Coup" erzählte. Mit Antragsverfahren kannte er sich ja schließlich selbst bestens aus. Seine Wertschätzung gegenüber der Fähigkeit schnell, gute Fördermittel- oder Drittmittelanträge zu stellen, war sehr stark ausgeprägt. So etwas musste jeder als Grundausstattung mitbringen, der an der Universität auf dem flachen Lande eine Professur anstrebte.

Welche Töpfe waren mit Abstand am besten gefüllt? Natürlich weckten weniger die Landes- und Bundesmittel Begehrlichkeiten, sondern vielmehr die enormen Ressourcen, die auf europäischer Ebene faktisch vorhanden waren und Jahr für Jahr nicht vollständig abgerufen wurden. Ein solches Projekt geschickt über das zuständige Landesministerium einzufädeln, war eine Sache, Mittel aus dem Europäischen Strukturfonds (ESF) dann bei der EU-Kommission tatsächlich loszueisen, eine andere. Auf jeden Fall hatten Kanzler Magnus First und er herausgefunden, dass die Universität in der höchsten Kategorie der EU-Förderregularien lag und dann ging alles, wie immer, wenn er etwas anfasste, ganz schnell. Vielleicht auch ein wenig zu flott. Aber wie so häufig an der Universität auf dem flachen Lande wurden Probleme oder Ausführungsmängel allein dem jeweils beauftragten Personal angekreidet.

Die tatsächliche Höhe der Förderung, die im Antrag stünde, sei natürlich politischer beziehungsweise strategischer Natur und frei erfunden, hatte er vor über einem halben Jahr zum Besten gegeben. Und ein gewisser Triumph um seine Mundwinkel herum war nur zu verständlich gewesen. Sie hätten sich überlegt, dass es marketingmäßig besser rüberkäme, die Antragssumme möglichst hoch zu schrauben. Damit würde man automatisch zu einem Politikum, hätten sie sich gedacht. Neben der bundesweiten Publizität, die uns natürlich immer ganz im Sinne von Kanzler Magnus First voranbrächte, würde diese Vorgehensweise ab einem gewissen Punkt dann aber auch unter das bekannte, erweiterbare Prinzip des „too big to fail“ fallen. Er schien also noch nachträglich von sich und seiner Eingebung ganz beindruckt, gar glücklich berauscht zu sein. Dass daraus dann schließlich mal eben fasst 100 Millionen Euro werden sollten, wer hätte das gedacht.

Der Trick bei der ganzen Chose sei, dass damit der Neubau des Zentralgebäudes, wie auch das neue Studienmodell in all seinen Verästelungen und die aufzubauende Forschung finanziert werden könne. Das dürfe natürlich nur keiner so genau wissen, vor allem nicht die eigentlichen Geldgeber auf europäischer Ebene, aber nach Brüssel sei es eben recht weit. Und der Topf, aus dem das alles käme, sei ja eigentlich einer, der normalerweise nur für Infrastrukturmaßnahmen vorgesehen sei. „Beton, Beton, Beton!“, hatte er ausgerufen, „wir aber, wir investieren in Köpfe!“Aber bei solchen Anträgen sei das so ähnlich wie an Weihnachten, die Sache müsste einfach nur richtig eingepackt werden! „Ausgepackt wird später“, und da sei der Geldgeber ja nicht mehr dabei. Das sei dann die Abteilung technische Abwicklung und Rechnungslegung, da ließe sich ziemlich viel interpretieren oder ganz geschickt der eine oder andere „Umgehungstatbestand“ anlegen. Das Finden und Aussprechen dieses juristischen Fachausdrucks hatte ihn nachgerade erheitert.

Nachdem ich mich nicht sonderlich beeindruckt zeigte, unternahm Retho Wachs, wenn ich mich recht entsinne, den Versuch das Thema zu wechseln, während ich noch auf die Implikationen einer solchen Verfahrensweise hinwies. Ob denn nicht diese Verknüpfung und Verkettung der Reformbemühungen, der sogenannten Neuausrichtung, mit einem neuem Studienmodell, mit dem Ausbau der Forschung, mit dem Neubau und schließlich mit dem Innovations-Inhalator-Projekt sehr gefährlich sei, fragte ich ihn. Wenn auch nur ein Mosaikstein herausbrechen würde, fuhr ich fort, würde doch zweifellos das Scheitern des Gesamtprojekts „Reform der Universität" riskiert werden, mit unabsehbaren, auch persönlichen Folgen für ihn selbst.

Er hatte mich unverwandt angesehen, fast fixiert. Und seine Reaktion war bedenklich unseriös gewesen:

„In der Tat! Aber: Wer nichts wagt, der nichts gewinnt. Wir sind hier mit dem schnellsten Modell auf der Überholspur. Wenn sich uns da was entgegenstellt, fahren wir drüber hinweg, oder es kracht halt richtig. Da gibt es keine Alternative, da machen wir uns nichts vor."

Da klang wieder das Schlagwort „alternativlos" aus dem Arsenal der höheren Politik an, aber innerlich schmunzeln musste ich doch über den Autobahnvergleich. Hatte nicht auch Siegfried Seif das neue Studienmodell der Universität mit einem Neuwagen der Luxusklasse verglichen, den Retho Wachs nun quasi auf die linke Spur setze, um auf Teufel komm raus als erster am Ziel zu sein? Aber nur – und diese Frage drängt sich dann doch unmittelbar auf –, an welchem Ziel? In diesem Zusammenhang fiel mir spontan dieses schöne Helmut Qualtinger-Zitat ein, wo er, in die Rolle eines Porschefahrers geschlüpft, sagt:

„I woas zwor no net, wo i hinfohr, aber dafür bin i früher durt."

Das Schneller-als-andere-Sein als Prinzip, der Leistungsfanatismus ausgelebt auf den überkommenen deutschen „Kraft durch

Freude“ Autobahnen, die Geburt des rasenden Immer-schon-da-Seins der (tragischer Weise) historisch zu spät Gekommenen.

Das Projekt, auf das mich Magnus First nun mit seinem Brandanruf angesetzt hatte, nahm sich im ersten Monat als eher sportliche Veranstaltung aus. Das Team bestand aus zwei Spezialisten: Knut Hansen, dem Mathematiker und Kurt Klar, der die ganze Sache leitete und denjenigen beerbt hatte, der, wie mir First gegenüber ja schon andeutete, kurzerhand wegen Unfähigkeit in die Wüste geschickt worden war. Sportlich deshalb, weil es wie fast immer darum ging, innerhalb kürzester Zeit – die EU-Abgabefrist war eigentlich schon abgelaufen –, diesen extrem lukrativen beziehungsweise innovativen Antrag zu frisieren. Was nichts anderes hieß, als ihn komplett zu überarbeiten und mit reichlich fiktiven, inneren und vor allem auch logischen Bezügen auszustatten.

Wobei mir schon bei der Vorstellung, dass sich diverse Abteilungen des Ministeriums und der EU-Kommission im Bereich des ESF ernsthaft damit beschäftigen würden, ganz und gar mulmig wurde. Kurt war der einzige vom Fach, er wusste, welche Anforderungen ein solcher Antrag erfüllen musste und wie er gelesen werden würde. Knut, der Mann für die Zahlen, war als Free-Lancer nicht wirklich mit der Materie vertraut. Mir erging es keinen Deut besser, dennoch oblag mir vor allem die Rhetorik der Antragseinführung und die irgendwie logisch zu begründende Überblicksdarstellung mit ihren ganzen Verzweigungen.

Wir trafen uns das erste Mal in einem kleinen Café neben dem Kunstgalerie-Bunker „Sammlung Boros“ in der Straße vom Deutschen Theater Berlin. Nicht auf der großen Bühne fanden allerdings unsere Aktivitäten statt, auch wenn sie sich rein rechnerisch so ausnahmen, sondern gleichsam in der Dependance um die Ecke. So ganz anders als das annähernd für alle Aktivitäten galt, die an der Universität auf dem flachen Lande eingefädelt und präsidial vorangetrieben wurden.

Untypisch war in jedem Fall auch der geringe Ego-Koeffizient, auf dem das Projekt, zumindest anfangs, angeschoben, abgehandelt und austariert wurde. Eitelkeiten spielten so gut wie keine Rolle, Machtverhältnisse blieben außen vor, allein das Ergebnis zählte, so wie in der klassischen guten Projektarbeit. Es stachen insgesamt sehr positive Momente des Umgangs hervor: keine Doppelbödigkeit, klare Ansagen und echte Fristen. Jeder wusste, woran er tatsächlich war, jeder wurde ernst genommen. So hatte es zumindest den Anschein. In einem kleinen Team darf das auch erwartet werden, aber unter den Auspizien einer Führung durch Kanzler Magnus First konnte dieser Umstand schon als ungewöhnlich bezeichnet werden.

In dem Antragsverfahren selbst kam es in der Darstellung zwar auch auf Logik an, aber nur was die Schlüsselbegriffe anging. Im Textverlauf musste ein Netz von recht fiktionalen Bezügen ausgebreitet werden, das war jedenfalls das „Core“, der zentrale Ansatz. Denn die Leser beziehungsweise Bearbeiter in der Bürokratie mussten oder sollten ihre eigenen Vorgaben wirklich und unmittelbar wiedererkennen können. Das war die zentrale Bedingung dieses wie jedes anderen formalen Projektantrags. Der Trick in der Aufbereitung dieser Antragsprosa bestand nun gerade nicht in der wirklichen Nachvollziehbarkeit, sondern in der kompletten Abstraktion der dargestellten Zusammenhänge. Nur die Zuordnung zu den Fördertöpfen, der Projektablauf, die zu erwartenden positiven Ergebnisse und natürlich die Zahlen mussten genau passen. „Quod erat demonstrandum“, wie mein alter Lateinlehrer, viel zu häufig und schlichtweg zermürbend zu sagen pflegte.

Das Ganze, so könnte man sagen, hatte eine höhere Ordnung, ein trinäres System, das auf die Instanz hin ausgerichtet war, die darüber im wahrsten Sinne des Wortes zu richten hatte. Sie las aber nur das heraus, was sie durch die eigenen Vorgaben und Definitionen gewissermaßen vorab schon hinein geschrieben hatte. Und weil diese Vorgaben und Definitionen nur richtig und gut sein konnten, näherte man sich bei einer akkuraten Anwendung, mit Siegfried Seif gesprochen, dem idealen Konstrukt einer positiven „self-fulfilling prophecy“. Und das Kalkül von Wachs, das „too big to fail“, ging, wie sich herausstellte, schließlich auch wirklich auf. Denn das Projekt war so groß, dass es schon deshalb, weil es existierte, zum Förderpolitikum wurde. War nicht Deutschland der größte Nettozahler der EU? Lag das Projekt nicht auch in der höchsten Förderkategorie?

Aber das Erstaunliche war ja nicht allein die tatsächliche Höhe der Förderung, sondern die Rolle, die die Universität dabei spielen sollte. In der Quintessenz ging es nämlich um die Schaffung von realen Arbeitsplätzen, so als ob die Hochschule ein aktiver Akteur auf dem regionalen Arbeitsmarkt wäre, wie zum Beispiel ein Großunternehmen, etwa der Pharmazeutischen Industrie. Einige Witzbolde hatten ja schon den neuen Namen, den sich die Institution im Zuge ihrer Neuausrichtung gegeben hatte, in diese Richtung interpretiert. Der manches Mal zu bemitleidende Pressesprecher Heinrich Zuseldorff musste sich in dieser Angelegenheit doch schon gewaltig und mit erheblicher externer Hilfe ins Zeug legen, um hier den richtigen Dreh hinzubekommen und zugleich den Eindruck zu vermeiden, die Universität schwänge sich auf, der Wirtschaft zu zeigen, wie Arbeitsplätze im ganz großen Stil zu schaffen seien.

Die erste Verlautbarung las sich deshalb auch jubilierend selbstbewusst ziemlich genau so:

„Mit einer massiven Investition in die Universität will die EU-Kommission im Rahmen ihrer Lissabon-Strategie Spitzenforschung etablieren und so die Wirtschaftskraft der Region nachhaltig stärken. Entsprechende Pläne des Landes und der Universität wurden jetzt von der EU-Kommission in Brüssel positiv beschieden. Danach startet die Universität in den kommenden sechs Jahren zahlreiche Innovationsprojekte mit einem Gesamtvolumen von knapp 100 Millionen Euro. Der Innovations-Inhalator ist ein gemeinsames Entwicklungsprojekt der EU, des Ministeriums für Wissenschaft und Kultur und der Universität. Es markiert den Ausbau der Hochschule zu einer Modell-Universität in Deutschland und deren führende Rolle als Motor regionaler Wirtschaftsentwicklung.“

Und wo der Motor reingehörte, ist ja schon hinlänglich klar geworden, eben in das schnellste Modell (sprich: Studienmodell), das sich schon seit Jahren auf der Überholspur befand, auf dem Weg zum maximal Besten. Versehen mit einer raffinierten Sonderausstattung: Zwei Lenkräder für Universitätspräsident Retho Wachs und Kanzler Magnus First, Bremsen waren natürlich überflüssig, schließlich bewegte man sich nur auf der Überholspur; im Fond waren Plätze für Bernd Gries, Ricarda Milch und Siegfried Seif untergebracht. Die Sitze waren logischerweise für alle Fälle mit einer Schleuderautomatik versehen, deren korrekte Bedienung via Internet allerdings keinem Mitfahrer wirklich bekannt war, das wurde mit einem Zufallsgenerator erledigt. Das Gefährt war, laut First, ursprünglich als Perpetuum Mobile geplant worden, hatte allerdings noch einige wenige technische Hürden zu nehmen und fuhr bis dahin mit einem Allesbrenner, der neben barer Münze, selbst Schweiß, Tränen und Werkverträge in reine Geschwindigkeit umsetzen konnte. Wenn das nicht alles an veritable Zauberei grenzte!

Das Sagenhafte an diesem Förderkonzept war also nicht nur der fiktionale Gehalt der Höhe seiner Kosten und der Form seiner Ausgestaltung, sondern auch der „Kernbereiche": Über den Ausbau der universitären Forschung, die bis dato so gut wie inexistent war, wollte man die EU-Mitfinanzierung eines Ausbaus des Studienmodells – eigentlich originäre Aufgabe der Universitätsverwaltung –, erreichen und zwar über die Bereitstellung von Mitteln für das neue Zentralgebäude und seine oberen Forschungsstockwerke. Ein universitäres Wolkenkuckucksheim war hier im Begriff zu entstehen, mit musealem Flair im Erdgeschoss, sollten doch zukünftig auch hochkarätige zeitgenössische Kunstsammlungen hier ihr zu Hause finden.

Wie hier was eigentlich zusammengehörte, war allerdings selbst für halbwegs Eingeweihte mitunter schwer verständlich. Vor allem zog solch üppige Mittelausstattung nicht nur allenthalben Neider auf den Plan, sondern stand in Verbund mit einem Verwaltungs- und Personalaufwand, den der Hauptverantwortliche, Kanzler

Magnus First, offenbar völlig unterschätzt hatte. Er war als offizieller Leiter der Universitätsverwaltung der Auffassung, dass mit einem Arbeitstag wie dem seinen, von recht eigentlich mindestens zwanzig Stunden am Tag – ja, so lang konnte ein Tag wirklich sein – , das Verwaltungspersonal doch wohl aufs erste die „Präliminarien“ des Projektes mit erledigen könne, bis geeignetes, zusätzliches Personal gefunden, eingekauft und vernünftig auf Linie gebracht worden sei. First erkundigte sich mehrfach nach dem im Präsidium angesiedelten Bereich der Personalentwicklung, intern auch Personalabwicklung genannt, der doch damit beauftragt sei, entsprechend für die Allokation von „Human Resources“ zu sorgen. Da müsse schon genauer gefragt werden, was denn die beiden zuständigen Mitarbeiterinnen in ihrer Arbeitszeit sonst noch so trieben.

Das Verwaltungsgetriebe

„Supermen are for supermarkets and heroes are for sandwiches."
Nicolas Calas

„Das Chaos macht ahnen."
Nietzsche, Der Fall Wagner

Angesichts des sich zusehends beschleunigenden Treibens an der Universität auf dem flachen Lande entwickelte sich bei mir mit der Zeit, wie ich nachträglich gestehen muss, ein geradezu wallraffmäßiger Ehrgeiz. Hineingezogen von irgendwie freundschaftsgläubiger Pflichtschuldigkeit und wohl auch fast kindlich zu nennender Neugier, nahmen für mich die Ereignisse an der Universität eine Form an, die mit Vernunft allein nicht mehr ganz zu erfassen war. Von den Verhältnissen also mehr und mehr in eine Inkognito-Rolle gedrängt, stand für mich von einem gewissen Zeitpunkt an weniger die Auftragserfüllung, also die Mitarbeit am Entwurf und an der Verwirklichung eines ganz neuen Typus von Hochschule im Vordergrund, als vielmehr die sich mit eigentümlicher Kraft ausbreitende Neigung, davon – auch rückblickend – zu berichten: „wie es wirklich ist gewesen".

Ausgangspunkt war einerseits der abrupte Fall des Leiters Universitätsmarketing Siegfried Seif. Was ein sich über Jahre hinziehendes Besetzungschaos zur Folge hatte, frei nach dem Motto: „wer will noch mal". Andererseits und im selben Zeitraum das Schicksal eines Projektmitarbeiters, der, unter der Ägide von First, nach einem dreimonatigen Projekt-Engagement für die vielgerühmte so genannte „Startwoche" in das Universitätsstudium, infolge von Schlafentzug und der Unfähigkeit Nahrung aufzunehmen, direkt aus der Universität hinaus in eine Klinik eingeliefert wurde. Die beiläufige Bemerkung Kanzler Firsts, ähnlich wie im Falle von Susi Quer, barst geradezu vor Mitleid und Einfühlungsvermögen: „Der Gute hat sich wohl ein wenig übernommen. Man sollte eben frühzeitig lernen, sich die Zeit vernünftig einzuteilen. Nächstes Jahr sollten wir besser darauf achten, dass wir auch wirklich belastbares Personal einstellen."

Siegfried Seifs Fortune schien gleichfalls mit einem Schlag abhanden gekommen zu sein. Als ich ihm an jenem Morgen auf dem Flur begegnete, vermittelte schon seine körperliche Aura weniger Präsenz, eher trat eine mir bis dato unbekannte Vulnerabilität, Verletzlichkeit, zum Vorschein, die durch den bisherigen Habitus des „mir kann keiner" wohl völlig verdeckt worden war. Britta Muthesius, die wieder einmal vor Ort war und wie so häufig über ein wenig mehr Hintergrundinformationen verfügte, erzählte mir kurze Zeit später ziemlich entgeistert auf dem Flur: „Die haben seinen Vertrag einfach nicht verlängert. Einfach so wie bei einem HiWi – weg und Tschüss."

So einfach war das! In der offiziellen Version nahm sich der Umstand natürlich eher wie ein weiterer qualitativer Karriereschritt aus. Er würde eine Promotion anstreben und deshalb sei der, wenn auch plötzliche Ausstieg zum jetzigen Zeitpunkt geradezu optimal. Es gäbe nämlich, so wurde kolportiert, im nahen Ausland eine tolle Möglichkeit mit einem schönen Thema, da könne er verständlicher Weise einfach nicht widerstehen. Mister-Marketing-Almighty, der Buddy von Magnus First scheiterte an einer banalen Vertragsverlängerung, wobei die so genannten Kettenverträge für den Öffentlichen Dienst doch schon längst kein Problem mehr darstellten und nicht automatisch in eine Festanstellung mündeten. Wer hätte das gedacht? Was steckte dahinter?

In solchen Momenten war die geeignete Fragestellung sicherlich: Cui bono? Wer profitiert von der Entwicklung? Und da musste nicht lange überlegt werden, denn unter Siegfried Seifs ausgreifender Verwaltungs-Prädominanz litten, auf unterschiedliche Art und Weise, vor allem Präsidialsekretärin Ricarda Milch und natürlich, wie sollte es anders sein, der ehrgeizige Präsidialassistent Bernd Gries. Ein Umstand, durch den sich besagte Personen auch irgendwie ziemlich nahe gekommen zu sein schienen, wenn man die demonstrativen Tätscheleien und kurzfristigen Massagemaßnahmen, die Gries an Milch teils coram publico vornahm und eklatant an das Verhalten der Protagonisten bei den Posthumanen Dienstleistungen in Shteyngarts Roman „Super Sad True Love Story“ erinnerten, in die Überlegungen mit einbezog. Ohnehin eine ganz sonderbare Veranstaltung, in diesem so gänzlich nüchternen und unerotischen Holz- und Glasambiente des Präsidiums, wo doch eher prosaische Verdrängung und Protestantismus in seiner Zwingli-Ausprägung zu Hause waren.

Die scharfzüngige Britta, die für beide nicht viel übrig hatte, vermutete gar eine für Ricarda Milch so typische en passant eingefädelte, raffinierte Intrige. Milch wolle Gries in seinem vehementen Karrierebegehren unterstützen und dafür sorgen, dass anzügliche Informationen nicht mehr lanciert werden könnten. Denn Seif war für solche Vorgehensweisen durchaus bekannt, sobald jemand sich ihm in den Weg stellte. Niemand solle mehr auf die Idee gebracht werden können, Gries interessiere sich in allererster Linie für jüngere Männer. Eine heutzutage etwas altbacken und fast spießig klingende Begründung, aber als potentielles Druckmittel nicht gänzlich von der Hand zu weisen. Auch die lange Assistenz bei Retho Wachs, nächtliche Telephonorgien und die Tatsache doch recht nachbarschaftlicher Wohnverhältnisse zum Präsidenten gaben auf dem flachen Lande vielleicht wirklich Anlass zur abfälligen Spekulation. Britta bestätigte in diesem Zusammenhang, dass Seif Kenntnisse dieser Art für sich und sein Fortkommen eventuell durchaus einzusetzen bereit wäre. Die Auseinandersetzungen zwischen Gries und Seif, um Macht und Einfluss, sollten, wie es hieß, gerade in letzter Zeit an Heftigkeit stark zugenommen haben. Manche der Unterredungen, wusste sie zu berichten, seien fast in Handgreiflichkeiten ausgeartet.

Mein Verhältnis zu Retho Wachs lag zu diesem Zeitpunkt noch nicht in Trümmern, und ich bemühte mich kurzfristig um einen Termin, der, wie so häufig, dann doch nicht zustande kam, denn Wachs musste erst seinen neuen und schließlich dritten Assistenten einweisen, bevor er den zweiten wieder herauswarf. Aber wir trafen uns einige Tage später zufällig und ohne Claque in der Cafeteria, wo wir ganz unmittelbar auf das Thema Seif zu sprechen kamen. Ich gab meinem Bedauern über diese Personalentscheidung Ausdruck. Aber nach einem kurzen Zögern, gab Wachs kurz und trocken eine Art Begründung zu Protokoll. Ja, das Ganze hörte sich irgendwie mechanisch und auch recht kaltschnäuzig an. Und ich erinnerte mich auch wieder an seine im Laufe der Zeit sich ständig wiederholenden und mit leichter Häme eingestreuten abfälligen Bemerkungen in punkto Seif, was körperliche Fitness, Gewichtszunahme oder auch die Funktionstüchtigkeit seines alten ewig unaufgeräumten Benz anbetraf, mit dem er mich seinerzeit vom Bahnhof abgeholt hatte. Bemerkungen, die mich schon damals leicht irritiert hatten.

Siegfried Seif sei ganz klar ein Mann der ersten Stunde. Anfangs hoch belastbar, fast wie er, Retho selbst, zwanzig Stunden, also permanent im Einsatz. Aber dann meinte Seif leider auch noch Vater werden zu müssen und schließlich kamen die körperlichen Ausfälle hinzu, so wie zum Beispiel dieser völlig überflüssige, ja ärgerliche Bandscheibenvorfall. Das zeuge nicht gerade von Stressresistenz, die man halt mitbringen müsse, bei so einer anspruchsvollen, verantwortungsvollen und herausragenden Aufgabe. Die Universität sei ja schließlich keine betriebliche Krankenstation. Auch hätte er zu allem Überfluss sein Marketing-Budget ständig überzogen, einfach nicht in den Griff bekommen, was sehr gut belegt sei.

Schließlich hätte auch sein Protektor Magnus First an diesem Punkt einlenken müssen und seinen Widerstand aufgegeben. Diese Dinge seien einfach zu gravierend und nicht von der Hand zu weisen. Seine ureigenste Philosophie sei ohnehin, niemanden länger als zwei, maximal drei Jahre, angestellt zu beschäftigen. Andere Vorgehensweisen würden nur zu lästigen Verkrustungen und mangelnder Leistungsbereitschaft führen, das hätten auch neuere Studien von McKinsey ergeben, die ihm von Gries zum Lesen durchgereicht worden seien. Nein, sie seien im Kern-Präsidium der Auffassung, die Übergangsphase der Neuausrichtung sei nun endgültig abgeschlossen und für Eskapismus kein Platz mehr. Der Seif solle jetzt erst mal seinen Ehrgeiz aufs genuin Akademische ausrichten, was sich ja auch besser mit der keimenden Großfamilie in Einklang bringen ließe.

Während Retho Wachs schon wieder dynamisch auf dem Weg zum nächsten Termin in Richtung Präsidium strebte, erlebte ich eine Art spontaner Schockstarre und blieb bleischwer auf meinem Hocker sitzen. Wenn die, trotz aller sonstigen Vorkommnisse halbwegs verbindlichste und verlässlichste Person aus dem „inner circle", ein von Seif so gern genutzter Ausdruck, so gnadenlos, ohne mit der Wimper zu zucken, in die Wüste geschickt wurde, war jetzt definitiv eine Zeitenwende eingetreten. Das Räderwerk des stahlharten Gehäuses nahm seinen unerbittlichen Betrieb auf, wo vormals nur, ganz akademisch, vom Bohren dicker Bretter die Rede gewesen war. Galt es doch vornehmlich auch, die überkommenen Strukturen aufzubrechen, Zuständigkeiten auszuhebeln beziehungsweise ganze Verwaltungsbereiche „auszutrocknen". Siegfried Seif hatte in dieser Sache, gewissermaßen als Rammbock, wirklich ganze Arbeit geleistet. Dabei ging er selbstverständlich auch nicht gerade zimperlich vor, vor allem nicht mit den Einheimischen vom sogenannten „Mittelbau". Es drängte sich sehr stark der Eindruck auf, Seif sei von Retho Wachs aus Gründen inneruniversitärer Querelen als klassisches Bauernopfer benützt worden. Es schien durchaus denkbar, dass, anders als Britta vermutete, nicht nur Gries und Milch hinter dem Quasirauswurf standen, sondern noch viele weitere Akteure damit befriedet werden sollten. Hinzu trat zuletzt, dass ein als Zauderer verschriener Präsident mal ordentlich Kante zeigte. Frei nach dem Motto: Seht her Leute, ich kann auch ganz anders – von wegen wachsweich!

Aber wie sollte es jetzt ohne Siegfried Seif weitergehen? Er war ja so eine Art von Filter im Gefüge der teils wirren Aufträge von oben nach unten, der „top down" Anweisungen, die jeden Moment auch gleich wieder aufgehoben werden konnten. Was auf den Prioritätslisten, die regelmäßig zu erstellen waren, hatte Relevanz beziehungsweise „Persistenz"? Auch so eine wunderbar griffige Seifsche Formulierung. Und was war nicht von vornherein für die große Tonne bestimmt? Wer sollte nun die Übungen leiten im Erkennen, Lesen und Interpretieren der Wasserzeichen, dem, was bloß nach innen gesprochen gemeint war, „off the record" und dem, was nach draußen gesagt werden konnte oder durfte? Es schien nun so, als zählten die Feinheiten nicht mehr. Nicht mehr Kleckern, sondern Klotzen, nicht mehr Vertuschen und Verteidigen, sondern Klarstellen und verbal Angreifen war offenbar stillschweigend als Parole ausgegeben worden.

Allerdings konnte natürlich auch in Betracht gezogen werden, dass dieses allfällige Interpretieren nicht nur den faktischen, völlig verzwirbelten und verzwackten Zuständen geschuldet war, sondern lediglich eine mehr oder weniger elegante Form der Machtausübung darstellte. Denn jede Art von Information musste an Seif vorbei, gewissermaßen durch ihn hindurch, von oben oder von welcher sonstigen Richtung auch immer kommend. Dieser Aspekt spielte sicherlich eine gewichtige Rolle in der unmittelbaren Personalführung. Auf jeden Fall begannen sich nun die bisher einigermaßen austarierten Gewichte zu verschieben. Es verdichtete sich der Eindruck, als stünde bald eine mehr oder weniger große Bestandsaufnahme ins Haus. Mit Sicherheit war eine Zeit härterer Bandagen angebrochen.

In der Abteilung sorgte die Personalie für einige Verwirrung, die Spekulationen wucherten wild. Britta Muthesius zog sich, was sie ja schon angedeutet hatte, fast zeitgleich zurück. Einige vermuteten gar eine konzertierte Aktion, so eine Art Aufstand, was allerdings weniger der Fall war. Britta hatte mich ja schon längst ins Vertrauen gezogen und oft genug ihre Meinung kundgetan. Nur der Zeitpunkt des Rückzugs war offen geblieben und, wie ich später erfuhr, letztlich davon abhängig, ob sie nun die Stelle an der großen Hauptstadtuniversität einheimste oder nicht.

Begehrlichkeiten in Bezug auf die Leitungsfunktion kamen innerhalb der Gruppe beziehungsweise Abteilung erst gar nicht auf. Eine Position im Niemandsland zwischen First, Wachs und Gries et al., das permanent heftigen Spannungen ausgesetzt war und wo es jetzt offenbar zumindest in Personalfragen 0:1 stand, denn Seif war eindeutig Magnus Firsts Mann gewesen, schien wenig attraktiv, denn das ominöse, private Netzwerk gab seine ungeschriebenen Regeln nicht preis. Unter diesen Auspizien entwickelte sich die anstehende, sich stetig zuspitzende Besetzungsfrage zu einem wunderbaren Exempel: organisatorisches Verwaltungshandeln jenseits aller rationalen Nachvollziehbarkeit.

Der erste Akt wurde nicht etwa durch eine schnellstmögliche Zusammenkunft der Abteilung eingeleitet. Weit gefehlt! In einer kurzen Rund-Mail drückte Magnus First seinen merkwürdig spröden Dank an Seif aus, um sogleich eine „super Zwischenlösung“ für die Vakanz anzukündigen. Ansonsten würde er natürlich auch dem restlichen Team Dank sagen für die bisher geleistete Arbeit. Noch würden allerdings viele Aufgaben anstehen, die jetzt endlich angepackt werden müssten.

Keiner aus der Abteilung Universitätsmarketing wusste, was damit im Genaueren gemeint sein konnte, und der einzige Interpret solcher Verlautbarungen weilte jetzt nicht mehr unter uns. Allerdings hieß es in einem späteren Hintergrundgespräch mit First – natürlich nur mal eben, zwischen Tür und Angel –, er hätte da kürzlich jemanden kennengelernt, wie geschaffen dafür, ein wenig Ordnung und Überblick in den ganzen Laden zu bringen.

Warum selbst First der Überblick offenbar ein wenig verloren gegangen war, kam erst Monate später in einer eiligst anberaumten Besprechung ans Licht. Der hauptberufliche Kanzler der Universität, der er ja neben seinen ganzen sonstigen Verpflichtungen auch noch war, ließ zwischen den Zeilen durchblicken, dass es ihm nicht möglich sei, seine Mitarbeiter vor Ort, auf dem flachen Lande, von dem Ablauf und dem Stand einzelner Projekte in Kenntnis zu setzen. Er sei beständig zwischen New York – Paris – Tokio – Berlin –

Peking unterwegs, was es beträchtlich erschweren würde, laufend Kontakt zu halten. Und außerdem würde alleine schon die schiere Anzahl von annähernd – hier machte er eine kurze Pause, so als würde er ihre tatsächliche Anzahl kurz errechnen müssen – hundertachtzig Parallelprojekten ein solches Ansinnen völlig unmöglich machen.

Akademischer Kapitalismus vs. Bildung

„Ich für meinen Theil kenne nur einen wahren Gegensatz, *Anstalten der Bildung* und *Anstalten der Lebensnoth*: zu der zweiten Gattung gehören alle vorhandenen, von der ersten aber rede ich.“

„Die allergemeinste Bildung ist eben die Barbarei.“
Nietzsche, Ueber die Zukunft unserer Bildungsanstalten

Diese Woche stand wieder ein kleines Mittagsgespräch, so sollte man es wohl besser nennen, mit Dr. Wermuth an, der sich, ganz untypisch und geradezu ungeduldig, telefonisch unsere Verabredung bestätigen ließ. Als ich schließlich mit leichter Verspätung zu meinem von mir inzwischen liebgewonnenen Zausel stieß, scharrte er schon mit den Füßen. Die Haare schienen noch weiter abzustehen als es üblicherweise schon der Fall war. Die wesentliche äußere Veränderung stellte jedoch die Tatsache dar, dass er sich ganz offenbar seit langer Zeit einmal wieder rasiert und seinen Bart vollständig abgenommen hatte, was ihm eigentlich ganz gut zu Gesicht stand. Nicht nur dadurch machte er einen zugänglicheren, weit weniger verhockten und auch lebhafteren Eindruck. Eine gewisse Kampfeslust war ihm anzumerken, er hatte sich offenbar etwas vorgenommen. Wie elektrisiert platzte es förmlich aus ihm heraus: „Was ist eigentlich bei euch los, man hört ja Gerüchte über Gerüchte, die erstaunlichsten Dinge!“

Ich sah mich schon in der eher unangenehmen Rolle, Siegfried Seifs plötzliche Entfernung aus dem Dienst mit längeren Ausführungen erläutern zu müssen, aber darauf wollte Dr. Wermuth zu meinem Erstaunen gar nicht hinaus. Er fragte nach den sogenannten Nebentätigkeiten von Magnus First, die seit kurzem etliche Aufregung verursachten. Irgendeine findige Person hatte nämlich wirtschaftliche Interessenskollisionen entdeckt, zwischen der nebenberuflichen Geschäftsführertätigkeit für eine Hausbaufirma und einem Unternehmen, das sowohl diese Firma wie auch das große Bauprojekt an der Universität auf dem flachen Lande belieferte respektive „unterstützte". Dr. Wermuth glaubte mich in dieser Angelegenheit ganz nah an der Quelle etwaiger Informationen, da ich ja offenbar mit in dem betreffenden Team sei. Doch konnte ich in dieser Sache nichts wesentlich Neues beisteuern und musste mich auch ein wenig zurückhalten. Aber die Geschichte aus der Sicht des Universitätsmarketings, die in diesem Zusammenhang und ganz im Allgemeinen erzählt werden sollte, konnte ich ihm zumindest kolportieren.

Alle Mittel seien recht, das Projekt „Neuer Campus" beziehungsweise „Neues Zentralgebäude" in die Welt zu bringen. Würde es doch – mit Carl von Clausewitz gesprochen, der ja irgendwie und indirekt so eine Art Gründervater der ganzen Anlage sei – die „Fortsetzung des Studiums mit anderen Mitteln" darstellen. Der Zentralbau solle einen Meilenstein bilden auf dem Weg der Neuausrichtung von Lehre und Forschung an einer Institution, die sich wie Phönix aus der Asche dem Krieg entwunden hätte, nun endlich das Kasernenkleid abstreifen würde, um sich völlig unverstellt und gänzlich ideologiefrei den Zukunftsfragen neuer Generationen von Studenten stellen zu können. So sei in etwa die offizielle Lesart. Deshalb käme natürlich auch nur ein Architekt wie David Libkovits in Betracht, eine solche Wissenskathedrale an den Anfang des 21. Jahrhunderts zu stellen, natürlich aus Zink, wie bei ihm üblich. Ein magischer Turmbau als Wegweiser der zentralsten, gewichtigsten, fundamentalsten Gedanken.

In der offiziellen Lesart sei demnach so ziemlich alles akzeptabel, um ein solch großartiges Ziel in die Tat umzusetzen. Und das sei ja nun mal die ureigenste Domäne unseres Kanzlers Magnus First. Wenn da nun der Landesrechnungshof anfinge, zum Beispiel die Finanzierung zu monieren, sei das ja eher eine Auszeichnung für innovative und kreative Projekt- beziehungsweise Finanzgestaltung. Eine Vermischung dienstlicher und privater Interessen des nebenberuflich vielfach engagierten und zusätzlich hauptberuflich beschäftigten Vizepräsidenten könne geradezu als Arbeitsvoraussetzung bezeichnet werden. Welche der Nebentätigkeiten der neu eingerichtete und selbstverständlich mit den richtigen, handverlesenen Frauen und Männern besetzte Stiftungsrat der Universität und das Wissenschaftsministerium des Landes höchstselbst nun geprüft und genehmigt haben wolle, musste, schon aufgrund der Vielzahl der Aktivitäten des Kanzlers, zwangsläufig im Dunkeln bleiben.

Über Dr. Wermuths nunmehr ungewohnt weiches und glattes Gesicht huschte ein grüblerisches Lächeln. Die angedeuteten Auskünfte schienen ganz nach seinem Geschmack zu sein. „Kryptisch, kryptisch!“, rief er recht unvermittelt aus. „Ich verstehe, Sie können da nicht präziser werden, das hätte sicherlich juristische Konsequenzen, Veruntreuung, Nepotismus, Bestechung und andere Irrungen und Wirrungen – Das ist ja ganz unglaublich. Das ist ja der reinste Sumpf. “

Irgendwie schien er kurzfristig doch ein wenig irritiert, fast fassungslos zu sein. Aber, setzte er kurz darauf fort, der Turmbau würde ihn an etwas erinnern, dass weniger mit Büchern als mit vorgefasster Meinung, ja mit reinster Ideologie zu tun hätte. Dr. Wermuth holte wieder tief Luft, um sich, wieder mit dem Schalk im Auge, einmal mehr in eines seiner fundamentalen Statements beziehungsweise eine seiner Tiraden zu stürzen, und er entfernte sich wieder von der engeren Causa Magnus First.

Hier solle zweifelsfrei eine neue Hülle, eine neue Verpackung für die Universität als Ganzes geschaffen werden. Er könne sich das ganze Projekt nur mehr wie einen verkappten Generalplan vorstellen, dessen Krönung, aus Sicht des offenbar alles beherrschenden Universitätsmarketings, – das sei natürlich nicht gegen mich persönlich gerichtet – diese ebenerdige Zink-Agora sei; in ihrer Funktion wohl zugleich ein Ausstellungsgebäude für zeitgenössische Kunst, wenn er das recht mitbekommen habe, aber das wüsste ja bis jetzt noch keiner. Da solle nicht nur ein Teil zumindest des Bestandes von Worpswede rein, wie er gehört habe, sondern auch mindestens zwei Privatsammlungen ganz moderner

Kunst. Vorverträge seien wohl schon von Kanzler Magnus First unter der Hand unterschrieben worden.

Somit sei dies ein Gebäude, das sich nicht nur selbst ausstellt, im Sinne von sehen und gesehen werden. Es solle zum übergeordneten Maßstab erhoben werden. Thomas Bernhard hätte sicherlich und berechtigterweise von einem „Rheinzinkfanal“ gesprochen. Von einer Hybris gewordenen Unkultur der Zurschaustellung, der Obszönität des überbordenden, alles und viele durchwaltenden Narzissmus. Es würde daherkommen, weniger wie der Turmbau zu Babel als vielmehr wie eine verschobene, eine verstellte oder in sich verdrehte Pyramidenkulisse. Man würde sich unwillkürlich fragen, was hier eigentlich für immer und ewig verborgen werden solle. Er interpretiere das Ganze als ein gigantisches Ablenkungsmanöver. Solange die Aufmerksamkeit auf das Zentralgebäude gerichtet sei, träte der doch recht radikale innere Umbau, bislang als „Neuausrichtung“ bezeichnet, völlig in den Hintergrund.

Was da nämlich recht eigentlich vor sich ginge, sei eine Ungeheuerlichkeit, zumal hier in der Provinz, aber eben gerade deshalb auch beispielhaft. „Da wird exemplarisch was durchgezogen, frei nach dem Motto, hier in der Provinz merkt ja eh keiner so schnell, was läuft. Die Universität spiegelt sich selbst, tritt aber eben nicht zum Wohle der Studenten oder gar der Allgemeinheit nach außen, sondern lediglich zum Wohle der Führungsriege, die sich ein Denkmal aus Zink und Beton hier in den Sand setzt. Weshalb aber dieser Aufwand, dieser aggressive Fortschritts-, Technokratie- und Sendungsglaube, der bei uns in der Heide für alle Zeiten verankert werden soll?“ Natürlich war dies nur eine rhetorische Frage, um sogleich die nächste Stufe der Kritik zu zünden.

„Wir dürfen nämlich, hinter der ganzen Kulissenschieberei, das größere Ganze der Hochschul- und Bildungspolitik nicht aus dem Auge verlieren.“ Und, nach einer kleinen Kunstpause, fügte er gravitätisch hinzu: „Denn, und das ist meine zentrale These, die Universitäten verkommen bundesweit zu Ausbildungsstätten, in denen der ökonomische Restmensch endgültig zum Vollstrecker rationalistischer Gewinnkalküle wird. Allerdings nicht in der Art und Weise, dass seine Verhaltensformen im Ganzen auf die Anforderungen von Markt und Wettbewerb ausgerichtet werden, sondern in der Gesamtheit der Regungen, Projekte, Zielsetzungen oder Entscheidungen soll es darum gehen, alle Elemente von Marktförmigkeit zu aktivieren. Dieser ‚ökonomische Imperialismus', anders könne man das wirklich nicht nennen, hat gerade die zentrale Ressource ‚Humankapital' fest im Blick."

„Dr. Wermuth at his best", hätte Siegfried Seif sicherlich angemerkt, auch wenn seine Ausführungen langsam doch auf so etwas wie eine Fundamentalkritik hinausliefen, denn er flocht auch noch Aspekte aus der Organisation der Lehre mit ein, auf die sich die Universität auf dem flachen Lande, mithin die Führungsmannschaft, doch einiges einbilde.

„Ausbildung wird praktisch zu einem Investitionsgeschehen, angefangen mit Studiengebühren, über Studiendarlehen bis zu Crashkursen im Zeitmanagement, wie sie auch hier sofort eingeführt wurden. Neugier und Bildung im ursprünglichen interessengeleiteten Sinne werden auf diesem Wege auf die Seite gedrängt, endgültig zur Strecke gebracht und durch den in naher Zukunft liegenden Druck von Rückzahlungsvereinbarungen auf ein Rechenexempel reduziert. Auch dadurch soll das Wesentliche im Leben schon frühzeitig vermittelt werden: Zeit ist Geld, und Geld ist Zeit!"

Er schien in seiner Kritik kaum mehr zu stoppen zu sein: „Wir müssen wieder zu unseren Anfängen zurück, sonst ist die Institution Universität tatsächlich im Eimer, nur mehr ein regionalpolitisch durchgeplantes Polytechnikum mit betriebswirtschaftlicher Grundierung. Wie schaffen wir das? Unter anderem durch die ernsthafte Rehabilitierung des traditionellen deutschen Bildungsbegriffs. Allerdings nicht in der Feigenblattversion wie sie in letzter Zeit vor allem auch an unserer Universität marketingmäßig verbraten wird. Denn bei Lichte besehen, wird er ja von den so genannten Bildungsreformern zwar im Munde geführt, aber radikal bekämpft, recht eigentlich vernichtet, denn für sie zählt Bildung nur als Ausbildung, als Ausbildung ‚für' etwas.

Eine Universität, die aufgehört hat, ein Ort der Kontemplation, der Konzentration, der Reflexion zu sein, kann nicht länger als Universität bezeichnet werden. Sie ist nicht nur schöngeistig rhetorisch, sondern real praktisch zu einer Stätte der Lebensnot geworden. Ganz so düster wie Nietzsche dies schon im 19. Jahrhundert in seiner kleinen Schrift ‚Ueber die Zukunft unserer Bildungsanstalten' ausgeführt hatte. Heute dominieren in den Lehrplänen wirtschaftsnahe Projekte und Praktika, daraus abgeleitete Erfahrungen, Exkursionen und Brainstorming-Veranstaltungen. Zeit zum Denken, zu gründlicher Reflexion kommt in einem solchen Rahmen natürlich endgültig abhanden. Die heutige Lehre, ja man kann durchaus sagen: die heutige Bildungspolitik, orientiert sich allein am unerbittlichen Credo der Effizienz, der Erlangung praktischer Ziele in möglichst kurzer Zeit, entlehnt aus einer Unterabteilung der Wissenschaften, der modernen Ökonomie beziehungsweise Betriebswirtschaftslehre … Wir können diese Entwicklung getrost als das bildungspolitische Menetekel unseres 21. Jahrhunderts bezeichnen."

Leitungsfunktionen – Büroperformanz

> „Die Details verdecken ein mögliches Gesamtbild und ersetzen es sogar, die aktuelle *Performance* steht nicht nur für sich, sondern für alles, die Darstellung erübrigt und erspart weitere Fragen nach dem Dargestellten, die Darstellungen des Regierens erlauben das Regieren über die Darstellungen."
> *Glossar der Gegenwart, Stichwort „Performanz"*

Siegfried Seifs doch recht plötzliche Entfernung aus einer „Mitregierungsposition", oder schlicht aus dem Dienst, kam für die Abteilung Marketing einer Enthauptung gleich, denn alle Informationswege führten durch und über ihn, selbst die Kommunikation unter den einzelnen Mitarbeitern, die zum Teil heillos zerstritten waren. Er hatte sich über die Jahre ein kleines Reich der Unentbehrlichkeit aufgebaut, das nun jäh in sich zusammenbrach. Was geschah nun mit der Klassifizierung der fast täglich anlandenden Projekte von Kanzler Magnus First oder Präsident Retho Wachs? Wurde die Abteilung jetzt sogar aufgelöst, wie einige Kollegen mutmaßten? War das Ganze tatsächlich eine ausgemachte, abgefeimte Sache? Eine von langer Hand geplante Intrige? Wer konnte und sollte seinen Platz einnehmen?

Die Befindlichkeiten der Mitarbeiter spielten wie so häufig überhaupt keine Rolle und Magnus First, dessen Mann ja schließlich abgeschossen worden war, zeigte sich, zumindest nach außen hin, völlig unbeeindruckt. Erst schien er auf Zeit zu spielen, um dann eine Woche später tatsächlich diese Interimslösung aus dem Hut zu zaubern, von der er schon in seiner Abschieds- und irgendwie auch Dankes-E-Mail in Sachen Seif gesprochen hatte. Ein Vorgang, der einerseits Kopfschütteln andererseits nervöse Erwartung innerhalb der doch noch annähernd dreizehn Personen umfassenden Kerntruppe der Abteilung Universitätsmarketing erzeugte, von denen kaum einer einen regulären mithin festen Arbeitsvertrag sein eigen nennen konnte. In der Konstruktion dieser wie anderer Abteilungen der Universität auf dem flachen Lande legte Wachs sein Hauptaugenmerk wenn irgend möglich auf Hi-Wi-, Werk- und Zeitverträge. Dies war seine Interpretation von motivierenden Arbeitsverhältnissen und von moderner Flexibilität. Das universitäre Verwaltungsprinzip hinter dem neu eingeführten Studienmodell hieß: keine Verpflichtungen schaffen, keine vertraglichen Bindungen eingehen, keine Kontinuitäten herstellen. Vertrauensbildende Maßnahmen waren für ihn völlig fehl am Platz, es gab keine Gleichheit, keine Offenheit der Verhältnisse, nur asymmetrische Bedingungen.

Heike Schnell, so hieß unsere neue Betreuerin, die zwar angekündigte aber dann doch überraschende Wahl von Magnus First, recht groß gewachsen, mit trockener hanseatischer Nüchternheit ausgestattet, und durchaus versiert, wenn nicht gar prädestiniert für schwierige Fälle in Sachen Unternehmensführung. Unternehmensführung! – Auch sie verfügte allerdings über keinerlei Universitätserfahrung und kam aus dem Bereich Medien / Fernsehen. Wie sich später herausstellte, hatte sie den dezidierten Auftrag, erst einmal eine Art Bestandsaufnahme durchzuführen, eine Projektübersicht zu erstellen und eine Budgetplanung zu entwickeln.

Dinge, die es bis dato offenbar nicht gegeben hatte oder die als unwichtig eingestuft worden waren. Ihre zeitweise Beschäftigung als hochoffizielle „cleaning woman", so hätte Seif selbst sie wohl bezeichnet, nötigte den Mitarbeitern jedoch einigen Respekt ab, noch dazu begann sie doch tatsächlich ernsthaft mit den einzelnen Mitarbeitern zu reden, sie nach ihren tatsächlichen Aufgaben, ihrem Befinden und ihren Motivationen zu fragen. Plötzlich schien ein Hauch von Mitmenschlichkeit in unseren von „Top-Down-Prinzipien" durchwirkten Büroalltag einzuziehen.

Bernd Gries, Retho Wachs wie auch Ricarda Milch machten, ob dieses Schachzugs von Seiten Magnus Firsts, zunächst einmal einen etwas verwirrten, wenn nicht gar verunsicherten Eindruck. Will sich da etwa jemand breitmachen? Zurecht sahen sie in Heike

Schnell einen unabhängigen Kopf, der zu eigenen Schlussfolgerungen in der Lage war und die Chuzpe hatte, die eigene Meinung auch offensiv zu vertreten. Alles Eigenschaften, die zwar in der höheren Verwaltung der Universität auf dem flachen Lande offiziell herbeigeredet, aber natürlich nicht wirklich erwünscht waren.

Als sich, nach einigen Wochen der Einarbeitungszeit, die neue Führungskraft allerdings tatsächlich herausnahm, den Ablauf von Projekten und Parallelprojekten, das wöchentliche Abfassen von meist völlig aus der Luft gegriffenen Aufträgen, sogenannte Prioritätslisten, zu hinterfragen sowie die willfährige Behandlung und maßlose Überlastung der engen Mitarbeiter aufs Tapet zu bringen, sah sich die Führungsriege plötzlich äußerst einträchtig gezwungen, dem Prozess der Infiltration mit neuen Vorschlägen und Ideen wiederum ein recht jähes Ende zu bereiten.

An einem Tag seiner Anwesenheit an der Bildungsinstitution lud Magnus First kurzerhand zu einer Spontansitzung ein, in der er ankündigte, der „um sich greifenden Führungslosigkeit" in der Abteilung abhelfen zu wollen, und zwar durch einen wohldurchdachten und irgendwie auch schon langgehegten Plan oder vielmehr Herzenswunsch, nämlich seinen alten Freund Karl Feist aus seiner erfolg- und segensreichen Zeit bei McKinsey als Trippel-A-Berater in Sachen Pressearbeit und Marketing langfristig an die Universität auf dem flachen Lande zu binden.

Wobei er sich über den Terminus „langfristig" nicht näher ausließ. Offenbar, so die „Message", handelt es sich bei Karl Feist um ein Schnäppchen, einen „Outperformer", wie First sich salbungsvoll ausdrückte, von dem selbst ER doch tatsächlich noch etwas lernen könne. Denn – und jetzt war First wieder ganz von seiner eigenen rhetorischen Überleitung eingenommen – die Performance einzelner Mitarbeiter lasse mittlerweile doch sehr zu wünschen übrig, der „Output" müsse ganz dringend und absolut erhöht werden. Man könne nur verstärkt feststellen, dass offenbar Kapazitäten des vorhandenen Humankapitals nicht ausgelastet würden, dass das „Top-Down-Prinzip" unerklärlicherweise keine Anwendung mehr fände. Es hätte sich so eine Art Verständniskuschelkurs in die Hierarchiekette eingeschlichen, in kürzester Zeit breit gemacht, so dass gegebene Aufträge seit Neuestem von den Mitarbeitern hinterfragt werden würden oder gar von den Auftraggebern regelrecht begründet werden müssten, statt einfach abgearbeitet zu werden. Diese Fehlentwicklung müsse jetzt und sofort ihr definitives Ende finden.

Sein Mann, Karl Feist, sei genau der Richtige für diese Aufgabe und würde ab sofort Heike Schnell ersetzen, die uns doch schneller verlassen müsse, als eigentlich angedacht gewesen sei - und ein beiläufiges Lächeln huschte über sein leicht gerötetes, rundliches Gesicht - aber „wir danken ihr natürlich für ihre tolle Arbeit". Sie war allerdings zu diesem Zeitpunkt schon gar nicht mehr anwesend und alle Blicke richteten sich erstaunt auf den soeben mit Aplomb inthronisierten Ex-McKinsey Mann.

Karl Feist wirkte mit seinem modern geschnittenen Anzug auf den ersten Blick wie ein strafversetzter Reporter der Haute Volée, wie diese eher den besseren Drogen und schnelleren Autos zugetan, großgewachsen und mit einer gewissen St. Moritz Tönung versehen - wohl als Erinnerung an bessere Zeiten. Seinem betont glattrasierten, aber mit erheblichen Labio-Nasal-Falten versehenen Gesicht, war die Eitelkeit eines Nasenhaartrimmers anzusehen.

Vom Äußerlichen her schien vieles richtig zu sitzen, aber er selbst war eher am falschen Ort, zur falschen Zeit. Ein altgedienter Medien-Macho, der höchstens noch als Berater in Kommunikation machte, um irgendwelche kruden Unternehmensphilosophien umzusetzen und Kennzahlen einzufordern. Er repräsentierte ziemlich altes „New Management", von dem First schon das eine und andere mal nebulös schwadroniert hatte.

In seiner kurzen Vorstellung pries Karl Feist es einleitend als immensen Vorteil für seine künftige Arbeit, noch keine Universität je von innen gesehen zu haben, er auch nicht wisse, was Universitäts-Marketing eigentlich in diesem Zusammenhang zu bedeuten hätte, er aber Wert darauf legen würde, dass jeder einzelne sich jetzt und sofort fragen solle, was er selbst tun könne, um etwas für das vorgegebene Ziel, mehr Studenten für die Universität zu gewinnen, „einzuzahlen“ – wie er sich ausdrückte.

Im Übrigen sei er mehr ein Print-Mann, ein Werbungs-, Promotion- und Kampagnen-Spezialist, aber schon eine ganze Weile als Berater in Sachen Kommunikation unterwegs. Magnus First und er hätten sich vor einiger Zeit zusammengesetzt und eine ganz elegante Lösung für die Abteilung gefunden, die so aussähe, dass er alle zwei Wochen für zwei Tage vor Ort nach dem Rechten sehen und zusätzlich mit Pressesprecher Zuseldorff die Kommunikations- und Kampagnenlinie festzurren werde. Zur persönlichen Motivation der einzelnen Mitarbeiter würde er ganz auf die, ab jetzt erfolgenden, persönlichen Einzelgespräche setzen. Wer allerdings glaube, hier quertreiben zu können, der solle sich lieber gleich warm anziehen.

First schien ganz begeistert von seinem neuen Coup und gluckste irgendwie beglückt in sich hinein, um kurz darauf von seinem Handy, mithin seinem überbordenden Terminkalender, gezwungen zu werden, den Raum zu verlassen. Auf manch einem Gesicht der im Raum verbliebenen Mitarbeiter machte sich ein Anflug von Panik breit. Einige andere versuchten ganz unmittelbar und in erstaunlicher Anpassungsbereitschaft, sogleich das vermeintlich Beste für sich und den eigenen Arbeitsbereich herauszuschlagen. Bemühte Selbstdarstellung und „survival of the fittest“ schienen aufs Neue das Gebot der Stunde. Eine Übung, die schon unter der zeitweisen Leitung von Heike Schnell, mehr oder weniger erfolgreich praktiziert worden war, um dann wieder zum Erliegen zu kommen, als bekannt wurde, dass eh keine Fortdauer in der Besetzung der Leitungsfunktion gegeben war. Und nun, unter den neu zu interpretierenden Auspizien mit einem Schlenker in Richtung auf härtere Bandagen, konnte das Spiel um die beste Performanz in eine weitere Runde gehen.

In jedem Fall nahm ganz offensichtlich auch in der höheren Verwaltung, im Präsidium der Universität selbst, der Zug der

Neuausrichtung enorm an Fahrt auf. Jetzt stand nicht mehr nur die Peripherie mit den einzelnen Instituten und dem störrischen Mittelbau „im Focus", ein Lieblingsausdruck aus dem Verwaltungsdeutsch-Modulbaukasten von Gries. Nein, jetzt wurde der innere Kern selbst einem purifizierenden Prozess unterworfen, einem „jetzt geht's los" – bloß keiner weiß wohin –; nur die Ideologie war parat, die nicht mehr ganz neuen Zauberformeln im Umgang mit dem „Humankapital". In ungewohnter Offenheit wurde ausgesprochen, was in üblicher Undurchsichtigkeit schon am grünen Tisch (oder war er magentafarben?), selbstverständlich über alle Köpfe der Betroffenen hinweg, beschlossen worden war.

Die von First erdachte organisatorische Konstruktion stellte sich nach wenigen Wochen für die eigentlich Arbeitenden als gänzlich untauglich heraus, was nicht weiter erstaunlich war. Aus Firsts Sicht zeigten die Mitarbeiter sich gänzlich unfähig, die per E-Mail eingehenden Top-Down-Direktiven flexibel und in angemessener Zeit umzusetzen, was nichts anderes hieß als sofort. Auf wenig Verständnis der gesamten erweiterten Leitung stieß zusätzlich, dass die von ihnen heftig eingeforderte Steigerung des Outputs doch sehr zu wünschen übrig ließ. Und dies, obwohl Karl Feist die fast täglich über seinen Tisch gehenden wechselnden Zielsetzungen und „targets", meist noch mit eigenen Ideen garnierte. Ein ganz erstaunlicher Vorgang!

Sein Vorgänger Siegfried Seif hatte noch die Illusion einer stringenten Auftragserteilung und Projektverfolgung aufrechterhalten können, indem er selbst quasi zu einer „black box" mutierte – eine Metapher, die er selbst mal so oder so ähnlich benützte – in die alles Mögliche hineingesteckt werden konnte und aus der am Ende auch irgendetwas herauskam. In diesem beschriebenen Prozess veränderten sich allerdings Aufträge wie Projekte und damit die Ergebnisse in einem Maße, dass noch nicht einmal mehr von einer „Familienähnlichkeit" im Verhältnis von Ursprung und Ergebnis gesprochen werden konnte.

Die Tatsache allerdings, dass Seif das Plazet von First in Anspruch nehmen konnte, war dann doch eine Bedingung „sine qua non" für seinen Erfolg. In SEINEM Namen zu agieren und Standards gewissermaßen festlegen zu können, führte überhaupt erst zu halbwegs vorzeigbaren Ergebnissen, zumindest was die Abteilung Universitätsmarketing betraf. Dass diese Ergebnisse meist den Ausgangsaufträgen in keinster Weise entsprachen, war deshalb alles andere als verwunderlich, sondern dem Agieren Seifs geschuldet, in des Wortes vielfältigster Bedeutung. Der Zug des manisch genialischen, der den Vorgaben Magnus Firsts anhaftete – vor allem auch in ästhetischer Hinsicht –, waren von Seif so herunter gebrochen worden, dass wenigstens irgendetwas realisiert werden konnte. In vielen Fällen bemerkte jedoch selbst First den doch gehörigen Abstand zur Ursprungsidee oder dem Ursprungsentwurf.

Noch gravierender war allerdings die fast zwangsläufige Reaktion aus dem Lager Retho Wachs, mit Bernd Gries an der Spitze, wie auch der Präsidialsekretärin Ricarda Milch, die darin bestand, dass alle wirklich wichtigen Projekte und Publikationen auf das Nebengleis einer vorläufigen Nichtabnahme geschoben wurden. Bei den kleineren Angelegenheiten war es Seif mitunter gelungen, mittels einiger Winkelzüge und Alleingänge seinen Herrn und Meister mit einem Endprodukt zu erfreuen, das alle Schikanen durchlaufen hatte, aber dann eben nur mehr das Adoptivkind von First war. Aber gewichtigere Dinge wie der fast schon legendäre Jahres-, Zweijahres-, Dreijahres-, Vierjahres- beziehungsweise Fünfjahresbericht über die Aktivitäten und die Sendung der Universität auf dem flachen Lande, blieben in einem Verhau von Versionen verschiedenster Bearbeiter stecken. Kein berichtspflichtiges Unternehmen hätte sich solche Dinge leisten dürfen. Der Satzung, dem geschriebenen Recht nach wäre auch eine Stiftungsuniversität zu einer solchen Veröffentlichung verpflichtet gewesen. Aber da sich ja auch die Kontrollgremien in einem ständigen Prozess der Neubesetzung und Neuausrichtung befanden, wusste man sich mit fast wöchentlich aktualisierten Powerpoint-Versionen zu behelfen, die jedem gegebenen Anlass problemlos angepasst werden konnten.

Wer dachte, der Gipfel der Konfusion innerhalb der Marketing-Abteilung oder vielmehr dessen Führung sei mit Karl Feist erreicht, sah sich nach wenigen Wochen mit einem weiteren Revirement konfrontiert. Bedingt durch die seltene Anwesenheit der Führungskraft musste gleichzeitig eine Art Sekretär eingestellt werden, der die tägliche Arbeit (sic!) und Koordinationsaufgaben erledigen sollte, aber natürlich unter keinen Umständen mehr Kompetenz mitbringen durfte als Feist selbst. Und somit wurde zeitlich versetzt mit der Inthronisierung des alten Kumpels von Magnus First eine rechte Hand eingestellt, ebenfalls von IHM ausgesucht, wobei die Auswahlkriterien in diesem Falle noch schwerer nachzuvollziehen waren.

Dieser Sekretär hörte auf den Namen Bernd Ließ, das scharfe ß war ihm äußerst wichtig, und er gab gewissermaßen den Antipoden zu Feist ab: klein gewachsen, fast kahlköpfig, von der Ausstrahlung her eher feminin, ungreifbar doppelbödig und sehr anpassungsbereit. Etwas leicht Zackiges und Kantiges in seinen Bewegungen verrieten jedoch nicht nur seinen wohl zeitweisen Aufenthalt bei der Bundeswehr, sondern auch dabei erworbene Eigenschaften wie ein gewisser Hang zu Pflichterfüllung, Gehorsamkeit und vielleicht auch eine Art von Loyalität den Vorgesetzten gegenüber. Die weiteren Folgen dieser einsamen Personalentscheidung des Kanzlers blieben erst einmal im Unklaren.

Schon bald zeigte sich, dass er die genannten Eigenschaften wirklich besaß und bei der Erfüllung seiner Aufgaben auch recht geschickt einsetzen konnte. Schwerer hingegen wog, dass er weder formal noch technisch mit den Anforderungen einer Kommunikationsabteilung vertraut war und ebenfalls eine Universität noch nie von innen gesehen hatte, was hier vor Ort eigentlich mittlerweile zu einem Beschäftigungskriterium geworden war. Als Kaufmann hatte er gelernt, mit Zahlen umzugehen und konnte gegebenenfalls ein Budget aufstellen. Aber als weitere arbeitsrelevante Eigenschaft fiel lediglich die gewaltige Affinität zu seinem Smartphone neuester und teuerster Machart auf. Diese äußerst innige Zuneigung teilte er auffälliger Weise nicht nur mit Feist und First, sondern auch mit Gries und Milch. Unser neuer „homo vacuus" war somit in höchstem Maße netzwerkkompatibel. Wenn nicht dies, was sonst, sollte ihn für höhere, anspruchsvollere Aufgaben prädestinieren?

Die Leitung der Abteilung durch Seif war nun, nach Heike Schnell, von einem Duo ersetzt worden, dessen Bestand zeitlich streng begrenzt anmutete und sich erst einmal in hektische Aktivitäten von minderer Relevanz flüchtete. Die Typographie der Drucksachen allgemein wurde zur Disposition gestellt, der Internetauftritt, eigentlich nur die Startseite, sollte schleunigst umgestaltet werden, ein automatisiertes Arbeitsauftragssystem, ein sogenanntes Ticketsystem, wurde eingeführt. Eine Gewichtung und Bewertung der diffusen Aufträge und Projekte von Magnus First, Retho Wachs und nun auch noch zu allem Überfluss Bernd Gries fiel gänzlich unter den Tisch, was eine enorme Mehrbelastung der „Arbeitsebene" zur Folge hatte und als zusätzlicher Reibungsverlust verbucht werden musste.

In der Abteilung machte sich aber allmählich die Gewissheit breit, dass mit einer Selbstauflösung so schnell dann doch nicht zu rechnen sei. Allerdings war allen näher Beteiligten beziehungsweise Kollegen unklar, wohin diese Entwicklung führen sollte oder vielmehr, wer hier eigentlich die Fäden zog. Die ganze Statik des „Erfolgsmodells", denn wir befanden uns ja schließlich im Präsidium, im Nukleus der Universität auf dem flachen Lande, schien aus dem Lot. Das „Studienmodell" war zwar noch immer auf der kommunikativen Überholspur, aber das Präsidium gab nach innen, bei genauerer Betrachtung, einen merkwürdig führungslosen Eindruck ab. Von den anbrandenden Demotivationen vieler Mitarbeiter innerhalb und natürlich vor allem außerhalb des Präsidiums ganz zu schweigen. Zumindest denjenigen, denen es nicht gelang ihre Performance so richtig auf Zack zu bringen, ihre Leistung –

real oder nicht – optimal zu verkaufen, ihr „unternehmerisches Selbst“ im Rahmen einer öffentlichen Universitätsverwaltung endlich wirksam, durchschlagend zu präsentieren.

Denn hier lagen ganz offenbar noch Ressourcen brach. Um das Humankapital so richtig auf Trab zu bringen, musste doch eigentlich nur an der Stellschraube Konkurrenz ein wenig gedreht werden. Arbeitsfelder können problemlos beschnitten, Aufträge erteilt oder auch wieder entzogen werden. Was in der öffentlichen Verwaltung so nett als Arbeitsplatzbeschreibung bezeichnet wird, ist ja weniger die Beschreibung des Platzes, an dem die Arbeit verrichtet wird, als der Funktion und Aufgabe des Arbeitnehmers in seinem Arbeitszusammenhang.

Aber an der Universität auf dem flachen Lande gab es solche Relikte aus dem 19. Jahrhunderts natürlich nicht einmal mehr im Ansatz, sondern nur noch Performer, die nichts anderes anstrebten, als vorgegebene Zielvereinbarungen einzuhalten, sowohl zeitlich als auch der Sache nach. Ganz selten in den letzten Reihen oder kleinen Nischen der weitverzweigten Verwaltung mochte es noch die eine oder den anderen Underperformer geben, den die Präsidialen genau daran erkannten, dass er nach einer Arbeitsplatzbeschreibung oder wahlweise regulären Arbeitszeiten fragte. Ein solches Verhalten konnte selbstverständlich auf Dauer nicht hingenommen werden und widersprach offensichtlich der fruchtbaren Idee des Selbstmanagements. Hier drückte sich in höchstem Maße mangelnde Leistungsbereitschaft aus, es bestand demnach dringender Handlungsbedarf.

Folglich wurden Präsidialassistent Bernd Gries und Präsidialsekretärin Ricarda Milch auf den Plan gerufen, um diesen Underperformern kräftig die Leviten zu lesen, nachdem sie von den beiden Damen aus der Personalentwicklung erst einmal ordentlich weichgeklopft worden waren – nichts geht doch über eine sinnvolle Arbeitsteilung. Die präsidialen Organisationsentwickler und von höchster Stelle mit der grundtiefen Reorganisation verkrusteter Strukturen Beauftragten führten ihnen schließlich die

Konsequenzen ihrer mangelhaften Anpassung ans neue System drastisch vor Augen. Dabei orientierten sie sich vor allem an dem Motto: „Wer sich nicht anpasst, fliegt raus." Dabei vergaßen sie selbstverständlich nicht, die fundamentalen Methoden aus dem „New Public Management" herauszustellen, anhand derer es ihnen nicht weiter schwerfiel, unangepasste Elemente zu isolieren, recht eigentlich zu überführen. Auf ihre Controlling-Konzepte und ihre formidable Ergebnissteuerung waren sie nämlich richtig stolz. Mittlerweile sei eben das Prinzip der „Flexibilität" in seiner ganzen Bandbreite glücklicherweise auch in der Universitätsverwaltung angekommen. Fast gänzlich überflüssig zu erwähnen, dass sie natürlich der Auffassung waren, jeder, den es treffe, sei für seine mangelnde „Performance" selbst verantwortlich. Mit einer solch schwachen individuellen Büroperformanz habe man in einer so dynamischen und nachhaltig ausgerichteten „öffentlichen Universität für das 21. Jahrhundert" einfach nichts zu suchen.

Dies Academicus – Das Wesen der Rangliste

„Ehrgeiz ist der Tod des Denkens."
Ludwig Wittgenstein

„So zeichnet sich ab, daß die Universitäten sich im Bachelor-Bereich zu einem Schulsystem unter der Ägide von Rechnungseinheiten der Bürokratie entwickeln und in den weiterführenden Semestern zu forschungsnahen, aber von Drittmitteln abhängigen und dirigierten Studienformen werden."
Reinhard Brandt, Wozu noch Universitäten

Der Abschluss des akademischen Jahres wird von den meisten Hochschulen festlich begangen, so auch von der Universität auf dem flachen Lande. Neben Ehrendoktorwürden möglichst namhafter externer Professoren, die in ihrer beispielhaften akademischen Prominenz in der Provinz vorgeführt werden sollten, unabhängig davon, ob diese Fächer vor Ort überhaupt existierten, etablierte Dr. Retho Wachs schon recht bald nach seiner Inthronisierung ein System interner Anerkennung in verschiedenen Kategorien über sogenannte Ranglisten. Intern! Um Wettbewerbsfähigkeit auf Landes- oder Bundesebene konnte es mangels Qualität vor allem in der Forschung wie in der Lehre nicht wirklich gehen. Viel eher hatte er die Simulation von Wettbewerb im Auge, um den Druck nach innen zu erhöhen und, was noch wichtiger war, um die Herrschaft der Ranglisten und der sogenannten „Qualitätskontrolle" zu institutionalisieren. Denn nur ordentlich erstellte Reihungen, egal in welchem Bereich, lassen sich quantifizieren und erlauben eine gewisse Vergleichbarkeit. Du sollst dir ein Bild machen, aber quantifizierbar muss es sein!

Das Anfertigen von Listen entspringt ja einer alten deutschen Tradition und wird auch heutzutage mit einer Inbrunst in bestimmten Fachbereichen wie der Betriebswirtschaftslehre oder auch Beratungsfirmen wie McKinsey betrieben, die auf Bildungsinstitutionen und die höhere Verwaltung übergesprungen zu sein scheint. Genau genommen geht das aktuelle Ranglistenunwesen wohl auf eine Schmach zurück, die das deutsche Bildungsvolk, die zuständigen Ministerien und Länderverwaltungen durch PISA erlitten haben. Das „Programme for International Student Assessment“ der OECD hatte es sich zur Aufgabe gemacht, in regelmäßigen dreijährigen Abständen in einem internationalen Vergleich definierte Kompetenzen bei 15-jährigen Schülern zu überprüfen. Das schlechte Abschneiden Deutschlands führte erst zu einer kollektiven Hysterie und anschließend zu einer „Neuausrichtung“ der Bildungspolitik als ganzer. Mit einem Schlag trat an die Stelle reformpädagogischer Ansätze wie Lebensnähe, sozialer Kompetenz und Freude am Lernen ein völlig eindimensionales Ziel: den nächsten PISA Test unbedingt zu bestehen.

Für die Universitäten wurde und wird das Prinzip der Rangliste oder Reihung weitergeführt und der so genannte Fokus auf einen der oberen Plätze in einer solchen Rangliste gelegt. Eigentliche Bildungsziele wie etwa Autonomie, Selbstbewusstsein, das begreifen der Weltgeschichte sowie ein Verständnis der Geistesgeschichte, werden nur noch in präsidialen Sonntagsreden im Munde geführt.

Selbst im Rahmen der alljährlichen Festrede zum Dies Academicus an der Universität auf dem flachen Lande, wie üblich gehalten von Präsident [Prof.] Dr. Retho Wachs, wurde über solche „hochgestochenen“ Themen nicht mehr gesprochen, sondern stattdessen viel eher der marktangepasste Wettbewerb, die Leistung im idealtypischen Gegeneinander der Wettbewerbsgesellschaft betont, die Verpflichtung der akademischen Gemeinschaft, Höheres zu vollbringen. Jedes Jahr aufs Neue war formelhaft von Lösungsansätzen für die „gesellschaftlichen Herausforderungen des 21. Jahrhunderts“ die Rede, die „zu identifizieren“ seien. Nur mit welcher Folge? Sagte die neu reformierte Universität, wo es lang geht?

Da war wohl eher eine Institution auf der Suche nach einem Weg, auf der Suche nach sich selbst und einem angemessenen Selbstverständnis. Deshalb stand auch ganz offensichtlich das Universitätsmarketing im Mittelpunkt vielfältiger Aktivitäten, wurde fortwährend das Leitbild der Universität beschworen, und um genau jene „Lösungen“ voranzutreiben, wurde jährlich das hauseigene Profil rhetorisch wie mit Preisen nach Ranglisten geschärft.

Wissenstransferpreise zwischen Hochschule und Praxis waren zu vergeben wie auch Preise für innovative Lehrveranstaltungen. Die fröhliche Nachricht war, fast jeder universitären Handlung konnte ein Preis zugeordnet werden. Dass man sich auf dem Weg zu Spitzenleistungen befand, sollte durch die Anfertigung von Listen der Top Ten in den verschiedensten Kategorien unterstrichen werden, die – ganz konsequent auch im englischen Idiom – zum Beispiel lauteten:

Best Publisher of the Year, Best Fundraiser of the Year, Most Cited Researcher of the Year, Best Young Researcher of the Year, Best Doctoral Researcher of the Year.

Hier ging es also um Publikations- und Zitationslisten, um den Erfolg bei der Einwerbung von sogenannten Drittmitteln, den akademischen, den „hochleistungsbezogenen“ Output eben.

Die Veranstaltung selbst erinnerte dann jedoch eher an einen akademischen Jahrmarkt der Eitelkeiten und konnte ihren Charakter einer in den jährlichen Ablauf fest eingebundenen und geplanten Marketingmaßnahme nach Innen und Außen nicht verbergen. Auch die wie meistens recht geschliffene und mit netten, aber meist weit hergeholt wirkenden Zitaten gespickte alljährliche Rede von Präsident Dr. Retho Wachs konnte dieses Bestreben allerdings nicht wirklich vergessen machen. Seine rhetorischen Bemühungen ähnelten denen eines Büttenredners, dem während des Vortrags die Frage in den Sinn kommt, ob er nicht doch vielleicht die Rede vom vergangenen Jahr vorträgt und diesen befürchteten Missgriff mit einer dem offiziellen Anlass zwar angemessenen, aber eben doch übertriebenen Prise bemühter Heiterkeit zu überspielen sucht.

Einige der Beteiligten aus dem eigenen Hause ahnten bei dieser Aufführung „Dies Academicus“ schon dunkel, dass hier zugleich ein präsidiales Steuerungselement am Werk war. Mit dem Fingerzeig auf Leistung und Ranking sollte, auf mehr oder weniger verdeckte Weise, sogenannte „Qualitätssicherung" betrieben werden. Hinter aller Verbindlichkeit lag ein auf Samtpfoten daherkommender, aber doch recht herrischer, geradezu aggressiver Imperativ verborgen.

„Du sollst" als Wissenschaftler nicht etwa „dein Leben ändern" und in der akademischen Forschung selbst bestimmen, sondern im Wesentlichen auf Ranglisten schauen und deren Gültigkeit voll und ganz anerkennen. Ist erst einmal der ganze Apparat eingenordet, läuft es mit der Kontrolle, der Prüfung von Verwertbarkeit und Effizienz durch die maßgeblichen Leute fast schon von allein, denn die Mitglieder der Gemeinschaft haben sich bei dieser hohen Ansteckungsgefahr schon längst die grassierende Evaluitis eingefangen und huldigen schließlich gemeinsam und aus fast freien Stücken der allgemeinen Wettbewerbsmanie.

Hinter diesen exemplarischen Bewertungsritualen eines solchen so richtig marketingmäßig aufgezogenen Dies Academicus an der kleinen Universität auf dem flachen Lande verbargen sich schon fast alle Ingredienzen der Umstrukturierung der Bildungslandschaft im bundesrepublikanischen Großen und Ganzen.

Nicht mehr der Erkenntnisgewinn, nicht mehr die wissenschaftliche Neugier oder gar die akademische Freiheit sind Gradmesser einer wünschenswerten Entwicklung und stehen deshalb im Mittelpunkt, sondern der Durchgriff der Administration, die Ausweitung der Kontrollmöglichkeiten, gern als Steuerungsmöglichkeiten bezeichnet, die Abfrage von Spitzenleistungen nach den Kriterien von Ratings, der Transformation von Wissenschaft in eine glückliche und bunte Welt der Dienstleistungen.

Die neue bildungspolitische Religion ist der Glaube an die Rangliste gepaart mit der Weihe der Praxisnähe, der vor allem überall dort im Schwange ist, wo Geldgeber aus der Wirtschaft sitzen und nach auf ihre Bedürfnisse hin zugeschnittenen Studiengängen oder Fächerkombinationen suchen. Etliche Kooperationen mit Unternehmen, auf Zeit gesponserte Lehrstühle und ähnliche Konstruktionen künden von einer systematischen Annäherung der Kulturbereiche Wirtschaft und Wissenschaft.

Aus dieser Perspektive wurde auch die Zielvorgabe des Marketings der Universität auf dem flachen Lande, eine bundesweit wahrnehmbare Meaningful Brand zu schaffen, im wahrsten Sinne des Wortes bedeutungsvoll. Entsprechendes Personal musste dann auch bei Neubesetzungen rekrutiert werden und sich nahtlos in die aufstrebende wissenschaftliche Gemeinschaft einfügen. Die Kriterien waren natürlich High Profile, aber doch von der Art, dass betreffende Bewerber bitte ihre eingeworbenen Drittmittel gleich mitbrachten, um dann am Dies Academicus prompt als Outstanding Fellow gerankt werden zu können. Wer seine Stelle nicht selbst finanzieren konnte, sollte selbstredend doch über sehr gute Kontakte in die Wirtschaft verfügen, oder idealerweise, wenn in den Fächern Betriebswirtschaftslehre oder Wirtschaftswissenschaften aktiv, in einer Beratungsfirma, am besten bei Roland Berger oder gleich McKinsey, zeitweise angestellt gewesen sein.

Vorausgesetzt wurde allerdings in jedem Fall die essentielle Fähigkeit, flott Projektanträge abzufassen, wie umfangreich und sinnentleert sie auch immer sein mochten. Diese zentrale Leidenschaft – ja, man konnte sagen, das war eines der Steckenpferde von Dr. Retho Wachs –, sollten potentielle Bewerber auf jeden Fall mitbringen, um nach etwa drei Monaten Aufenthaltsdauer an der Universität wenigstens einen Antrag ins große System einspeisen zu können. Dieses Vorgehen war geradezu überlebenswichtig für die Institution als Ganze, also im strengen und rechten Sinne wahrlich „alternativlos".

Von der erfolgreichen und stetig steigenden Forschungsaktivität musste der Präsident auf dem Dies Academicus ja alljährlich fröhlich verkünden können, auch wenn es die Zahlen nicht hergeben sollten, aber die innovativen und interdisziplinär vernetzten Forschungsschwerpunkte in den verschiedenen „Schools" und vor allem im Megaprojekt „Innovations-Inhalator" lagen Dr. Retho

Wachs doch sehr am Herzen. Dass die Lehre dabei manches Mal zu kurz kam, musste hingenommen werden, solange die Publikationsliste der Forscher als mindestens im oberen Drittel des Rankings liegend bewertet werden konnte.

Diese doch fast unglaubliche Fixierung auf außerordentliche forscherische Leistungen potentieller oder tatsächlich anwesender Wissenschaftler vor Ort und die unbedingte Hinwendung auf interne Rankings wurde allerdings durch einen schweren Mangel konterkariert. Es ließe sich in dieser Angelegenheit sogar von einer Art umgekehrtem Bedingungsverhältnis sprechen.

Die Institution selbst tauchte seit Jahren in keinem Hochschul-Ranking, Forschungs-Ranking oder Excellence-Ranking auf, von Sonderforschungsbereichen oder sogenannten Exzellenzinitiativen natürlich ganz zu schweigen. Ja, die Universität auf dem flachen Lande konnte sich noch nicht einmal als Mitglied der Deutschen Forschungsgemeinschaft (DFG) bezeichnen. Über zweihundert weitere Institutionen teilten das Schicksal der hiesigen Alma Mater, trugen diese Bürde allerdings mit Anstand und Demut, sicherlich auch mit einem gewissen Trotz und waren sogar stolz auf ihre in erster Linie regionale Bedeutung.

Im Universum von Retho Wachs und Magnus First konnte dieser begrenzte Horizont niemals akzeptiert werden. Da mussten sofort und flächendeckend Maßnahmen und Parallelprojekte aus der Taufe gehoben werden. Pausenlos mussten Aktivitäten lanciert werden, die nur ja nicht den Eindruck einer reinen Überlebensstrategie aufkommen lassen sollten, wie etwa ein Universitätsentwicklungsplan mit Schwerpunktbildung und eingebauter bundesweiter, wenn nicht gar europaweiter Sichtbarkeit. Bis diese Schwerpunkte aber so richtig durchschlagen würden, müsste noch heftig die Werbetrommel in eigener Sache gerührt werden.

So durfte es in keiner Rede zum Dies Academicus fehlen, die sogenannten Erfolgsgaranten einer „Hochschule im 21. Jahrhundert“ aufzuzählen, etwa das „innovative Denken“, das „forschungsbasierte Wissen“ und die „wissenschaftliche Weiterbildung". Und natürlich das Mega EU-Projekt „Innovations-Inhalator", um das die Universität zweifelsohne landesweit beneidet werden würde und mit dem die ganze Fördergebiet-Region so richtig auf Niveau gebracht werden könnte, sollte und müsste.

Womit sich die Universität in ihrer zielgeraden, unendlich dynamischen Entwicklung als überregionaler Akteur auswies und nicht nur mal eben aus freien Stücken und höherer Absicht eine Forschungslandschaft entstehen lasse, sondern auch der ganzen regionalen Wirtschaftsentwicklung auf die Beine helfen wolle. Es macht ja sonst keiner! Wer, wenn nicht wir! Mit diesem wirklich ganz besonderen und noch dazu innovativen Ansatz, dies wusste Dr. Retho Wachs in einem kleinen aber feinen Nebensatz einzuflechten, würde naturgemäß Neuland betreten werden, aber der Landkreis müsse nun halt mal mitgezogen werden.

Am Festtag der Universität kamen ab und zu natürlich auch noch die Studierenden vor, von denen jährlich, trotz teils doppelter Abschlussjahrgänge an den Gymnasien, immer weniger ihren Weg an die Universität auf dem flachen Lande fanden. Eine Entwicklung, die innoffiziell eher begrüßt wurde, denn auf diese Weise konnte ohne großen finanziellen Aufwand der sogenannte Betreuungskoeffizient zugunsten der Institution erhöht werden. Hatten die Studentinnen und Studenten das Auswahlverfahren erfolgreich hinter sich gebracht, wobei sich vor Ort eigentlich fast gar kein Hauptfach oder Nebenfach – respektive Major oder Minor – finden ließ, das mit einer wirklichen Zugangsbeschränkung in Zusammenhang zu bringen war, dürften sie sich überglücklich schätzen, diesem neuen und irgendwie extrem innovativen Studienmodell ausgesetzt zu werden.

Ehe sie sich´s versahen, fanden die Studenten sich in einer Startwoche, einer Art Projektwoche nach amerikanischer Vorbild wieder, in der alle neuen Studenten eines Jahrgangs in Projektteams Lösungsvorschläge für fiktive oder reale Problemlagen kompetitiv erarbeiten sollten. Nebenbei lernten sie in dieser Woche ihre Kommilitonen, die Stadt und ihre Alma Mater kennen. Und letzteres war für die Bachelor-Aspiranten besonders wichtig. Denn so beliebig wie die Themen durch Kanzler Magnus First bei einer solchen Startwoche gesetzt waren, so beliebig gestaltete sich unter den allermeisten Umständen ihr zukünftiges Studium.

Die Studenten durften an einer großen Versuchsanordnung teilnehmen, das unter der Bezeichnung „Change Management" firmierte. Die „Neuausrichtung" ihrer Universität sollte in mehreren Richtungen und Stufen verlaufen, war einem permanenten Reformprozess unterworfen, und die Neuankömmlinge wie natürlich auch die älteren Semester durften und konnten sich sicher sein, dass sie ihr Studium niemals unter den Bedingungen abschließen würden, unter denen sie es angetreten hatten. Die Teilnahme an diesem Reformprozess und Strukturwandel war daher etwas ganz Besonderes, im wahrsten Sinne des Wortes ganz nah an der Praxis und förderte aktiv die Anpassungsbereitschaft und Flexibilität der Probanden.

Recht logisch schien aus dieser Perspektive auch der Schritt der Hochschulleitung, die Mehrzahl der klassischen Fächer wegfallen zu lassen, und mit einem „Major" und einem „Minor" nur mehr „Richtungen" und „Kombinationen mit Modulen" zum Studium anzubieten. Damit der Projektcharakter, ja der vorläufige Charakter eines Studiums unter den neuen Voraussetzungen gleich richtig rüberkam, wurde die David Libkovitzsche „Neubeplanung des Campus" mit dem noch zu realisierenden und in der Kritik stehenden Zentralgebäude kurzerhand zum Thema gemacht. Genauer: Die bisher fast vergessene Campusgestaltung um das „Audimax", das Zentralgebäude herum, womit dieses erst im Entstehen begriffene Herzstück des Campus schon als real existierend behandelt wurde. Dieser recht typische Schachzug von Magnus First band eben vorderhand auch die Studierenden mit ein, so dass anschließend wieder auf eine aktive studentische Beteiligung verwiesen werden konnte.

Um die Studierenden beim jährlichen Dies Academicus auch anderweitig, gegebenenfalls bei eifriger Arbeit in ihrer eigenen kleinen Welt angemessen vorstellen zu können, hatte das Präsidium speziell einen Katalog von Kategorien preiswürdiger Leistungen und lobenswürdigen Verhaltens aufgestellt. Gleichzeitig wurde damit auch ihre ausdauernde Präsenz im Auditorium gewürdigt und die Vergabe folgerichtig an das Ende der Veranstaltung gelegt. Ab und an gehörte es sich, das Soziale und Ethische angemessen herauszustellen, zu demonstrieren, dass der Zwang zur Effizienz, zur Praxisrelevanz auch mal zeitweise ausgesetzt werden konnte. Das „Menschliche" sollte für die Studierenden jenseits von ECTS-Leistungspunkten – der neuen Norm zur Bewertung von Studienleistungen –, und Zeitmanagementkursen ein kleines Ventil finden. Oder doch eher nicht? Die Preise hießen etwa „Ehrenamtliches Engagement" innerhalb und außerhalb der Universität sowie „Service Learning".

Wie sich glücklicherweise herausstellte, sollte sich jedes Engagement nachweislich doch lohnen. Zumindest wenn man der in den USA verbreiteten pädagogischen Methode „Lernen durch Engagement" folge, fachliche Inhalte so zu vermitteln, dass der Lerneffekt bei der Arbeit in gemeinnützigen Projekten einträte. Zum Glück spielte auch in diesem Bereich der Wettbewerb eine wichtige Rolle. Wobei die Vergabe der Preise selbst meist mit einem recht hastigen Gestus über die Bühne ging, was an der vorgerückten Stunde lag, aber doch eine Mindestzahl an Teilnehmern im weiten Rund garantierte.

Wissensfabrik ante portas!

> „So much as we our selves consider and comprehend of Truth and Reason, so much we possess of real and true Knowledge. The floating of other Mens Opinions in our brains makes us not one jot the more knowing, though they happen to be true. […] In Sciences, every one has so much, as he really knows and comprehends: What he believes only, and takes upon trust, are but the shreds […]. Such borrowed Wealth, like Fairy-money, though it were Gold in the hand from which he received it, will be but Leaves and Dust when it comes to use."
> *John Locke, An Essay Concerning Human Understanding*

„Wo waren wir bei unserem letzten Gespräch stehengeblieben? Sie hatten ja diesen Brandanruf bekommen und mussten Hals über Kopf, wie es ja bei uns inzwischen leider an der Tagesordnung ist, los und an einem dringenden Meeting teilnehmen. Wer hatte da nochmal angerufen? War es nicht der ‚lupus in fabula', Kanzler Magnus First, von dem die Rede war? Wir sprachen vor drei Wochen wieder einmal von der Bildungspolitik, nicht wahr, von den Zumutungen der Bachelor-Reform, von den fehlgeleiteten Ansprüchen der sogenannten Wissensgesellschaft, von dem Großen und Ganzen."

Dr. Wermuth machte heute Mittag einen fast belustigten Eindruck und hatte ein Buch mitgebracht, das mit seiner aufgeräumten Stimmung in Zusammenhang zu stehen schien. Er hatte es schon kurz am Telefon erwähnt und meinte es gäbe ein gutes Gesprächsthema ab. Jetzt erst fiel mir auf, dass er heute statt des üblichen dunkelbraunen einen hellbraunen Cordanzug trug, und auch seine Haare machten einen wesentlich gezähmteren Eindruck als bei unseren früheren Treffen.

Er wedelte sogleich mit besagtem Buch und erklärte: „Konrad Paul Liessmann, sage ich nur, wenn ich den schon früher in die Hände bekommen hätte. Seine ‚Theorie der Unbildung' ist bereits 2006 erschienen. Als ich es vorletzte Woche las, dachte ich bei mir, der schreibt ja über uns hier, über die permanente Reform an der „Universität neuen Typs". Und gleichzeitig schaut er mit einem unverstellten, analytisch scharfen Blick auf die famose Bildungspolitik, wie sie seit 1999 bundesrepublikanisch aber auch europaweit einhellig praktiziert wird. Was soll ich sagen, sofort ging es mir wesentlich besser, ich fühlte mich fast wie befreit, obwohl sich natürlich mit der Lektüre allein an der Situation selbst noch nichts geändert hat."

Bei all seinem offenkundig noch vorhandenen Realismus machte er unmittelbar den Eindruck eines frisch verliebten Backfisches, was unter Berücksichtigung seines Alters dann doch leicht befremdlich wirkte. Aber der neue Erkenntnisse versprechende Bücherfund hatte es wohl wirklich in sich. Die Zeit seines Darbens sei nun vorbei, denn er sei in seinem Bestreben, die so genannten Bildungsreformen zu verstehen, fast müde geworden: „Trauben zu suchen in der Wüste und Blumen über dem Eisfeld".

„Nach heutigem Geschmack sicherlich leicht pathetische Worte Hölderlins. Aber Liessmann hat mir die Augen geöffnet! Ich meine, er liefert die Theorie, gewissermaßen den Überbau für die schöne neue Universitätswelt, die sich uns hier als Praxis seit Jahren immer mehr erschließt."

Er konnte sich ein Lächeln nicht verkneifen. „Aber ich hatte diesen Autor bisher wirklich nicht, wie hier so gerne gesagt wird, im Fokus, auf dem Schirm. Was wohl der Tatsache geschuldet ist, dass es sich bei ihm um einen Philosophen aus Österreich handelt. Nichts gegen Österreich! Dort haben sie natürlich dieselben bildungspolitischen Probleme wie wir. Aber immerhin erhebt sich in Wien eine gewichtige Stimme, die unterstreicht, wie notwendig die Reflexion auf das Grundsätzliche ist, und damit indirekt, welchen Stellenwert die Philosophie als kritische Instanz eigentlich verdient. Denn die Philosophie verkommt als ehemalige Königin der Wissenschaften zusehends zum Feigenblatt einiger Naturwissenschaften, wird der Abteilung Technikfolgenabschätzung zugeschrieben, wird speziell hier an der Universität auf dem flachen

Wissen vs. Information

Lande als Ancilla, als Magd der Ökonomie missbraucht, als Ergänzungsfach, als sogenannter Minor, als, im Idealfall, bildungsethische Wolle für die Verpackung der bleischweren Modelle und Gedanken der praktischen, auf Ergebnisse und Output zielenden Fächer."

Dr. Wermuth kam wieder so richtig ins Rollen. Trotz der Tatsache, dass er als offizieller „Kulturwissenschaftler" an der hiesigen Alma Mater geradezu den Niedergang der klassischen geisteswissenschaftlichen Tradition verkörperte, hielt er dennoch eben jenen Fächern und Fakultäten die Stange, die nicht smart genug waren, sich rechtzeitig den neuen Reformbestrebungen anzupassen. Aber der Gedanke nur inoffiziell noch geduldet zu sein, nagte schon seit Jahren an seinem Selbstwertgefühl, seinem Selbstverständnis als Wissenschaftler und Hochschullehrer, in einem Beruf, den er mit Hingebung ausübte.

„Was mich bei Liessmann so beeindruckt, ist diese durchgängige Leichtigkeit, mit der er das für viele so öde Thema Universitätsreformen, Bildungspolitik und Wissensgesellschaft ganz grundsätzlich, aber zwanglos durchdekliniert, ohne dabei seinerseits zu sehr ins Ideologische abzudriften. Und die Ausführungen dürfen auch mal gesellschaftskritisch daherkommen, was ja heutzutage selbst im Feuilleton der großen Zeitungen nur mehr in homöopathischen Dosen geschieht. Ohne jetzt zu weit ausholen zu wollen. Er fängt mit der Unterscheidung zwischen Wissen und Information an und streicht die Definition von Gregory Bateson heraus, nach der Information irgendein Unterschied ist, der bei einem späteren Ereignis einen Unterschied macht. Klingt erst einmal ulkig, nicht wahr?"

Wie immer in seinen kleinen Vorträgen, war dies eher keine Aufforderung mich aktiv einzubringen, aber ich war ganz Ohr. „Aber er will eben darauf hinaus, dass Wissen mehr ist als bloße ‚Information', Wissen hat Bedeutung, und es erfordert nicht etwa nur Informationsverarbeitung, sondern Erkennen, Verstehen und Begreifen."

Er breitete plötzlich seine Arme aus, was – beim Mittagstisch sitzend – etwas merkwürdig aussah, und sagte: „Wahrheit, kausaler Zusammenhang und innere Konsistenz", wobei er die linke Hand bewegte und anschließend mit der rechten Hand rudernd verkündete: „Handlungsperspektiven, Nützlichkeit und Verwertbarkeit von Informationen". Dann faltete er die Hände. „Und dreimal können Sie raten, welche Seite die Oberhand gewinnt, natürlich die rechte! Denn in diesem Sinne wird nicht mehr gelernt, um etwas zu wissen – oder anders gesagt, nach der Antwort gefragt, warum und was etwas ist –, sondern das Anreichern von Informationen steht im Mittelpunkt. Diese fast schon mit ideologischem Eifer eingeforderte Lernbereitschaft, der wir vor allem auch hier vor Ort begegnen können, bezieht sich jedoch in erster Linie auf die Verarbeitung von Informationen und hat die unbedingte Verpflichtung zur Nützlichkeit zum Ziel. Ob allerdings ein komplexeres Wissen, das nach der Bedeutung von Begriffen fragt sowie nach der Wahrheit von Aussagen (in denen diese Begriffe vorkommen), in der Praxis auch von Nutzen ist, ist keine Frage, die das Wissen selbst betrifft. Entscheidend ist vielmehr die Frage nach der Situation, in der man es anwendet oder anwenden könnte."

Aufschauend fuhr er fort: „Zugegeben, die Ausführungen klingen jetzt ein wenig abstrakt, aber die Anstrengung des Begriffs, wie Hegel das so schön sagt und auf die Wissenschaft bezieht, muss zumutbar bleiben. Nicht alles kann und soll zur Unterhaltung werden."

Ich nutzte die sich ergebende kurze Pause und die Tatsache, dass Dr. Wermuth in seinem kleinen Vortrag wieder allgemeiner wurde, zu einer Anmerkung: „Aber worauf wollen sie denn nun hinaus? So neu ist es ja nun auch wieder nicht, dass Wissen aufgehört hat, Ausdruck des Erkenntnisstrebens des Menschen zu sein, oder dass sich Information und Wissen wesentlich unterscheiden."

„Nein, so neu nicht, aber die Qualität und die Rahmenbedingungen des Erwerbs von Wissen haben sich radikal verändert. Gehen wir doch mal eben einen Schritt zurück in der Geschichte der deutschen Bildungstradition. Wilhelm von Humboldt sprach in einer bis heute gültigen Weise von der ‚Einsamkeit und Freiheit' des Wissenschaftlers, des Gelehrten. Da geht es um das Individuum, um die Begabung und die Fähigkeiten des Einzelnen, der Erkenntnisse gewinnt. Wie macht er das? Traditionell eher wie ein Handwerker, gewissermaßen ein Kopfwerker, denn zumindest in der theoretischen Grundlagenforschung und den Geisteswissenschaften werden Erkenntnisse nicht über standardisierte und reproduzierbare Methoden gewonnen, nicht quasi nach industriellen Verfahren hergestellt. Aber genau diese Vorgehensweise, die Standardisierung, Mechanisierung und Angleichung menschlicher Arbeitsprozesse an vorgegebene Abläufe, bestimmt zunehmend die Produktion von Wissen. In einen größeren Rahmen gestellt heißt das, dass die Wissensgesellschaft nicht die Industriegesellschaft abgelöst hat, sondern umgekehrt das Wissen in einem enormen Tempo industrialisiert wird, und damit seine Qualität präformiert. Mit den entsprechenden Folgen vor allem im Bildungssektor."

„So hatte ich das bisher nicht gesehen. Ist das auch von Liessmann?"

„Ja, so ungefähr. Er führt das dann in seiner ganzen Komplexität noch weiter aus, eine steile, aber recht gut begründete These. Vor allem hier vor Ort haben wir ein wunderbares Beispiel für diesen fatalen Zusammenhang, für diese Form der modernen Wissensindustrie: den famosen Innovations-Inhalator! Da kennen Sie sich auch ein wenig aus, nicht wahr? Sie haben doch für Kanzler und Projektleiter Magnus First so eine kleine praktische, einleitende Broschüre verfasst, nicht wahr?"

Er klang fast ein wenig neckisch. Ich tat meine Aktivitäten auf diesem Gebiet mit einer Handbewegung und einem Schulterzucken ab und spürte urplötzlich, wie peinlich mir mein Engagement und in der Folge dessen Arbeitserzeugnisse inzwischen schon geworden waren. Die teils abgründigen Erfahrungen an der Universität auf dem flachen Lande nährten offenkundig einen emotionalen

Zerfallsprozess, der schon wesentlich weiter vorangeschritten war, als ich bisher vermutet hatte.

„Dieses für hiesige Verhältnisse völlig überdimensionierte EU-Superprojekt“, fuhr er fort, „wird ja unter dem Label ‚Forschung und Entwicklung‘ mit enormer Geschwindigkeit vorangetrieben. Sieht man nur etwas genauer hin – da werden Sie mir sicher zustimmen – , tritt das Modell einer Produktionsstätte zutage, deren alleiniges Ziel es ist, eine Art von Wissen zu gewinnen, das möglichst sofort in Technologien und Methoden gegossen und damit in eine ökonomische Verwertbarkeit transformiert werden kann. Im besten oder schlechtesten Sinne also eine Wissensfabrik. Am Ende der schier endlosen Verwertungskette soll dann sogar noch die indirekt-direkte Schaffung von zahlreichen und extrem zukunftssicheren Arbeitsplätzen stehen!

Was ist dann noch, frage ich Sie, der Unterschied zwischen einer Universität und einem Unternehmen? … Nichts! Aus dieser Perspektive erscheint es dann an der Zeit, Wissensbilanzen einzuführen, die in Österreich laut Liessmann wohl schon erstellt werden. Solche Bilanzen können dann von der neuen Spezies von nichtgewählten, unkündbaren Wissenschaftsmanagern wie etwa Bernd Gries oder Ricarda Milch am besten vierteljährlich aber mindestens halbjährlich vorgelegt werden, um die Rentabilität in Gestalt des Verhältnisses von Input und Output nach Zahlen- und Ranglisten sauber zu ermitteln, gilt es doch, das Plansoll innerhalb eines wahrhaften Reformstaus zu erfüllen.

Um die Universität von innen her dabei so richtig auf Vordermann zu bringen, werden allen Beschäftigten noch umfassende Angebote aus den Bereichen des Coaching, Controlling und Monitoring unterbreitet, die sie ohnehin nicht ablehnen dürfen. Eine Vorgehensweise, die ja auch seit Jahren mehr als erfolgreich in den mittlerweile für die Verwaltung von Universitäten absolut beispielgebenden Unternehmensberatungen wie etwa McKinsey praktiziert wird. Wenn das nicht heißt: Von den Siegern lernen!“

Bei der von Dr. Wermuth angesteuerten „tour de force“ wurde mir langsam richtig bang, und ich hoffte, dass er nicht allzu weit von der Strecke abkam. Aber im Kern war diese Fundamentalkritik ja durchaus angebracht und sein neu entdeckter Autor offenbar sehr logisch und stringent in seiner Argumentation. Das Thema Innovations-Inhalator war allerdings auch aus anderer Perspektive, eben als EU-Förderprojekt mit entsprechender rechtlicher Mittelbindung, verwaltungsjuristisch als höchst problematisch einzustufen. Hier wurden schon vor der Bewilligung des Projektes administrative Aktivitäten ein- und abgerechnet, die höchst eigentlich nur das Studienmodell, den inneren Universitätsumbau, die sogenannte „Neuausrichtung“ und damit genuine Aufgaben der Hochschule selbst betrafen. Und dies war nicht nur ein Taschenspielertrick à la Magnus First beziehungsweise Retho Wachs, sondern schlicht und ergreifend gegen das rechtlich bindende Vergabegesetz. Aber wen interessierte das schon, wenn alles, anscheinend streng nach Reglement, schon auf dem Weg war, in den Zyklus eingebunden, in der Vergabelogik verbucht? Genau dies war den Hauptakteuren vor Ort natürlich nur all zu bekannt.

Da wurden Fördergelder umgewidmet, umdatiert und kamen bis in die einzelnen Stränge des Studienmodells hinein zum Tragen. Und wie hieß das Räderwerk dieses famosen Studienmodells noch mal genauer im amerikanisierten, auf internationale Sichtbarkeit getrimmten Jargon? College, Graduate School, Professional School und House of Research? Letzteres war ja eigentlich der Bereich Forschung, der in einem nächsten und weiteren Entwicklungsreformschrittchen erst einmal unter dem dann völlig verschleiernden Begriff „Wissenschaftsinitiativen“ firmierte, einem besonderen Steckenpferd von Bernd Gries und Dr. Retho Wachs. Diese Wissenschaftsinitiativen sollten, das war die Absicht, mit einzelnen Fächern und Fakultäten nur noch entfernt zusammenhängen.

Dr. Wermuth folgte nun weiter der These von der Industrialisierung des Wissens und der Reorganisation des Wissenserwerbs, wie er sie im Zuge der permanenten Reformbemühungen für symptomatisch hielt: „Effizienzsteigerung, Effizienzsteigerung ist das Gebot der Stunde. Eine Reform schließt sich der weiteren Reform des Bildungsunwesens an, die permanente Revolution unter anderem Vorzeichen. Zu besichtigen ist dies vor allem an der so genannten Modularisierung des Studiums. Auch so ein abstruses Verwaltungsreform-Unwort, das aber doch einer gewissen Logik folgt. Um die absolute Zahl der Abschlüsse industriemäßig zu erhöhen, werden Kurse und Lerneinheiten in immer größerer Zahl, Passgenauigkeit und Geschwindigkeit ‚montiert'. Dafür braucht es nicht so sehr alte Fächer, klassische Grundlagen und Zeit - in Form von Muße–, als vielmehr neue Normen zur Bewertung der Studienleistungen, was mit der Einführung der sogenannten ECTS-Punkte so glänzend gelang. Die Auflösung des Akronyms muss man sich geistig auf der Zunge zergehen lassen: **E**uropean **C**redit **T**ransfer and Accumulation **S**ystem. Leistungen von Studenten an Hochschulen des Europäischen Hochschulraumes sollen damit vergleichbar und zumindest theoretisch grenzüberschreitend anrechenbar sein. Doch leider sind sie weder wirklich vergleichbar noch tatsächlich anrechenbar, weil oftmals gerade in angelsächsischen Ländern, aus denen ja dieses System eigentlich übernommen wurde, solche Leistungen nicht anerkannt werden. Wirklich tragisch wird es allerdings durch den Umstand, dass mit diesem Berechnungssystem die Verwirklichung von Industrienormen in den Universitätsalltag der Studierenden Einzug gehalten hat. Ein jeder weiß jetzt, den Bachelor gibt es hier vor Ort wie anderswo nach sechs Semestern und 180 Credit Points (CP). Das ist die eingeführte, vorgegebene Norm. Die Spezialität unserer Universität ist nun, dieses neue System noch weiter zu perfektionieren durch die minutiöse Ausgestaltung dieses Studiums in so ungefähr 44 wählbare Module, die in einem Zeitraum von drei Jahren nach einem ausgeklügelten Muster optional zu belegen sind. Da muss dann schon ein Organigramm, eine Schautafel oder gleich eine Power Point Präsentation auf Speicherstick an die vollends verwirrten zukünftigen Studierenden verteilt werden. Denn jede dieser Moduleinheiten ist jeweils mit einer definierten Anzahl eben jener Credit Points unterlegt. Schon der Begriff weist wie so häufig den Weg. Alles zahlt irgendwie auf das Lebenskonto ein und drauf.

Für die präsidiale Universitätsverwaltung im neuen Gewand einer Stiftungsuniversität hat diese Form der ‚Neuausrichtung' plus Bildungsreform nur immense Vorteile. Das aufbrandende, meist interdisziplinär organisierte Teamwork, die aus dem Boden des Innovations-Inhalators mit seinen EU-Fördergeldern schießenden Forschungs- und Projektgruppen gleichen Produktionsbrigaden ehemals volkseigener Betriebe, denen Ziele, Steigerungsraten mit Plansollvorgaben aufs Auge gedrückt werden können. Wissenschaftliche Individualität gilt dann als Ausschlusskriterium und wird am Ende nur mehr als Krankheit apostrophiert.

Diese ‚Industriealisierung' des Wissens, die so gar nichts mehr mit individuellem Erkenntnisgewinn zu tun hat, zieht noch ungeahnte Weiterungen nach sich. Denn Wissen figuriert fortan als Ressource, die optimiert, verteilt, gebündelt, importiert und exportiert werden kann wie x-beliebige Rohstoffe, Verfahren und Produkte auch! Und der „Wissensarbeiter" wendet sich wieder von der Stirn ab, der Faust zu, er gehorcht nicht mehr dem Prinzip des Wissens, sondern dem Prinzip der industriellen Arbeit. Es ist nicht der Arbeiter, der zum Wissenden, sondern der Wissende, der zum Arbeiter wird. Genau deshalb werden Universitäten quasi in Unternehmen verwandelt und nicht Unternehmen in Universitäten. Unsere hiesige Alma Mater, ohnehin eher eine Sturzgeburt via Zwangsfusionierung, wird nichts weniger als eine Wissensfabrik mit vollintegrierter Unternehmensberatung, aber vom Anspruch her eine feine natürlich. Und wenn auf personaler, individueller Ebene Wissenschaft getrieben wird, dann allerhöchstens in einer Schwundstufe, in der Gestalt eines x-beliebigen ‚brain', dessen Markenzeichen es ist, industrielle Anwendungsmöglichkeiten komplexer Forschungen schneller zu erkennen als die Konkurrenz irgendwo auf diesem Planeten."

Der Fünfjahresbericht – Das Parallelprojekt

„Es ist ja überhaupt nicht strittig, dass der Mensch Vernunft besitzt, sondern nur, wie er sie in Gemeinschaft anwendet."

„Ja, das ganze Leben machte auf ihn diesen Eindruck, als bestünde neben einem Zustand der Klugheit im einzelnen sowie in den amtlichen Vorkehrungen, zu denen er wie bekannt auch Glauben und Wissenschaft rechnete, ein völliger Zustand der Unzurechnungsfähigkeit im ganzen. Da tauchten immer wieder Ideen auf, die man noch nicht kannte …"
Robert Musil, Der Mann ohne Eigenschaften

Britta Muthesius wurde nicht nur von mir stark vermisst, von mir aber ganz besonders. Das Aus- und Besprechen erlebter und erlittener Unsäglichkeiten ist in solcherart Arbeitsverhältnissen wie an der Universität auf dem flachen Lande von nicht zu unterschätzender Wichtigkeit. Es dient der emotionalen und intellektuellen Verdauung, letztlich der Arbeitskrafterhaltung und dies kurioserweise ganz im Sinne des Arbeitgebers. Diese Möglichkeit der Verarbeitung oder gar Ausscheidung von Erlebtem war nun jedoch nicht mehr möglich. Ein auf die Dauer sehr verquerer und im Grunde unhaltbarer Zustand. Wem durfte und konnte man noch über den universitären Weg trauen? Wie sollte, wie musste es weitergehen? War ein halbwegs sinnvolles Arbeiten überhaupt noch möglich?

Im Rahmen meiner durch die Flucht von Britta erweiterten Aktivitäten, für vieles Gedruckte und im Netz zu Lesendes zuständig zu sein – oder Ihnen auch phasenweise wieder gänzlich enthoben zu werden–, landete eines der berüchtigtsten Projekte in meine unmittelbaren Reichweite. Glücklicherweise konnte ich eine direkte Verantwortung oder vielmehr Beauftragung vermeiden, denn das Ganze konnte bei Lichte besehen nur enden wie das bekannte Hornberger Schießen.

Das über Britta bei Heinrich Zuseldorff gelandete Projekt „Jahresbericht", der inzwischen als Vier- oder Fünfjahresbericht anzulegen war, sollte auf dringliches Geheiß von Kanzler Magnus First wieder mit rasanter Aktivität angegangen werden. Durchaus gewitzt erklärte sich Pressesprecher Heinrich Zuseldorff von Anfang an als eigentlich nicht zuständig, wohl ahnend, dass in dieser Sache nur Ärger und Frustration zu erwarten war. Er kannte ja inzwischen seine Pappenheimer. Also musste möglichst schnell ein unverbrauchter, ehrgeiziger Externer als Projektverantwortlicher aus dem Hut gezaubert werden. Bezahlt über den obligaten dreimonatigen, dann sechsmonatigen Werkvertrag – oder war es doch wieder der legendäre Reptilienfonds von First, der hier angezapft werden sollte –, fand sich schließlich Benjamin Seif ein, der für First wohl eine Art Brettspiel entworfen hatte, das der Kanzler im ganz großen Maßstab, also weltweit zu verbreiten die Absicht hatte. Ursprünglich kannten sich die beiden über die Tatsache, dass Benjamin der kleine Bruder von Siegfried Seif war, also en passant mit dem weit verzweigten, sauberen Firstschen Netzwerk verbandelt war.

Bei dieser Gelegenheit trat dann eine weitere erstaunliche „Personalentwicklung" zu Tage. First hatte Siegfried Seif durch die Hintertür zu einem Projektbevollmächtigten im Rahmen des Superprojektes „Innovations-Inhalator" erkoren und damit auch an Ricarda Milch, Bernd Gries und Dr. Retho Wachs vorbei gewissermaßen reinthronisiert. Seine Befugnisse wurden nach dem alten und vor Ort gängigen Muster ausgeweitet, sowohl auf weitere Projekte und deren Darstellung wie auch auf Arbeiten im Gesamtbereich Universitätsmarketing. Diese Aktivitäten entfaltete er entweder von seinem neuen Wohnort in der Schweiz aus, wenn er sich nicht doch mit seiner Dissertation beschäftigte, oder er nahm sich mal eben zwei Tage alle drei Wochen die Zeit, um seinen vielfältigen Pflichten hier vor Ort nachzugehen.

Nun also sollte Benjamin Seif und nicht etwa eine Agentur, wie es sonst üblich wäre, in ursprünglich drei, schließlich sechs Monaten sämtliche neuen Daten zusammentragen, eine formidable Gliederung entwerfen und ein Volumen von lediglich zweihundert Seiten produzieren. Und wieder wurde weder eindeutig die Form der Darstellung, noch der Schreibstil festgelegt, nur mehr Bilder sollten her und schließlich einfach nur das Beste herauskommen.

Ein gerütteltes Maß an jugendlicher Hybris schien dann bei Benjamin schon am Werk zu sein, als er so voller Eifer losstürmte. Eigentlich vorgewarnt durch eine Einweisung von Bruder Siegfried, der ihn offenbar mit fast allen möglichen Fallstricken vertraut gemacht hatte, trat bei ihm allerdings bereits im Moment des Ausbleibens der Lieferung einiger Eckdaten aus der internen Verwaltung eine gewisse Frustration auf, die sich in Schüben zu steigern begann. Es setzte nun nämlich genau derselbe Prozess ein, der schon vorher fast allen größeren und anspruchsvolleren Projekten den Garaus gemacht hatte.

Es war aber auch wirklich hartes Brot. Keine der zentralen Projektvorgaben hatte einen längeren Bestand als zwei Wochen, wenn es hinkam. Von Detailfragen ganz zu schweigen. In den allfälligen Gesprächen wurden Ausführungen angemahnt, die mitunter das Gegenteil des ursprünglich Besprochenen bedeuteten. Erst war von einem repräsentativen Hochglanzprodukt die Rede, wie das auch die anderen Premium-Anbieter im Portfolio hätten, mit vielen Bildern und höchst kursorischem Text, wie zum Beispiel die Zeppelin-Universität. Dann sollte ein zweisprachiger, deutsch - englischer Aufbau her, mit noch weniger Text, aber persönlichen, exemplarischen Geschichten einzelner Mitglieder und Studierender, so zum anfassen. Zuletzt hieß es schließlich, eine PDF-Version wäre völlig ausreichend, selbstverständlich einsprachig, die Zielgruppe immer im Blick, mit ein paar Bildern, natürlich wesentlich mehr Text und bitte keinen Einzelgeschichten.

Benjamin zimmerte immer aufs Neue eine Version nach der anderen zusammen und wurde mit jeder vergehenden Woche einsilbiger. Als dann schließlich, trotz aller Widrigkeiten, doch etwas einigermaßen Vorzeigbares entstanden war, versuchte First zu allem Überfluss das Jahresberichts-Projekt auch noch an Wachs und Gries vorbei zu schleusen, womit der Ausgang des gesamten Prozesses besiegelt war. Denn jetzt ging es erst richtig los. Nun hagelte es stakkatoartig in täglich neuen Versionen die Wünsche des Präsidenten und die weiteren Vorschläge von Gries, die sich selbst manches Mal auch noch diametral widersprachen.

Das extraordinäre Studienmodell müsse noch stärker herausgestellt werden, auch solle jetzt doch der Begriff „Alleinstellungsmerkmal" stärker betont werden und die Geburt der Universität erst mit der Stiftungsgründung stattfinden. Ganz wichtig sei natürlich, speziell auf die „Gemeinschaft aller Mitglieder und Statusgruppen der Universität" hinzuweisen und den innigen Zusammenhalt hervorzuheben.

Aus mangelnder Perfektibilität des immer vorläufigeren Zwischenproduktes blieb schließlich nur noch das Nebengleis der Nichtabnahme übrig. Wobei ein Nebengleis schon längst nicht mehr ausreichte, die Entwürfe und vorläufigen Projekte aufzunehmen. Es nahm sich eher aus wie der Rangierbahnhof Königs-Wusterhausen, aber als elektronische Veranstaltung im PDF-Format. Nicht nur in der Berliner Verwaltung gibt es hunderte, wenn nicht tausende KW-Stellen, auch Projekte „können wegfallen", müssen aber nicht! Wie sagte Kanzler Magnus First unlängst doch so schön und eindrücklich: „Was für eine maßlose Verschwendung von Ressourcen"!

Bei früheren kleineren Projekten war es Siegfried Seif noch gelungen, durch einige Winkelzüge und Alleingänge seinen Herrn und Meister mit einem Endprodukt zu erfreuen, aber nun war er nicht mehr in seiner alten Position, sondern nur noch im Hintergrund an Einzelprojekten beteiligt. Schon in der Phase seiner vermeintlichen oder tatsächlichen Chefrolle im Universitätsmarketing und auch ein wenig darüber hinaus blieb das Jahresberichts-Projekt in einem Verhau von gut gemeinten und angeschriebenen Versionen stecken.

Kein größeres Unternehmen mit einem gewissen Anspruch hätte sich ein solches Scheitern leisten können. Von der zitierten Ressourcenverschwendung in der Form von „Humankapital" ganz zu schweigen. Nach dem geschriebenen Recht beziehungsweise der gültigen Satzung eigentlich auch keine Stiftungsuniversität, aber da sich ja auch der Aufsichtsrat in einem ständigen Prozess der Neubesetzung und permanenter Neuausrichtung befand, konnte man sich nun vielleicht mit einer Art PDF-Abstract als nichtöffentlicher Version eines eigentlich öffentlich zugänglichen Fünfjahresberichts behelfen. Diese innovative Vorgehensweise würde auch dem fluiden Charakter des ganzen Entwicklungsprozesses erst so richtig entsprechen und zusätzlich eine, wenn nicht DIE wesentliche Qualität der Universität auf dem flachen Lande unterstreichen, ganz direkt belegen können: ihr konsequentes und absolutes Alleinstellungsmerkmal!

Performance Management – Bernd Gries am Ziel!

"No institution can possibly survive if it needs geniuses or supermen to manage it. It must be organized in such a way as to be able to get along under a leadership composed of average human beings."

"The most important thing in communication is hearing what isn't said."
Peter F. Drucker

Die einigermaßen verdeckt angestrebte Verselbständigung der Verwaltungseinheit Universitätsmarketing zu einem Profit-Center, die Karl Feist durchzuführen von unserem Kanzler Magnus First offenbar beauftragt worden war, hatte sich aus doppelter Perspektive als dramatischer Fehlschlag erwiesen. Die allzu theoretisch sich an der optimalen Allokation des Humankapitals orientierenden Vorgaben des New Public Management scherten sich recht wenig um reale soziale wie öffentlich-rechtliche Zusammenhänge. Der für Finanzen Zuständige im Präsidium – First selbst waren die Zahlenreihen, das Haushälterische zu lästig – gab seine Einwilligung für dergleichen „Hokuspokus" einfach nicht. Auch er durfte deshalb mit seiner baldigen Abberufung beziehungsweise Dislozierung rechnen.

Der Druck des Präsidiums auf Karl Feist und seine Rolle als Leiter der Abteilung nahm ebenfalls immer weiter zu. Seine endgültige Demontage entsprang allerdings schließlich aus der exorbitanten Differenz zwischen den offiziell verlautbarten Fähigkeiten und den notwendigen, realen beruflichen Erfordernissen. Hierzu zählte ganz banal die lediglich zeitweise Präsenz seiner Person vor Ort und die teilweise Nichterreichbarkeit via Handy und E-Mail in der übrigen Zeit. Die Tatsache, dass er idealiter nicht vierundzwanzig Stunden am Tag ansprechbar war, machte ihn endgültig auf dieser Position nicht länger haltbar.

Was noch erschwerend hinzutrat und fast noch ausschlaggebender schien, waren allerdings seine recht vehementen cholerischen Eskapaden. Hatte er sich doch nacheinander lauthals mit Präsident Dr. Retho Wachs, noch Präsidialassistent Bernd Gries und schließlich sogar Magnus First angelegt, was seine Performance-Werte natürlich abrupt in den Keller riss. Die jeweiligen Anlässe entbehrten jedoch nicht einer gewissen Plausibilität. Da konnte man sich schon durchaus aufregen. Ging es doch einerseits um das ständige Abändern von Aufträgen aus Richtung Wachs/Gries, andererseits um die Beratungsresistenz seines alten Busenfreundes First in Sachen Außen-Kommunikation. Über dessen permanente genialische Attitüde ließ sich Feist zu einem späteren Anlass recht despektierlich aus. Genau diese Einstellung sollte im früheren Arbeitsleben Firsts zu etlichen Friktionen und größerem Chaos bei seinen jeweiligen Arbeitgebern geführt haben. Was auch ursächlich mit seinen gern verschwiegenen Abgängen beziehungsweise Rauswürfen bei der Weltverlagsfirma Bertelsmann sowie dem Großberater McKinsey in direktem Zusammenhang stünde.

Mehr als die gemeinsamen Leichen im Keller, First fackelte da bekanntlich nicht lange, beschützte Feist allerdings wohl der mehrjährige Kommunikations-Beratervertrag, den die beiden am grünen Tisch abgeschlossen hatten, und der dem alten Kämpen für seine zwei Tage Arbeit alle zwei Wochen ein erkleckliches Einkommen sicherte. Karl Feist wurde bei dem folgenden Revirement kurzerhand dem Pressesprecher Heinrich Zuseldorff zugeschlagen, um ihm, dem Mann aus der vormaligen Zeit, wie zu hören war, noch mal richtig eins auszuwischen, ihm vielleicht, so war zu diesem Zeitpunkt noch die Hoffnung, ja auch endlich den letzten Schlag zu versetzen.

Aus dem ursprünglichen ungleichen Duo in der Leitung verblieb nur mehr der vormalige Assistent Bernd Ließ, der sich zunehmender Beliebtheit insbesondere bei Bernd Gries und Präsidialsekretärin Ricarda Milch und auch bei First erfreute. Der ja schließlich auch hauptamtliche Kanzler der Universität versuchte, seinen weiteren Besetzungsfehlgriff im klassischen Movens des Selbstmarketings als unmittelbare Eingebung zu verkaufen. Feist, mit seiner jahrzehntelangen Expertise, könne nun ganz gezielt auf die Außenkommunikation losgelassen werden; Ließ hingegen stünde nun endlich voll und ganz, auch durch einen mittlerweile vollzogenen Umzug bedingt, vor Ort bereit, um Führungsaufgaben zu übernehmen, den Laden endlich zum Laufen zu bringen. Er avancierte von heute auf morgen zur Ideallösung, jedoch musste er das schon von Feist praktizierte Top-Down-Prinzip erst noch richtig adaptieren, zur allgemein geforderten Ausführung bringen.

Sein Versuch, „Top" zu erscheinen, nahm sich mitunter recht sonderbar aus. Neben den Budapester Pferdelederschuhen, schwarzen Socken und sehr blauen Hemden, die verstärkt zum Einsatz kamen, geriet vor allem die interne Auftragsvergabe ins Visier krampfhafter Selbstdarstellung und Profilierungsversuche. Was zuvor mit einem fast gehauchten „Bitte" und „Danke" eingeleitet oder beendet worden war, musste seinerseits nun meist mit einer barschen Terminangabe versehen, quasi als Befehl zur Ver- und Bearbeitung ausgegeben werden. Ohne dass er allerdings die Fähigkeit zu einer sachlichen Beurteilung der Inhalte besessen hätte. Er erweckte jedoch bis ins Präsidium hinein, den Eindruck, Arbeitsergebnisse seien durch sein aktives Zutun recht eigentlich erst zustande gekommen. Die Teammitglieder wurden jetzt regelmäßig, ganz im Stile von Bernd Gries, zum Rapport einbestellt. „Die Zeit des Kuschelns ist jetzt endgültig vorbei", hieß es beiläufig aus seinem Munde.

Bei Bernd Ließ war sehr viel Unsicherheit im Spiel und die Ahnung, der ganzen Sache womöglich nicht wirklich gewachsen zu sein. Denn dem vorrangigen, internen Kommunikationsproblem der Kommunikationsabteilung der Universität auf dem flachen Lande konnte er selbstredend erst recht nicht Herr werden. Ihm fehlten in jeder Hinsicht die Mittel, eine gewisse Ordnung zu schaffen in dem Spannungs- und Bermudadreieck Gries – Wachs – First mit den sich teils diametral widersprechenden, fast täglich ändernden Vorgaben der fluktuierenden Aufträge. Allzu oft musste gerade auch auf das gehört und reagiert werden, was nicht gesagt wurde, wie sein Vorgänger No.1 Siegfried Seif das mit einem gewissen Übereifer praktiziert hatte.

Ließ war und blieb in seiner ziemlich kurzen Hochschulverwaltungskarriere zum Leidwesen aller praktisch und real Arbeitenden nur ein Erfüllungsgehilfe mit mäßigem Horizont, ein Berichterstatter und Auftragsverteiler in permanenter Abhängigkeit von Magnus First und zunehmend auch von Gries. Die Vermutung lag nahe, dass sein Wert und seine Bedeutung für die Hauptakteure in kruder instrumenteller Hinsicht gerade in eben dieser Schwäche und seinem mangelnden Durchblick bestanden. In diesem Status konnte jeder ohne weitere Konsequenzen auf das Personal durchgreifen, jenseits aller Zuständigkeiten oder auch Kompetenzen irgendwelche Weisungen erteilen oder Parallelprojekte unterschiedlicher Dauer und Wichtigkeit installieren.

First schaffte es auf diese Weise auch wieder, nach dem Modus der parallelen freihändigen Auftragsvergabe, den vormaligen Leiter des Universitätsmarketings Siegfried Seif zumindest zeitweise wieder unmittelbar auf „Humanressourcen" aus der Abteilung zugreifen zu lassen. Diesmal ging es über allerwichtigste Aktivitäten im Projekt „Innovations-Inhalator". Seif konnte nun aus der niemals selbst weisungsgebundenen Position von so etwas wie einem „fachlichen Vorgesetzten" heraus handeln. Eine ganz erstaunliche verwaltungsrechtliche Konstruktion!

Von organisatorischer oder andersartiger Weiterentwicklung konnte also vor allem in der höheren Verwaltung, im Präsidium der Universität mitnichten die Rede sein. Weder im Sinne des New Public Managements noch im engeren, universitätseigenen Bereich der so genannten Personalentwicklung, kurz PE, die immerhin vier Jahre als Rammbock bei der Umsetzung der Verwaltungsreform diente. Der mit Händen zu greifende Stillstand in der Abteilung Universitätsmarketing endete vielmehr, nicht zum allzu großen

Erstaunen fast aller Verfahrensbeteiligten, in einer Art veritablem Kollaps. Denn auch das Agieren von Bernd Ließ blieb zwangsläufig, trotz einiger Kurzlehrgänge und Fortbildungen im Bereich Personalführung/Projektleitung, ganz auf der Linie des ubiquitär wie universitär mit Hingebung betriebenen Life-Long-Learning-Konzeptes (LLL), nur eine weitere Episode. Neu, und für die Führungsriege im Präsidium niederschmetternd, war allerdings der Umstand, dass sich diesmal die ganze Abteilung auflehnte, zusätzlich flankiert durch die still und leise hinzugezogene Betriebsrätin.

Mit einem Mal wurde es beträchtlich schwieriger, die Dinge einfach so unter den Teppich zu kehren. Die Herrenreiter-Mentalität des „Wir-unter-uns" musste, zumindest formal, zurückgenommen werden. War der Zeitpunkt für eine Art von Normalisierungsphase gekommen? Konnten nun endlich die mehr als merkwürdigen Vorgehensweisen und Verfahren der Verwaltung auf den Prüfstand gestellt werden? Gelang es vielleicht jetzt erstmals, mit richtigen Fragen in Bezug auf Führungsverantwortung und stimmige Projektarbeit durchzudringen?

Weit gefehlt! Denn nun kam, was kommen musste: die endgültige Durchsetzung des Totalitätsanspruchs der Verwaltung neuen Typs in einer Universität neuen Typs, die finale Aneignung der Abteilung Universitätsmarketing durch Bernd Gries und damit eine blitzsauber eingefädelte, von langer Hand geplante Selbstermächtigung!

Während sich Bernd Ließ recht niedergeschlagen, ratlos und verstimmt zurückzog, – er soll sich später in der Hauptstadt im Bereich Kuckucksuhrenvertrieb selbständig gemacht haben – und von First in einer Abschieds-Mail seltsamerweise über den grünen Klee belobigt wurde, brach für den Rest der Mannschaft wieder eine Zeit der Überanpassung und verstärkten Unsicherheit an. Denn was nun folgte, lag von der Methode her irgendwo zwischen Scientology und McKinsey, zwischen einem persönlichen Ranking- beziehungsweise Punktesystem auf einer nach oben offenen Richterskala und verschwiemelter Leistungsorientierung mit Zielvereinbarungen. Die Verwaltungsklimax der Universität war damit nun anscheinend endgültig erreicht.

Natürlich verfügten die überhaupt noch in diesem Bereich tätigen Verwaltungsmitarbeiter – hier herrschte ja schon seit Jahren eine für die Universität auf dem flachen Lande typische Fluktuation –, über keinen auch nur im Ansatz revolutionär zu nennenden Elan. Da ging schon das fast konspirative Treffen mit der Betriebsrätin den meisten viel zu weit, nicht nur der Zeitverträge wegen. Niemand wollte den Schwarzen Peter zugeschoben bekommen beziehungsweise bei dem Schuldfragespiel, das kurz darauf einsetzte, mit leeren Händen dastehen. Vielleicht war auch generell die Internalisierung der Kontrollverfahren hier vor Ort schon wesentlich weiter fortgeschritten, als es von außen den Eindruck machte. Vielleicht gab es doch eine innere Verbindung zwischen dem alten Genius Loci des Universitätsgeländes als Panzergrenadierkaserne und den Grundverhaltensweisen einiger, vor allem jüngerer Mitarbeiter.

Das Zeigte sich dann in den weiteren Stufen der Machtübernahme durch Gries. Denn keiner der Akteure auf der sogenannten Arbeitsebene, also dort, wo wirklich konkret etwas getan wurde und nicht nur Aufträge vergeben wurden, hatte offenbar etwas dagegen einzuwenden, dass der größte anzunehmende Störungsfall für die normalen Arbeitsabläufe, mithin die Misere in der Abteilung mit Verantwortende Bernd Gries, doch tatsächlich die Rolle des Abteilungsleiters übernahm. Erst einmal interimsmäßig, wie es hieß, aber eigentlich wusste jeder Bescheid.

Diese ganze Entwicklung geschah sicherlich mit ausdrücklichem Einverständnis, wenn nicht gar auf Betreiben von Dr. Retho Wachs, der seinen Zweitintimus und eigentlichen Verwaltungschef Magnus First damit zumindest ein Stück weit aus dem Felde der engeren Präsidialverwaltung, direkt aus dem Universitätsmarketing schob. Sein Motiv dabei war, wie einige vermuteten, Firsts vor einiger Zeit unternommener Versuch, die Entscheidung über Art und Form des Jahresberichts am Präsidenten vorbei zu schmuggeln. Wachs konnte schon recht nachtragend sein. Und, dies war vielleicht noch ausschlaggebender, er machte am Ende Magnus First und Bernd Ließ auch noch für das Nichtzustandekommen, das Scheitern des gesamten Projektes verantwortlich.

Genau genommen brachen Firsts universitäres Reich und ein Teil seines Parallelprojektuniversums mit dieser Entwicklung recht heftig zusammen, und er fand sich schließlich auch nicht mehr als Chief Knowledge Officer (CKO) wieder, als den er sich selbst so gern sah, sondern lediglich als Zuständiger für Campusentwicklung und Innovations-Inhalator. Noch immer anspruchsvolle Aufgaben, keine Frage, aber bei weitem absolut unter seinen ganz persönlichen, vielseitigen Performance-Möglichkeiten. Diese hatte er nämlich schon beizeiten wissenschaftlich durch eine ehemalige Projektmitarbeiterin im Rahmen einer Magisterarbeit im Fach Kulturwissenschaften – oder war es Betriebswirtschaftslehre? – an hiesiger Universität untersuchen lassen. Er hatte für ihr Werk umfangreiches, persönliches Material zur Verfügung gestellt und am Ende waren sogar zweihundert Seiten herausgekommen, versehen mit einem ebenso expansiven Anhang im CD-Format.

Gegenstand dieser Arbeit war die grandiose administrative und politische Durchsetzung des sogenannten Zentralgebäudes beziehungsweise des Bauprojekts mit Spezi David Libkovits als Zugpferd. Wie nebenbei trat in der Arbeit zu Tage, dass derartig hochbegabte Projektleiter lediglich drei bis vier Stunden Schlaf brauchen, ihren Google-Kalender als nachhaltige Motivationsmaßnahme monatelang öffentlich pflegen lassen und mangels Zeit nur noch in Betreffzeilen und Headlines mit nichts geringerem als Staatssekretären und Ministern verkehren.

Stand uns in der Verwaltung nun tatsächlich eine Götterdämmerung ins Haus? Musste sich Oberspielleiter Magnus First nun tatsächlich mit lediglich zwei Projekten an der Universität auf dem flachen Lande abfinden? Sahen wir hier ein Abgleiten des Genialischen, Hochmögenden in die Niederungen normaler universitärer Verwaltungsprozesse?

Auf jeden Fall schien der hauptamtliche Kanzler inzwischen nur noch ein kleiner runder, schwitzender Schatten seiner selbst zu sein. Hatte er vor etwas mehr als zwei Jahren noch bei jedem Besuch der Universität auf dem flachen Lande den Eindruck hinterlassen, es wäre ihm völlig egal, wer unter ihm Präsident sei, so war nun seine physische Aura eher flüchtig geworden, die Lacheskapaden fanden nicht mehr oder wenn, dann nur noch sporadisch beziehungsweise auf einer anderen, niedrigeren Etage statt. In dieser zunehmend reduzierteren Anwesenheit rollte er nicht mehr wirklich, er war einfach nicht mehr im „flow". Dies alles waren typische Eigenschaften eines Underperformers! Nach den allgemein geltenden Management-Maßstäben der Institution stellte ein solcher Niedergang normalerweise einen veritablen Grund für die baldige Freisetzung dar.

Wer sich nun aber so richtig in Performance-Position gebracht hatte, war natürlich Bernd Gries. Er stand mit Präsidialsekretärin Ricarda Milch im Schlepptau an der Schwelle zum Leiter der Verwaltung beziehungsweise der „strategischen Universitätsentwicklung", wie das im Hause so schön benannt wurde. Er hätte Kanzler können, durfte aber nicht. Zumindest nicht offiziell. Allerdings war das Fell des nicht mehr so wirklichen und richtigen Uni-Kanzlers mit dieser Konstruktion bereits verteilt worden. Und hier lagen die Krux und das sehr Typische an dem ganzen Vorgang an der Universität auf dem flachen Lande. Denn die bald darauf folgenden Präsidiumswahlen erbrachten schließlich, trotz sehr heftigen Gegenwinds, nichts weniger als eine Bestätigung des Führungsduos.

[Prof.] Dr. Retho Wachs hatte ohnehin alle anderen möglichen Anwärter vor Ort weggearbeitet, aufgerieben. An ihm, dem guten Verkäufer von Ideen und Konzepten anderer, kam niemand mehr vorbei. Und bei Gremienbesetzungen kannte er sich schließlich auch hervorragend aus. So verband er seine Wiederwahl ultimativ mit der seines Kanzlers Magnus First und kam den Kritikern an dessen Arbeits- und Verwaltungsstil mit dem Vorschlag entgegen, die Stelle doch einfach zu halbieren. Dieser bundesrepublikanisch recht einmalige Vorschlag und Vorgang wurde dann, ganz im Stile der neu ausgerichteten Hochschule, tatsächlich beschlossen. Genauer gesagt, ließ Wachs im Senat solange wählen bis ein ihm genehmes Ergebnis erzielt wurde, das darin bestand, dass tatsächlich beide hauptamtlich handelnden Personen für weitere satte acht Jahre wiedergewählt wurden.

Er hatte First richtiggehend durchgepeitscht, was auch für einen in Zukunft anderen, forscheren Modus seiner Aktivitäten sprach. Der nur mehr halbe Kanzler von Wachsens Gnaden machte bloß noch Projektarbeit nach eigenem Gutdünken (und anderes mehr!), die niemals gewählten Ricarda Milch und eben Bernd Gries leiteten dagegen – dies war der Trick an der Konstruktion –, im eigentlichen Sinne die Universitätsverwaltung an der Universität auf dem flachen Lande. Nur so konnten die Reihen geschlossen bleiben!

Nach der Übernahme des Universitätsmarketings durch Gries konnte sein geschmeidiges Gebaren, das er sich im Verlauf der nächsten Wochen zulegte, keinesfalls über seinen Auftrag, erst einmal kräftig „auszumisten“, hinwegtäuschen, was sich allerspätestens in den Einzelgesprächen sowie den ersten Gruppengesprächen zeigte. Dort hatte er wieder seine schuppige institutionelle Allwissenheit angelegt, mit der er so gerne Gesprächspartner auflaufen ließ und zu brüskieren trachtete. Er erweckte den Anschein, als seien die neu verkündeten Weichenstellungen, alle sofortigen und nachfolgenden Schritte bereits am grünen Tisch im Büro von Wachs entschieden worden. Neben dem Abfragen von Listen, eines seiner vielen verwaltungstechnischen Spezialgebiete, schwang gleichzeitig eine untergründige lustvolle, fast archaische Aggressivität bei seinen kurzen Ausführungen zur weiteren Abteilungsentwicklung mit, die alle verlautbarten Zusicherungen von vornherein und klar erkennbar als reine Makulatur entlarvten. Die Intentionen meines mir über die Jahre zugewachsenen Intimfeindes lagen recht deutlich auf der Hand.

Nein, wir würden nicht etwa „abgebaut“, welch hässliches Wort, nur insgesamt besser aufgestellt. Es müssten nur vier Säulen definiert werden, auf denen die „Dienstleistungen" der Abteilung basieren sollten, und es fehle ganz eindeutig ein ordentliches, noch auszuarbeitendes Organigramm. Ja, das Organigramm sei ein wichtiges Instrument! Da sei doch im Laufe der Jahre einiges arg durcheinander geraten und auch das wichtigste in der Kommunikation nach außen wie nach innen vernachlässigt worden. So zum Beispiel die absolute Betonung des Alleinstellungsmerkmals des Studienmodells, ja, vor allem auf das Alleinstellungsmerkmal käme es an!

Eine Reform ist eine Reform ist eine Reform

„Wer nichts wagt, der nichts gewinnt. Wir sind hier mit dem schnellsten Modell auf der Überholspur. Wenn sich uns da was entgegenstellt, fahren wir drüber hinweg, oder es kracht halt richtig. Da gibt es keine Alternative, da machen wir uns nichts vor."
[Prof.] Dr. Retho Wachs

„Was ist eine Reform? Ein meist öffentliches Handeln, dass sich darin erschöpft, Einsparungen staatlicher Zuwendungen herbeizuführen."
Dr. Wermuth

Bei unserem, wie sich später herausstellen sollte, letzten Treffen, saß mir mein Zausel, der leidgeprüfte Dr. Wermuth diesmal am späteren Nachmittag in der Cafeteria gegenüber und hatte mich, was sonst nicht seine Art war, zum doppelten Espresso und einem Croissant eingeladen. Er machte einen deutlich weniger euphorischen Eindruck als drei Wochen zuvor unter der offenbar noch frischen Leseerfahrung des kleinen Büchleins von Konrad Paul Liessmann und war auch wieder, ganz nach seiner Gewohnheit, in seinem dunkelbraunen Outfit unterwegs.

Wenn mein erster Eindruck nicht trog, war er an diesem Tag wieder recht grundsätzlich gestimmt. Wobei ich erstmalig einen leicht depressiven Grundzug in seiner Haltung ausmachen konnte. Dennoch war vermutlich wieder eine ordentliche Breitseite zu erwarten, was die Auswirkungen der allgemeinen Bildungspolitik sowohl auf den studierenden Menschen als auch die Entwicklung der Universität auf dem flachen Lande im Besonderen betraf.

„Na, haben Sie schon ihre Sachen gepackt, junger Mann?", hob er zu meiner Überraschung an, und ehe ich etwas erwidern konnte, fuhr er recht sarkastisch fort: „Die Luft wird langsam dünner, die Großprojekte laufen schon oder sind in Angriff genommen worden, da bleibt nicht mehr viel Raum für sowas wie Beratung in Kommunikation oder elaboriertes, darstellendes Schreiben. Sie, wie einige andere in Ihrer, von außen betrachtet, recht großen Abteilung mit dem schönen Namen Universitätsmarketing, mutieren langsam, aber sicher zu einem reinen Kostenfaktor, betriebswirtschaftlich gesprochen." Wobei er diesen letzten Aspekt fast buchhalterisch, neutral betonte. „Das weckt Begehrlichkeiten, gerade wenn die Schrauben weiter angezogen werden, wenn immer weniger Geld verteilt wird. Mit klassisch gutbürgerlicher Verbindlichkeit und Fairness haben die hier, wie Sie sicherlich schon erfahren durften, nichts am Hut. Ich will Ihnen natürlich keine Angst einjagen, aber schon etliche haben aus dem Räderwerk der höheren Universitätsverwaltung hier vor Ort nicht wirklich gut herausgefunden." Und fast einem Appell gleich fuhr er fort: „Überdenken Sie ihre Situation und verlassen Sie sich auf keinen Fall auf jemanden wie unseren formidablen, schnittigen Präsidenten. Sein Verschleiß an persönlichen Assistenten und Zuarbeitern spricht Bände."

Sofort fielen mir Britta Muthesius und noch beispielhafter Siegfried Seif ein und Retho Wachsens zeitweise drei Assistenten, die sich dann nacheinander die Klinke in die Hand gaben. Was Britta betraf, konnte Dr. Wermuth keinen echten Einblick in die Abläufe gehabt haben. Aber dennoch war ich zugegebenermaßen ein wenig erstaunt, denn er sprach sehr selten in dieser Form „ad personam", ging sonst in unseren Gesprächen eher beiläufig und höchstens ironisch auf meine persönliche Arbeitssituation ein. Allerdings verfügte er, wie ich wusste, über ein sehr gutes Verhältnis zur Betriebsrätin aus der klassischen Mittelbaufraktion, der Bibliotheksverwaltung. Ihm kam also einiges aus dem Archiv des stahlharten Gehäuses zu Ohren, was nicht für jedermann bestimmt war. Von daher hatte sein Vorstoß für mich durchaus etwas Beunruhigendes an sich. Da musste schon ganz direkt nachgehakt werden.

„Sie wissen Näheres? – Was pfeifen denn die Haubenlerchen in Personalangelegenheiten über den Campus, wenn sie es schon, wie sich jetzt herausstellt, trotz recht aktiven Nestbaus nicht zu Stande brachten, den Neubau des Zentralgebäudes zu verhindern?"

„Sie mit Ihren kleinen, spitzen Andeutungen! Das mit den Haubenlerchen war wirklich eine lustige, näher betrachtet eine recht abgefeimte Sache. Da hätte es der Asta, beziehungsweise die organisierten Altstudenten, ja fast geschafft, über Natur- und Artenschutzregelungen den geplanten Neubau, das Projekt ‚Rheinzinkpalast' komplett auszuhebeln – mit dann unabsehbaren Folgen für die gesamte, wie hieß sie denn bis vor kurzem noch, ach ja, ‚Neuausrichtung' der hiesigen Universität. Aber am Ende hat es dann selbst die Naturschutzgesetzgebung nicht vermocht, dem ganzen Tun und Walten auf dem Campus und in den höheren Etagen im Präsidium Einhalt zu gebieten. Wobei ich, ehrlich gesagt, und wie Sie wissen, kein erklärter Gegner des Neubaus bin, wenn er nur ein wenig bescheidener daherkäme und nicht so verwoben mit dem Entweder-so-oder-gar-nichts und der ganzen Vor-Ort-endlos-Reform wäre. Aber dies nur am Rande."

Auf einmal waren wir in einem direkten persönlichen Gespräch, das es in dieser Form vormals noch nicht gegeben hatte. „Nein, was mir nur zugetragen wurde, was natürlich, wie vieles über das wir schon sprachen, unter uns bleiben muss, war, dass Ihre Stelle wohl im neuen Rahmenplan nicht mehr enthalten ist. Was allerdings erst mal gar nichts bedeuten muss. Die Leute werden bei uns ja bekanntermaßen, wie auch an anderen Universitäten mittlerweile leider üblich, durch eine angedrohte Nichtverlängerung von Zeitverträgen weichgeklopft, regelrecht erpresst. Bis sie schließlich wesentlich schlechtere Konditionen und Zielvereinbarungen akzeptieren oder nicht. Zu guter Letzt behält sich unser wohlmeinender Präsident Dr. Retho Wachs ja vor, jede noch so kleine Personalentscheidung persönlich abzusegnen! Womit ich natürlich nichts über Ihre spezielle Causa in die Welt gesetzt haben will. Auf jeden Fall, möchte ich damit sagen, sollten Sie sich wappnen. Ich persönlich würde es natürlich sehr bedauern, einen mir so wohlgesonnenen, geduldigen Zuhörer zu verlieren. Wir gehören ja gemeinsam zur Fraktion der Wohlgesinnten, zu den ‚Bienveillantes'."

Die literarische Anspielung auf Jonathan Littell und die Eumeniden fand ich ein wenig pathetisch, aber das war eben Dr. Wermuth life. Er klang überhaupt heute ein wenig elegisch und sein ziemlich direkter Hinweis auf meine Situation war doch höchst alarmierend. Er schien jedoch, ohne es zu thematisieren, ohnehin der Auffassung zu sein, dass ich an der Universität auf dem flachen Lande im Grunde nichts zu suchen hätte. In einem früheren Gespräch, ich erinnerte mich dunkel, sprach er, damals für mich noch etwas nebulös, von äußerst ungesunden Arbeitsbedingungen speziell im Bereich des Präsidiums, also vor allem innerhalb der Reichweite von Magnus First und Retho Wachs. In der eher euphorischen Anfangszeit meiner Aktivitäten vor Ort, gekoppelt mit so etwas wie restjugendlicher Hybris, hielt ich seine Warnung für die altlinke Übertreibung eines irgendwie doch randständigen Wissenschaftlers, der seine Felle endgültig davon schwimmen sah. Aber, wie so häufig auch in anderen Fällen, sollte Dr. Wermuth in der ihm eigenen, nachgelieferten interpretatorischen Tiefenschärfe, Recht behalten.

„Nur um im Bild zu bleiben", fuhr Dr. Wermuth, wieder fast ganz in seinem Element, fort, „auch die Rachegöttinnen, zum Beispiel bei Aischylos die Erinnyen, brauchen eine klare Sicht auf die Dinge. Vielleicht entsteht gerade dadurch die Kraft der Empörung, von Versöhnung kann in diesem Falle ja gewiss nicht gesprochen werden. Wie kann denn ein neu installiertes Präsidium über Jahre hinweg und in dieser Intensität und mit solcher Verbohrtheit unentwegt an der Industriealisierung des Wissens arbeiten. Ein Phänomen, über das wir ja ausführlich das letzte Mal sprachen. Sie erinnern sich bestimmt. Aus meiner Sicht liegt hier auch eher ein Faktum als eine These vor. Diese Bestrebungen werden ganz offenbar flankiert durch eine Kaskade von sogenannten Reformen. Fast könnte unserem Präsidenten in den Mund gelegt werden: ‚Den Reformismus in seinem Lauf halten weder Ochs noch Esel auf!'

Neben der nicht nur am hiesigen Dies Academicus grassierenden Evaluitis hat sich die noch viel ansteckendere Krankheit der Reformitis flächendeckend verbreitet und ist leider keineswegs auf Universitätsverwaltungen beschränkt, sondern zu einer Epidemie höheren Verwaltungshandelns mutiert. Und das Schlimmste daran ist, dass die ausführenden Organe überhaupt nichts von diesem

Befall mitbekommen. Sie halten ihn vielmehr für eine gesunde oder gar natürliche Reaktion des Apparates auf Zustände beziehungsweise Probleme, die durch ihr eigenes Handeln erst verursacht wurden. In seiner manifesten, ideologischen beziehungsweise ‚klinischen' Form kennt die Reformitis also keinerlei Grenzen mehr. Ihre Fieberkurve kann nicht in Grad Celsius, sondern nur mehr in scheinbaren Innovationen gemessen werden, die einander in monatlicher, wöchentlicher und in extremen Fällen sogar in täglicher Abfolge gewissermaßen selbst auflösen beziehungsweise überflüssig machen."

Er nahm einen großen Schluck aus seinem Wasserglas und blickte sich um, als wollte er sich vergewissern, dass uns niemand zuhörte. Aber die Cafeteria war inzwischen wie leergefegt. Und er holte weiter aus: „Dieser Prozess wird als einzige Lösung einer Heilung, einer Gesundung der Reformbemühungen beschrieben und ist dabei selbst die Ursache beziehungsweise das eigentliche Problem des grassierenden Bildungsunwesens. Wann werden endlich die Studierenden selbst in den Blick genommen, mit ihren ‚Befindlichkeiten', Problemen und Fragen. Wann wird wieder ein aufgeklärtes Menschenbild vorgelebt und vermittelt jenseits von Benchmark, Credit Points, Modulen, Workload, Fragen der Akademikerquote oder der ‚Rückführung' der Zahl der Studiumsabbrecher? Die universitäre Ausbildung verfängt sich in den Fallstricken solcher Margen und Begrifflichkeiten. Sie erscheint aus dieser Perspektive eher als Abrichtung; Ausbildung und Bildung als geisttötende Zurichtung: alles muss zur unmittelbaren Anwendung möglichst kostengünstig und passgenau hergestellt werden.

Der Anspruch der Institution Universität wird zusätzlich marketingmäßig verpackt wie eine x-beliebige Ware. So als wären Bildungsstätten reine Dienstleistungsunternehmen, in denen Wissen nur mehr konsumiert werden soll und kann, mit ‚plug in' Funktion und am besten online. Die zu vermittelnden Inhalte verkommen so zum reinen Content, werden austauschbar, letztlich ersetzbar. Auswechselbar wie die neu definierten Module im neu aus- und eingerichteten Studium, die vordefinierten Steckplätze für die Software Studium, das aber erst einmal nur bis 180 Credit Points hochläuft und dann womöglich mangels Plätzen nicht weitergeführt werden kann."

Dr. Wermuth nahm in seinem Monolog wieder so viel Fahrt auf, dass an ein argumentatives einhaken, selbst mit einzelnen thematischen Stichworten, kaum zu denken war. Auch die Fragen stellte er sich selbst.

„Was bedeutet das konkret für die Studierenden? Sie haben sich permanent neu zu konfigurieren, ihre Produktivität und Effektivität zu steigern, sich schnellstens nichts anderes als eine bulimische Arbeitsweise anzueignen, eine permanente Weiterbildung anzustreben nach dem Prinzip des lebenslangen Lernens (LLL), um ein nachhaltiges, optimiertes „personal growth" zu etablieren. Diese Imperative der Selbstoptimierung implizieren die Nötigung zur kontinuierlichen Verbesserung des persönlichen Status Quo als völlig losgelösten, abstrakten Vorgang.

Angetrieben wird dieser Zwang zur Selbstüberbietung vom Mechanismus der unterstellten allgemeingültigen Konkurrenz, dem ‚survival of the fittest'. So soll aus dem Studierenden von heute im Schnellverfahren der Projektmanager von morgen werden, immer in eigener Sache unterwegs, immer wieder neu beginnend. Das auf solche Art Projekte betreibende Ich wird letztlich selbst zum Projekt, zum ‚Selbst'-Manager, mithin irreal und recht eigentlich entmenschlicht. Denn das Leben findet nur noch im Entwurfsstadium statt. Das Ich kann nur noch zu dem Kurzschluss kommen: ‚Ich bin meine Projekte!' Sind Projekte an Produkte gekoppelt, hat das Ich kein anderes Ziel mehr als sich immer neue Ziele zu setzen und kommt so dem Ideal der abstrakten Arbeit beziehungsweise Arbeitskraft immer näher, einem Ich das selbst ebenfalls keine Grenzen mehr kennt."

Dann setzte er gewichtig hinzu, wie um noch eine weitere Drehung an der Fundamentalkritikschraube hinzubekommen: „Eine Entwicklung fast wie im richtigen Leben, aber es ist eben doch das falsche", jetzt hatte Dr. Wermuth wieder seinen Schalk im Auge.

(Und überhaupt, war das nicht wieder eine verkappte Sentenz von Adorno?). „Denn wirklich ernst zu nehmende Fragen, sind in diesem permanenten Prozess der Selbstoptimierung nicht mehr zugelassen. Und damit wird hier an der Universität auf dem flachen Lande inoffiziell, aber systematisch verhindert, was offiziell, nach außen, als bildungspolitisches Muss in der Tradition von Humboldt verkauft wird: Fragen zu stellen ohne Vorbehalt, Bildung zu erfahren ohne Zeitmanagement à la Hegels Rechtsphilosophie in three days.

Deshalb können auch die Inhalte in diesem Bachelor Studium so offensichtlich und grob vernachlässigt werden, denn die wichtigen Dinge sollen eh später ‚on the job' gelernt werden. Dem durchgehechelten Bachelor folgt in der neuen Bildungsarchitektur dann höchstens die Verlängerung durch einen Master. Kapazitäten hierfür werden jedoch erst gar nicht vorgehalten, wie das so schön im Verwaltungsdeutsch heißt, die Kriterien für ein Weiterstudium restriktiv gehandhabt. Und dies in erster Linie, weil die Universitätsverwaltungen und die Länderministerien für Bildung und Wissenschaft die Wirtschaft und Gesellschaft mit Abschlüssen des neuen und „ersten Grades" erfreuen wollen, die gleichzeitig ihre betriebswirtschaftlichen Kosten zumindest statistisch senken sollen. Und so bekommen wir frei Haus: den Bachelor und nichts als den Bachelor."

Dr. Wermuth lief wieder zur absoluten Topform auf, schien seine kritische Reflexion abrunden zu wollen. Diesmal hatte er aber gleichzeitig seine Armbanduhr im Visier. Wie meist bei unseren Zusammenkünften erwartete er auch heute keine aktive Beteiligung von meiner Seite. Nein, eher vermittelte er den Eindruck, dass bei einer Unterbrechung seines Redeflusses, wichtige Gedanken soweit abtreiben könnten, dass sie unwiederbringlich verloren waren. Wobei ich mir nicht ganz sicher war, ob ich den einen oder anderen Kritikpunkt, das eine oder andere Argument nicht früher schon so oder so ähnlich aus seinem Munde vernommen hatte.

„Die Akteure, die diesen Unsinn verzapft haben, halten sich auch noch für die Avantgarde und wollen alles verflüssigen: das

Alte muss weg, die Neuausrichtung muss her, die Reform der Reform muss sich sogleich anschließen … Reform als Dauerprozess ist nichts anderes als Deformation und Auflösung. Für ein besseres Studium eintreten kann deshalb nur heißen, eindeutig gegen diese Bildungsreform Stellung zu beziehen. Unsere Akteure vor Ort suggerieren, alles sei nur eine Frage der Organisation, der Reorganisation, des Reformwillens oder Tempos. Der Zwang zu hoher Geschwindigkeit ist aus dieser kritischen Perspektive Teil einer fast schon totalitär zu nennenden Strategie, jede Form von Kritik und echter Teilhabe auszuschließen. Das angeblich neu kreierte, irgendwie nachgebaute Studienmodell rast mit unklarem Ziel seit Jahren auf der freigegebenen Überholspur, um endlich den selbstinszenierten Reformstau hinter sich zu lassen. Aufzuhalten ist dieser Verblendungszusammenhang offenbar nicht, aber eine Vollsperrung scheint angezeigt!

Eine Rehabilitierung des traditionellen deutschen Bildungsbegriffs tut trotz allem not. Allerdings nicht in der Art und Weise wie sie in letzter Zeit vor allem auch hier vor Ort interpretiert und marketingmäßig in Anschlag gebracht wird. Denn der Begriff ‚Bildung' wird ja gerne von den sogenannten Bildungsreformern im Munde geführt, aber ganz radikal bekämpft, recht eigentlich vernichtet, denn für sie zählt Bildung eben nur als Zähl- und Zahlbares, als Ausbildung ‚für' etwas und noch nicht einmal ansatzweise als bewusstseinsbildende Aufgabe. Eine Hochschule, eine ‚universitas' die aufgehört hat, ein Ort vor allem auch der Muße, der Konzentration, der Kontemplation, der widerständigen Reflexion zu sein, kann nicht länger als Universität bezeichnet werden. Und vielleicht sind wir schon längst, das Desinteresse der Öffentlichkeit legt das unbedingt nahe, auf dem Weg in eine ‚universitas invisibilis' wie das vor etlichen Jahren, ich glaube es war der Religionswissenschaftler Klaus Heinrich, so schön ausdrückte. Einiges ist in Auflösung begriffen, sehr vieles schon zerstört worden. Es wurde ja auch ganze Arbeit geleistet. Aber wir dürfen nicht aufgeben!"

Kaum hatte er diesen Apell ausgesprochen, erhob sich Dr. Wermuth völlig abrupt von seinem Hocker, sah auf seine Uhr und fuhr sich andeutungsweise durchs Haar. Mit leicht gesenktem Blick und direkt vor mir stehend, streckte er mir, während ich mich erhob, wesentlich förmlicher als sonst üblich, die Hand entgegen: „Ich muss jetzt wirklich gehen … müsste streng genommen schon längst unterwegs sein. Ich wünsche Ihnen für die nächste Zeit wirklich alles erdenklich Gute: Auf Wiedersehen!“

Vertrauliche Personalsache

„Bitte beachten Sie in diesem Zusammenhang den § 1 Nr. 5 Ihres jetzigen Arbeitsvertrages. Danach haben Sie sich 3 Monate vor Ablauf des Vertragsverhältnisses bei der Bundesagentur für Arbeit arbeitssuchend zu melden."
Standardschreiben „Vertrauliche Personalsache"

„Grow or go."
Motto in der Beraterbranche

„Und dann sagte er einfach gar nichts, hat sich einfach umgedreht und ist gegangen", so oder so ähnlich hatte Britta Muthesius die Ausweichbemühungen von unserem Präsidenten und meinem alten Freund [Prof.] Dr. Retho Wachs geschildert. Genauer gesagt, seine Versuche, sich einer möglichen Aussprache über eines dieser unglaublich wichtigen Endlosprojekte, den Jahresbericht nämlich, mehr oder weniger geschickt zu entziehen. Seine damalige Verhaltensweise hatte sie zum Anlass genommen endgültig ihr Engagement an der Universität auf dem flachen Lande zu beenden. Zu meinem späteren und lange andauernden Leidwesen wurde ich, durch dieses erschreckende Zeichen eines geradezu bodenlosen Mangels an Mitmenschlichkeit, meiner Gesprächspartnerin und Kollegin beraubt, die sich glücklicherweise ganz gut zu helfen wusste und ihre Zelte dann schließlich nicht ganz unvorbereitet abbrach. Dieses betrübliche Ereignis fiel mir wieder ein, stand mir wieder vor Augen, als ich regelmäßig, und stets vergeblich versuchte, über alle möglichen Kanäle mit unserem hochmögenden und terminlich extrem belasteten Präsidenten Kontakt aufzunehmen.

Retho Wachs` sich über die Etage des Präsidiums immer öfter in kleinen Wellen ausbreitende nichtanwesende Anwesenheit, hatte mittlerweile eine ähnlich ahnungsvolle Qualität angenommen, wie es vormals die eher exaltierten Vorstöße mit ihrem genialischen Impetus von Magnus First waren – nur mehr Halbkanzler und Dauerprojektleiter in Sachen Innovations-Inhalator. Noch dazu wusste sich Retho durch seine zeitweisen drei Assistenten und zwei Sekretärinnen recht gut abzuschirmen. Er hatte sich inzwischen auch eine sehr praktische Fertigkeit der Mächtigen und Bedeutungsvollen angeeignet, wie er das mir gegenüber einmal leicht amüsiert schilderte: „Warten lassen können oder einfach auch sitzen lassen, ist eine Fertigkeit, die man sich erst im Laufe der Zeit anzueignen in der Lage ist. Das ist höheres Verwaltungshandeln. Dazu braucht es unbedingt das richtige Timing, nicht wahr? Selbstverständlich", setzte er hinzu, „nach der jeweiligen Bedeutung der potentiellen Gesprächspartner gestaffelt". Nichts wäre eindrücklicher als die eigene Rolle, etwa als größter Arbeitgeber vor Ort, durch den Mangel an Zeit noch zusätzlich hervorzuheben. Diese Technik sei richtig, um "Zeichen zu setzen". So hatte er das wohl formuliert. Ging es jetzt auch darum, in minder wichtigen Personalfragen, ein Zeichen zu setzen? Aber wie sollte es interpretiert werden?

Mir kam in diesem Zusammenhang auch die Geschichte von Siegfried Seifs recht plötzlicher Entfernung aus dem Dienst wieder in den Sinn. Eine Begebenheit, die zuerst als eher harmlose Verweigerung einer Bitte um Vertragsverlängerung daherkam, bei der auch niemand so genau wusste, was hinter den Kulissen verhandelt worden war. Die es aber doch in sich hatte. Vor allem die nachträglichen, teils recht abfälligen Ausführungen von Retho Wachs zu dieser Causa, um seinen ehemaligen Emissär und meinen „Führungsoffizier" in der Eingewöhnungszeit, gaben mir doch reichlich zu denken. Schließlich bedeutete dieser Schritt nichts weniger als das Ende einer halbwegs gut organisierten Abteilung in der höheren Universitätsverwaltung. Und wuchs sich anschließend zu einem veritablen, aber in seiner Genese nicht uninteressanten, für die Institution letztlich typischen, zwischenzeitlichen Chaos aus.

Wachs hatte damals in der Cafeteria ausgeführt, ja, es als seine ureigenste Philosophie bezeichnet, niemanden länger als zwei, maximal drei Jahre angestellt beschäftigen zu wollen. Mit freien Verträgen und kurzfristigen Projektengagements sei das natürlich, vor allem haushaltstechnisch gesehen, eine ganz andere Sache. Aber dieses abstruse System des abgesicherten Öffentlichen Dienstes würde doch nur zu lästigen Verkrustungen und mangelnder Leistungsbereitschaft führen, wie schon durch breit angelegte Studien von McKinsey nachgewiesen worden sei. Da sei ja selbst mit Zielvereinbarungen und begleitenden Maßnahmen der Druckausübung kaum etwas zu machen. Speziell die Universitäten seien, bei Lichte besehen, ein Hort der Nichtstuer und Bramarbasse, angefangen bei den immer noch verbeamteten Professoren mit ihrem Pensionsanspruchsgebaren, bis hinein in die feinsten Verästelungen der Verwaltung. Das gehöre alles umgegraben, auf den Prüfstand und sei der so wichtigen Profilbildung und Reorganisation der Universitäten im Zuge der allfälligen Reformen einfach nur extrem abträglich. Natürlich gäbe es wie immer Ausnahmen, diese seien aber vor allem in der Verwaltung sehr selten. Wobei er die bei solchen Idealbesetzungen erforderlichen besonderen „Qualitäten“ absolut im Dunkeln ließ.

Meine Vermutung war, damals wie heute, dass er in erster Linie persönliche und charakterliche Eigenschaften im Auge hatte, wie er sie sich selbst, sicher nicht in aller Öffentlichkeit, zuschreiben würde: Eine Leistungs- und Einsatzbereitschaft, die sich grundsätzlich und unausgesprochen selbst gegen militärischen Befehl und den Gehorsam einer Freiwilligenarmee nicht sträuben würde. Auch moralische Bedenken im Umgang mit Mitarbeitern und der Wahrheit sollten die Interessen der Institution nicht unterminieren dürfen. Eine Erreichbarkeit rund um die Uhr natürlich gegeben sein. Im Fokus des Handelns sollte, wie auch anders, eine schnelle und steile Karriere stehen. Das Abschalten, ja am besten völlige Ausblenden von Gefühlen den Kolleginnen und Kollegen gegenüber wäre sicherlich ein weiterer wichtiger Baustein, die aktive Vermeidung irgendwie persönlich gearteter Verpflichtungen dringend geboten. Eine nicht nur klammheimlich ausgelebte innere Freude am Ausüben instrumenteller, struktureller Macht sollte ebenso zur Grundausstattung gehören, wie auch ein professioneller kommunikativer Umgang mit Unaufrichtigkeit.

Solche Charaktereigenschaften und Verhaltensweisen manifestierten und verstärkten sich bei ihm erst im Laufe der Jahre seines Wirkens. Damit konnte ich nun wirklich nicht aufwarten. Nein, sie erschienen mir, für sich genommen und in ihrer Absolutheit, eher abwegig und zwanghaft. Sie waren Teil eines sicherlich größeren Missverständnisses dem im Kern doch eigentlich sozialen Leben gegenüber. Flankiert durch die Annahme, aller Wahrscheinlichkeit nach nicht zu dem „inner circle“ der Auserwählten zu gehören – obzwar er mich vormals und zu meinem Unbehagen als „großen und echten Glücksfall für die Universität“ bezeichnet hatte –, stellte sich mir die Frage, wie es denn nun wirklich um die von ihm genannte magische zeitliche Grenze, seiner ureigensten Höchst-Leistungs-Philosophie schweizerischer Machart bestellt war. Denn ich lag mittlerweile immerhin schon ganz wesentlich jenseits dieser Marge. Ein Umstand, der deshalb an Gewicht gewann, weil sich zu den sonderbaren Meinungen und Aussagen, vor allem aus der Werkstatt von Bernd Gries, noch weitere Begebenheiten gesellten.

Ganz unmittelbar im Anschluss an meine Bemühungen zur Kontaktaufnahme mit ihm ereignete sich etwas, das mit einem Stichwort als „Treppenhausgeschehen“ sachlich richtig, aber natürlich zu abstrakt, beschrieben werden könnte. Kurz, es hatte sich Eigenartiges zugetragen.

Allein, vom Mittagessen kommend, war ich gerade im Begriff gewesen, die letzte Etage in Angriff zu nehmen, als mir, ganz ohne Entourage, Retho entgegenkam. Sofort ergriff ich die Gelegenheit, freundlich aber bestimmt, auf die verpassten Gelegenheiten für eine kleine Unterredung hinzuweisen, um dann sofort die schon per E-Mail und Handy-Mailbox gestellte zentrale Frage anzubringen: „Retho, es geht um meine Stelle. Irgendwann muss auch ich planen, wissen ob und wie es weitergeht. Schließlich gibt es, wie Du weißt, eine Familie zu ernähren. Da hätte ich dann doch gerne eine eindeutige Antwort!"

Die Haare standen ihm an diesem Mittag wolkenförmig zu Berge. Seine Gesichtsfarbe tendierte wieder ins blasse, opake, und sein Blick suchte schon das Weite. Die offenbare Blutleere hätte auch mit einem aktuell extrem niedrigen Blutzuckerspiegel erklärt werden können, aber dieses Durchscheinende war ihm wohl einfach angeboren. Daran konnte er nichts ändern. Er lächelte mich, leicht kopfnickend, mit seinen tiefliegenden Augen kurz an und ging dann, nachdem wir uns anfangs unmittelbar auf dem Treppenabsatz gegenübergestanden hatten, einfach weiter die Treppe hinunter ... einfach weiter die Treppe hinunter!

Er schwenkte noch seinen rechten Arm, irgendetwas zwischen Gruß und Verabschiedung in die Luft malend, und setzte seinen Abgang unbeirrt fort. Ich rief ihm dann noch hinterher: „Also irgendeine Antwort hätte ich dann doch gerne!" Aber schon entfernt murmelte er nur: „Ja, viel zu tun, viel zu tun", ehe er endgültig aus meinem Blickfeld verschwand.

Die vielsagenden Andeutungen von Dr. Wermuth bei unserem letzten Treffen bekamen vor dem Hintergrund dieses Ereignisses eine ganz besondere Berechtigung. War hier am grünen Tisch, unter der Ägide von Intimus Bernd Gries und wahrscheinlich auch Präsidialsekretärin Ricarda Milch, schon längst eine gründliche Reorganisation der gesamten Abteilungen eingeleitet worden? Es hieß, es sei schon seit längerem an einem neuen Organigramm gearbeitet worden, das den zwar gerade erstellten, aber schon wieder verworfenen Entwurf ablösen sollte. Wie ich festgestellt hatte, standen solcherart Aktivitäten beim Präsidium sehr hoch im Kurs – im Rahmen der Reform der inneren Reform.

Gut vorstellbar, vielmehr höchstwahrscheinlich, dass Gries, direkt nach seiner „vorläufigen" Machtübernahme in der Abteilung begonnen hatte, sämtliche Mitarbeiter zu überprüfen. Dabei hatte er wohl ermittelt, dass nicht nur etliche Stellen der Universität recht schwer auf der Tasche lagen - etwa im Vergleich mit den üblichen Salären der Hilfswissenschaftler (HiWis) -, sondern gleich mehrere Verträge ausliefen. Da ließen sich doch sicher Effekte erzielen und Synergien schaffen, nicht zu reden von der Genugtuung, Macht auszuüben. Ein Bedürfnis, das er, wie andere auch, mit Retho teilte.

Aus dieser Perspektive konnte ich mir dann auch einen Reim darauf machen, dass das Anschreiben der Personalabteilung mit dem Titel „Vertrauliche Personalsache" erst mit sehr großer Verspätung in meine Hände gelangte, offenbar im Präsidiums-Sekretariat wochenlang und natürlich rein zufällig versandet war. Darin wurde mir, mit dem unendlichen Charme eines Formalaktes, ganz sachgerecht, die Beendigung des Vertragsverhältnisses mitgeteilt. „Die entliehenen Bücher zurückgeben, die Schlüssel aushändigen" – „gute Reise und bitte die Türe zuziehen" schien nachgerade noch zu fehlen. Nichts Besonderes in der Welt einer Universitätsverwaltung, in der sich der aktive „Corpus" primär durch prekäre Arbeitsverhältnisse ernähren muss und die Terminierung von Verträgen die herrschende Praxis im Rahmen eines New Public Management darstellt. Wobei, wie ja schon Dr. Wermuth in unserem letzten Gespräch ausgeführt hatte, eine „Vertrauliche Personalsache" normalerweise weder als vertraulich noch als endgültig einzustufen war, sondern meist den Auftakt zu Neuverhandlungen bis zum allerletzten Moment darstellte. Die Arbeitszukunft, das weitere Büroleben hing somit nicht unwesentlich davon ab, wie alert, wendig und anpassungsbereit man sich zeigte. Von daher eher also: „business as usual", wie Sigfried Seif vermutlich zum Besten gegeben hätte.

Es war ja auch schlicht nicht zu erwarten gewesen, dass ich verbindlich aus einer Sache herauskommen würde, in die ich schließlich ganz zufällig, unverbindlich beziehungsweise schrittweise hineingeraten war. Mir wurde nun offenbar der direkte, aber leider zweifelhafte praktische Genuss des Life-Long-Learning-Konzeptes zuteil, von dem schon Siegfried Seif in seinem Rekrutierungs- und

Gewinnungs-Vortrag in der Akademie der Künste so begeistert berichtet hatte. Nur mit dem Unterschied, dass ich für meine Umschulung „auf" Universitäts-Kommunikation zeitweise Gehalt bezog, mich aber, so machte es den Anschein, für eine Rolle als dauerhaft abhängig Beschäftigter doch nicht so recht zu eignen schien. Vielmehr verstärkte sich bei mir, im Verlauf der Arbeit für die Institution, der Eindruck, in einem Hamsterrad der schönen neuen Ökonomie aktiv geworden zu sein. Vor allem auch im Sinne der Verwaltungspraxis selbst, in der hauptsächlich Projektarbeit betrieben wurde, ohne feste Abläufe und Verbindlichkeiten. Arbeitszusammenhänge in denen das Schlagwort des „Lebenslangen Lernens" (LLL) konkreter Teil einer sich realisierenden, programmierenden Lebenswirklichkeit beziehungsweise Arbeitswirklichkeit wurde. Rein wirtschaftlich gesprochen: es ist einfach billiger, Leute ein halbes Jahr, maximal zwei Jahre zu beschäftigen, als es mit fachlich versierten Experten zu tun zu haben, die sich in ihren Arbeitsfeldern auskennen.

„Hineingeraten" bin ich, retrospektiv betrachtet, in diese universitären Zusammenhänge vollends erst so richtig nach dem ersten Gespräch mit Siegfried Seif in der Akademie der Künste und durch den ganz persönlichen Besuch von Retho Wachs bei mir Zuhause in Berlin. Das war kurz nach meinem ersten Auflaufen an der Universität auf dem flachen Lande und der denkwürdigen Begegnung mit dem damals noch „hauptberuflichen" Kanzler Magnus First. Retho befand sich auf dem Weg aus der großen, weiten Vortragswelt wieder zurück in die leidige Provinz. Er hatte sich spontan eingeladen und wollte wohl den direkten Kontakt mit mir aufnehmen. Hatten wir uns doch fast zehn Jahre nicht mehr gesehen, kaum gesprochen, seit meiner Mitarbeit an der schweizerischen Universitäts-Festschrift und dem Korrigieren beziehungsweise ausgiebigen Feilen an seiner betriebswirtschaftlichen – oder war es eine volkswirtschaftliche? – Dissertation.

Wenn ich mich recht entsinne, leitete er sein Kommen mit der bürodenglischen Sentenz ein: „Ich muss Dich mal eben briefen." Wobei mein unmittelbarer Eindruck eher in die Richtung ging, dass er sich meiner versichern wollte, Magnus First gegenüber. Denn der hatte mich ja sofort und mit einer erstaunlichen Selbstverständlichkeit mit Beschlag belegt. Ihr völlig verqueres Konkurrenzverhältnis war mir zu diesem Zeitpunkt noch nicht so richtig klar, deutete sich hier aber schon an.

Als Retho dann bei einem Latte Macchiato im Erker vor mir saß und in eigener Sache heftig die Werbetrommel rührte, übersah ich ganz offenbar den vehementen Karrieretrieb, der sein Denken wohl schon zu diesem Zeitpunkt beherrscht hatte. Die Freundschaft war allerdings noch intakt, Augenhöhe im privaten Rahmen gegeben, doch wie sah es mit seiner eher abstoßenden Neigung zum auskosten seiner persönlichen, autoritativen Macht aus? Dem mir wohlbekannten Hang, nichts, vor allem nichts Schriftliches, als abgeschlossen, als gut, als ausreichend betrachten zu können?

Was mich damals jedoch am meisten amüsiert hatte und sich wohl nicht so genau durchblicken ließ, war seine eher sympathische Schwäche, größere thematische Zusammenhänge lediglich fragmentarisch zu erfassen. Vieles, gerade auch Dinge aus seinem engsten Arbeitsgebiet, sprudelten zwar aus ihm heraus, aber völlig ungefiltert und meist nur in Ansammlungen von Stichworten. Dieser offensichtliche Mangel machte ihn menschlich, trotz all seines elitär ideologischen Anspruchsdenkens.

„Mondän hast Du es hier, dazu noch eine nette Frau und Kinder, nicht wahr? ... Aber jetzt müssen wir gleich über die Arbeit sprechen ... ich hab' wirklich nicht viel Zeit ... Kannst Du Dir etwas zu schreiben nehmen ... Ich diktiere jetzt mal eben schnell." Und nachdem er sich verworren und knapp, über den Umbau der Universität, über das neue Studienmodell und die Agenda der nächsten Wochen geäußert hatte, sah er schon auf seine Uhr und fragte, wie schnell er denn von hier aus am Bahnhof sein könne. „Sehr schnell", versicherte ich ihm, „sehr schnell". Er müsse ja auf der Rückfahrt noch diesen Aufsatz durcharbeiten, der nächsten Monat erscheinen solle und dann noch die Rede zum Dies Academicus. Da sei ja noch ein wenig Luft, aber die müsse jetzt auch langsam entworfen werden. Ja es gebe wirklich viel zu tun und vor allem viel, sehr viel zu schreiben. Wobei er mich auffordernd angesehen hatte. Vor allem solle ich mal schauen, wie ich meine von ihm empfangenen Notizen in eine gute und lesbare Form bringen könne. Wir müssten dann möglichst schnell noch einen Nachtermin hinkriegen. Zu dem es dann, ganz exemplarisch, aus Zeitgründen natürlich nie gekommen war.

Hier deutete sich schon das später so virulente Input-Output Dilemma an, wie auch die fast anale Hingabe an Listen jedweder Form und die tägliche Sturzgeburt von Ideen. Erst viel später sollte ich dann im Realgeschehen erleben, was Retho in seinen meist kryptischen Ausführungen offenbar vorgeschwebt hatte. Nichts Geringeres als eine ideale Reformuniversität ultramodernen Zuschnitts, so als ob keine Idee Humboldts je die Elbe überquert hätte. Vor seinem geistigen Auge stand eine Kaderschmiede, die zum einen die Bildungs- beziehungsweise Ausbildungsansprüche der kompetitiven Gesellschaft repräsentierte und zum anderen als Masterpiece an Effektivität im Ausstoß von nach drei Jahren unmittelbar in der Wirtschaft verwendbaren Absolventinnen und Absolventen in Erscheinung trat. Auf den Punkt gebracht: Wir sind Uni!

Dieser Spontanbesuch in Berlin und das, was ich vielleicht schon damals mit klarem Verstand hätte voraussehen können, kamen mir im Nachgang zum „Treppenhausgeschehen“ wieder ins Gedächtnis. Und auch die Ignorierung meiner einfachen Bitte, doch endgültige Klarheit über die Zukunft meines Arbeitsverhältnisses zu bekommen, gewann aus diesen Frühbegebenheiten deutlichere Konturen. Mein ja schon modifizierter Ehrgeiz, zu berichten, „wie es wirklich ist gewesen“, stieß allerdings mittlerweile auf ernstzunehmenden intrinsischen Widerstand. Die vor Ort praktizierte Grenzenlosigkeit, Maßlosigkeit und Willfährigkeit schlug dem Fass allerdings den Boden aus. Wie ist eine gesunde und reale Motivation unter solchen Bedingungen aufrechtzuerhalten? Denn über eine potentielle Verlängerung des Vertrages hätte schon längst, auch formal, entschieden werden müssen. Die absichtsvolle Verzögerung einer verbindlichen Aussage, womöglich bis zum letzten Tag der offiziellen Fristsetzung oder gar darüber hinaus, war nichts weniger als ein Modus Operandi, eine Verfahrensweise üblichen Zuschnitts, nur zu welchem Zweck? Aber ich sollte zwei Tage später doch noch die Gelegenheit bekommen, nachzuhaken, die Dinge in eigener Sache, die vertrauliche Personalsache, direkt ansprechen zu können.

„Ich bin von Dir hochgradig menschlich enttäuscht“, sagte ich Retho dann auch offen ins Gesicht, als wir uns in der schmalen Teeküche zufällig über den Weg liefen. Leicht erschrocken sah er mich fragend aus leicht geröteten Augen an, während ich die meist offen stehende Tür zuzog: „So geht das hier nicht weiter“, setzte ich fort, „keine Antwort auf meine Fragen, kein Termin, kein Austausch, gar nichts. Und warum, wie um dem noch einen drauf zu setzen, hetzt Du mir auch noch deinen Wadenbeißer Gries auf den Hals? Was soll das!“

„Ich verstehe nicht, was Du meinst, und außerdem habe ich jetzt gar keine Zeit“, entgegnete er leicht verunsichert und hantierte an der Kaffeemaschine herum. „Der Bernd hat ja nur ganz kurzfristig, weil ja nach dem Weggang von dem Ließ – wo kam der eigentlich her? –, niemand anderes da war, die Abteilung kommissarisch übernommen, nicht wahr. Er würde da augenblicklich nichts Negatives hören, von mir hingegen ... Die Qualität, ja die Qualität und vor allem der Output lässt zu wünschen übrig, meint Bernd.“ Er schien sich, nach seinem ersten Ausweichmanöver, wieder ganz erstaunlich schnell im Griff zu haben. „Aber dieses ganze Tagesgeschäft rund um die Abteilung habe ich jetzt eh an ihn abgegeben. Ich kann mich ja schließlich nicht um alles kümmern, nicht wahr. Ich vertraue ihm da voll und ganz.“

„Vertrauen? Du redest von Vertrauen? Das hört sich nach Blanko-Vollmacht an. Und Du kannst Dir sehr gut denken, was er da jetzt treibt. Anfangs hatte er ja Kreide gefressen, aber dann konnte er nicht mehr an sich halten, brach sich seine pathologische Struktur dann doch Bahn."

Retho rührte heftig in seinem Kaffee und zog, sehr untypisch, die Augenbraue hoch. „Diese unterschwellige Eifersucht", fuhr ich fort, „euer spezielles Verhältnis, seine narzisstische Kränkung, als es damals um den Universitätsentwicklungsplan ging", und nun huschte unvermutet ein leichtes Lächeln über seine Gesichtszüge, „muss Deinen Intimus innerlich doch fast zur Strecke gebracht haben … Aber eben nur fast. Denn das ist es, was er jetzt mit mir versucht, nachdem Du uns schon ganz früh gegeneinander in Stellung gebracht hattest. Ähnlich wie mit Deinen ständig wechselnden persönlichen Assistenten. Das ist schon ganz perfide, hat aber System!"

Wie auf ein Stichwort stand auf einmal Ricarda Milch, die noch und auch mehr als Präsidialsekretärin im Raum. Gab ihm mit Handzeichen zu verstehen, dass seine Anwesenheit anderweitig erwünscht sei, verschwand aber sogleich wieder.

„Was meinst Du denn eigentlich?", gab er zum Besten. „Keine Ahnung, wovon Du da sprichst. Wie soll sich das denn ausdrücken?"

„Wenn Dir in Gruppenbesprechungen jemand permanent den Rücken zuwendet; dich nicht zu Wort kommen lässt oder dir das Wort abschneidet; deine Arbeitsbereiche entgegen aller offiziellen Absprachen beschneidet, quasi pulverisiert; dich mit der Bemerkung, dass du sicherlich noch Wichtiges zu arbeiten hättest, aus Besprechungen eben dieser Arbeitsbereiche coram publico rauswirft; dann würde ich mal behaupten: das ist schon ein ganz gehöriger Aufwand, der da von oben herab und mit einer gewissen Genüsslichkeit betrieben wird. Und dies sind natürlich nur einige wenige Beispiele."

„Na“, und er machte fast einen belustigten Eindruck, „dann ist das Kind ja offenbar schon in den Brunnen gefallen.“

„Bitte? Wie bitte? Weißt Du, ihr müsst da gar nicht so einen immensen Aufwand betreiben. Ihr habt mich vor über dreieinhalb Jahren engagiert, gut. Falls kein Bedarf mehr besteht, kein Problem. Aber doch nicht hinterrücks, nicht auf diese Art und Weise!“

„Vielleicht haben wir damals wirklich einen Fehler gemacht“, sagte Retho fast in sich hinein, „dich hier mit ins Boot zu holen … Ja, die Qualität … die Qualität und der Output … der Output natürlich …“

Ricarda Milch steckte plötzlich wieder ihren Kopf durch die Tür. Retho verstieg sich noch zu irgendeiner floskelhaften, wenig verbindlichen Bemerkung, an die ich mich nicht mehr so recht erinnere und wollte ihr sogleich folgen. Ich stellte mich ihm in den Weg und streckte, wie im Reflex, die rechte Hand aus. Retho schien ganz erstaunt, völlig verdattert. Und während er mir mit seinem wachsweichen, auch erstaunlich feuchten Händedruck, die potenzielle Peinlichkeit solcher Riten in Erinnerung rief, schoss mir wieder Voltaires „le mieux est l'ennemi du bien“ durch den Kopf und mir war mit einem Mal völlig klar, wie hier und in diesen Angelegenheiten bestimmt wird, was das Bessere, Beste ist.

Auf jeden Fall ging er, ohne ein weiteres Wort zu verlieren, verließ schleunigst die Teeküche, so wie ich die Universität auf dem flachen Lande, die „Universität neuen Typs“.

Danksagung

Ganz herzlich möchte ich mich bei meinen Erstlesern und Erstkorrektoren bedanken, die die Entwicklung des Buches in all seinen Stadien maßgeblich beeinflusst haben: Ingrid von Beyme, Maximilian von Beyme, Klaus von Beyme, Thilo Deutsch, Karolina Fell, Ruth Groh, Jeanette Hentschel, Tom Hoffmann, Susanne Behrens-Kneip, Hans-Jürgen Kneip, Esther Körfgen, Klaus Schölzel, Markus Wiest und Benjamin Zachriat. Ganz besonders halfen mir das engagierte Lektorat und die konstruktive Kritik in der Frühphase der Entstehung durch Karolina. Sie spornte mich auch in schwieriger Zeit an, dieses Buchprojekt zu realisieren. Esther Körfgen wies mich in der Endabfassung von „Wir sind Uni“ glücklicherweise noch auf wesentliche Verbesserungsmöglichkeiten im Aufbau hin. Ebenso herzlich möchte ich mich bei Kareen Klug bedanken und hoffe, dass Sie Ihre frühe Zusage das Buchcover zu gestalten, nicht nachträglich bereut hat. In aller Bescheidenheit: Meiner Ansicht nach ist das Ergebnis ein großer Wurf.

Nicht zuletzt Danke ich meiner Familie für die Geduld mit dem manches Mal nervösen und übellaunigen Vater und Mann, wenn der Schreibfluss ins Stocken geriet oder sich längere Phasen der Schlaflosigkeit einstellten.

Bedanken möchte ich mich auch bei Jo Lendle (Hanser Literaturverlage) für seinen Kurzvortrag über den „Verlag von morgen“, der mich in seiner Quintessenz schließlich davon überzeugte, „Wir sind Uni“ doch im Selbstverlag herauszubringen.

Über tredition

Der tredition Verlag wurde 2006 in Hamburg gegründet. Seitdem hat tredition Hunderte von Büchern veröffentlicht. Autoren können in wenigen leichten Schritten print-Books, e-Books und audio-Books publizieren. Der Verlag hat das Ziel, die beste und fairste Veröffentlichungsmöglichkeit für Autoren zu bieten.

tredition wurde mit der Erkenntnis gegründet, dass nur etwa jedes 200. bei Verlagen eingereichte Manuskript veröffentlicht wird. Dabei hat jedes Buch seinen Markt, also seine Leser. tredition sorgt dafür, dass für jedes Buch die Leserschaft auch erreicht wird

Autoren können das einzigartige Literatur-Netzwerk von tredition nutzen. Hier bieten zahlreiche Literatur-Partner (das sind Lektoren, Übersetzer, Hörbuchsprecher und Illustratoren) ihre Dienstleistung an, um Manuskripte zu verbessern oder die Vielfalt zu erhöhen. Autoren vereinbaren unabhängig von tredition mit Literatur-Partnern die Konditionen ihrer Zusammenarbeit und können gemeinsam am Erfolg des Buches partizipieren.

Das gesamte Verlagsprogramm von tredition ist bei allen stationären Buchhandlungen und Online-Buchhändlern wie z. B. Amazon erhältlich. e-Books stehen bei den führenden Online-Portalen (z. B. iBook-Store von Apple) zum Verkauf.

Seit 2009 bietet tredition sein Verlagskonzept auch als sogenanntes "White-Label" an. Das bedeutet, dass andere Personen oder Institutionen risikofrei und unkompliziert selbst zum Herausgeber von Büchern und Buchreihen unter eigener Marke werden können.

Mittlerweile zählen zahlreiche renommierte Unternehmen, Zeitschriften-, Zeitungs- und Buchverlage, Universitäten, Forschungseinrichtungen, Unternehmensberatungen zu den Kunden von tredition. Unter www.tredition-corporate.de bietet tredition vielfältige weitere Verlagsleistungen speziell für Geschäftskunden an.

tredition wurde mit mehreren Innovationspreisen ausgezeichnet, u. a. Webfuture Award und Innovationspreis der Buch-Digitale.

tredition ist Mitglied im Börsenverein des Deutschen Buchhandels.